光文社 古典新訳 文庫

死霊の恋／化身　ゴーティエ恋愛奇譚集

テオフィル・ゴーティエ

永田千奈訳

光文社

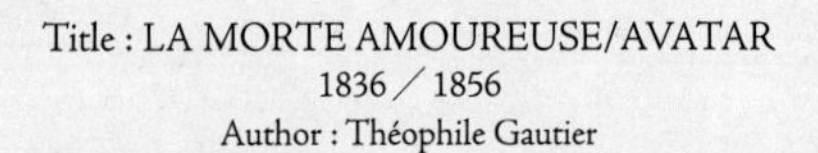

Title : LA MORTE AMOUREUSE/AVATAR
1836 / 1856
Author : Théophile Gautier

目　次

死霊の恋／化身

ゴーティエ恋愛奇譚集

恋をしたことがあるかと問われれば、ええ、ありましたと答えましょう。これはほかに類のない恐ろしい話です。ええ、私は六十六歳になりますが、それでも、せっかく沈殿した思い出を揺り動かすのが怖くてたまらないほどなのです。ああ、請われれば、断りはいたしませんが、こんな話、あなたのようにある程度修行を積んだ方にしかできませんよ。あまりにも不思議な話なので、本当にあったことなのかと自分でも信じられないくらいなのです。私は、三年以上も、悪魔めいた摩訶不思議な現象の餌食になっていたのです。田舎神父のこの私が、毎晩毎晩、夢のなかで（ああ、神様、あれは夢だったと言ってください）、サルダナパロス[1]のように堕落した、享楽の日々を送っていたのです。ある女のことを思いを込めたまなざしでちらと見やっただけで、私は信心を失いそうになりました。それでも、神様と守護聖人のおかげで、最後には私の魂を支配していた悪い心を捨て去ることができました。なにしろ、私はまったく別の人生、夜の人生のせいで、複雑怪奇な二重生活を送ることになったのです。昼間の私は神に仕える身として、常に己が身を制し、祈禱や宗教行事で忙しくしておりました。ところが、夜、目を閉じるやいなや、夢のなかで私は女を知り尽くしていて、犬や馬の扱いにも手慣れた若き領主[2]となりました。博打に興じ、酒を飲み、神を冒瀆することも平気でやりました。そして日が昇り、神父として目が覚めても、私は自分がまだ眠りのなかにいて、神父である夢を見ているような気がしてなりませんでした。この眠りのなかのもうひとつの人生で、眺めたもの、言ったり聞いたりした言葉は、どんなに遠ざけようとしても私のなかに残っております。この話を聞けば、皆さんは私のことを、森の奥、訪れる人もいない司祭館で時流とは無縁のまま年を重ねた地味な神学生というより、享楽の日々にすっかり疲れ果てて、世俗を離れ、信仰に目覚めて、激動の人生の最後を神のみもとで過ごそうとしている人だと思うことでしょう。私はこの司祭館から一歩も出たことがないというのに。

ええ、私は、この世の誰ひとりとして経験がないほどに激しくとんでもない恋に落ちたのです。その激しさはこの心臓を破裂させるのではないかとさえ思いました。ああ、なんという夜を過ごしたことでしょう。幾晩も幾晩も！

物心ついたときから、聖職こそが天命と感じておりました。学んできたすべてはそのためにありました。二十四歳までの私の人生は長い修練期そのものだったのです。神学を学び終えると、小さな役職から始まり、次々と昇格してゆきましたので、やがて指導者の方々は、若年であったにもかかわらず、私を、難関であるはずの最終階位にふさわしい人物と見なしてくれるようになりました。叙階式[3]は復活祭の前の週に行われることに決まりました。

私は世間知らずでした。私にとって世界は、閉ざされた神学校と司祭館がすべてでした。ただぼんやりと女というものがいるらしいとは知っていましたが、何の関心もありませんでした。私はまったくの無垢（むく）な存在でした。身体（からだ）の不自由な老母とも年に

1　アッシリア最後の王。アッシュールバニパル（紀元前七世紀、生没年不詳）もしくは、その弟を指すとされており、奢侈（しゃし）な生活を送ったことで知られる。

2　犬と馬を使いこなし、狩猟の技術が高いということが貴族社会のステータスであった。

3　叙階はカソリック教会で聖職位を授けること。最も重要なのが司祭の叙階で、その就任式を叙階式と言う。

二回会うだけでした。それが外界との交流のすべてだったのです。

悔いはありませんでした。二度と俗世には戻れなくなる誓いを前にして何の躊躇するところもなかったのです。ひたすら喜びにあふれ、待ち遠しく思っていました。結婚を待つ青年とて、このときの私ほど熱心に過ぎる時を数えたりはしなかったことでしょう。眠ることさえできず、ミサを執り行う自分の姿を夢にまで見ておりました。司祭になる以上に美しいことなど、この世界にないと思っていました。王や詩人になれると言われても拒絶したでしょう。司祭になること以上の望みなど一切なかったのです。

ねえ、この話を聞けば、私の身に起こったのがどれほど、あり得ないことであったのか、いかに説明しがたい幻惑にとらわれていたのか、おわかりいただけるでしょう。

叙階の日、私は教会に向かって歩いておりました。その足取りは軽く、まるで宙に浮いているか、肩から羽が生えたのかと思えるほどでした。私は自分が天使になったような気がしていました。でも、同僚たちの顔は(ええ、叙階を受けるのは私だけではなかったのです)暗く不安そうで、私にはそれが不思議でなりませんでした。一晩中祈禱をして過ごし、ほとんど極限状態にあったのでしょう。私の目には、尊敬すべき老司教が、まるで永遠の命をもつ神そのもののように見え、教会の丸天井に空が透けて見えるように感じました。

叙階式の内容はご存じですね。聖別式、二種類の聖体拝領、志願者の両掌(てのひら)に香油をほどこす塗油式、そして最後に司教とともに聖餐(せいさん)を囲むのです。説明は簡単に済ませましょう。ああ、ヨブの言うとおりです。[4]自分の目と契約を結び、誘惑に目を向けぬようにすべきだったのに、それを怠ったのはうかつとしか言いようがありません。私はそのとき、ずっと垂れていた頭を何気なくあげてしまいました。すると私の目の前、手すりの向こう側に王侯貴族のような見事なドレスを着た類(たぐい)まれな美女がいたのです。実際にはそれなりの距離があったのですが、手を伸ばせば触れられるような気がしました。目から鱗(うろこ)が落ちるとは、まさにこのことでしょう。これまで何も見えなかった人がとつぜん見えるようになったみたいな心地がしました。つい先ほどまでの司教の輝きはその瞬間に消え去り、金の燭台(しょくだい)に点(とも)されたロウソクの火も明け方の星のように光を失い、教会の中は真っ暗になりました。闇の底で、先ほどの美女だけが

---

4 「私は自分の目と契約を結んだ」(『旧約聖書』「ヨブ記」三一-一)。

天使の降臨のように輝いて見えました。そう、彼女は光に照らされているというより、自らが光を放っているかのようでした。

私はまぶたを閉じ、二度と開かぬようにして、外の世界の影響を受けまいとしました。というのも徐々に集中していられなくなり、もう自分が何をしているのかすらもわからなくなっていたのです。

一分ほどして私は目を開きました。まるで太陽に目を向けたときのように、薄紫の闇のなか彼女が虹のように輝くのがまつ毛越しに見えてしまったからです。

なんという美しさ。最高峰の画家が、天上に理想の美を求め続け、聖母(マドンナ)の姿に地上の美を描き出したとしても、私がそのとき実際に目にした豪奢(ごうしゃ)な美しさには及びません。詩人たちの言葉も、画家のパレットもこれを表現することはできないでしょう。

彼女は背が高く、女神のようにすらりと堂々としていました。左右に分けたやわらかなブロンドの髪は金色の河となって、こめかみの上を流れておりました。冠をつけた女王を思わせる、青白く透き通って広く聡明そうな額の下には、黒に近い色のまつ毛が弧を描いて目を彩り、生き生きと光を放つ、海のような緑色の耐えがたい瞳(ひとみ)を引き立てていました。ああ、なんという目。稲妻のように一瞬で男の運命を決めてしまう目でした。生命力にあふれ、清明でありながら熱を秘め、潤んだ輝きをもつそんな目は、私がこれまで見た誰にも似ていませんでした。その目が矢のように光を放ち、まっすぐに私の胸を射るのが見えるようでした。輝きのもととなる炎が天国から来るものか、地獄から来るものなのかはわかりませんが、きっとそのどちらかであると思いました。彼女は天使なのか、悪魔なのか、いや、両方なのかもしれません。どう考えても彼女は、人類の母イヴの胎から生まれたものではありません。赤い口を開けて微笑むと、真珠のように輝く美しい歯が光り、口元の動きに合わせて愛らしく艶やかな薄紅色の頰に小さな笑窪ができるのです。細い鼻は、王侯貴族の気高さを示し、彼女が身分の高い家柄の者であることがわかりました。半ばさらした肩の艶やかで光るような肌には瑪瑙のような輝きが躍り、首筋と同じ色合いの乳白色の大粒の真珠が胸元に垂れていました。ときどき頭をあげるその姿は鎌首をもたげる蛇や身をそらす孔雀のようにしなやかで、動きに合わせて銀の格子のように首を取り囲んでいる透かし模様の刺繡が入った襟のフリルが揺れるのです。

　彼女は薄紅色のビロードのドレスを着ており、オコジョの毛皮の裏地がついた幅広の袖からは長く肉付きのよい指をもつ、どこまでも繊細で貴族的な手が覗いていました。美しく透明感のあるその手は、オーロラのように陽光が透けて見えるほどでした。

こうした細かい部分まですべて、まるで昨日のことのように生々しいものなのです。あれほど取り乱していたというのに、私はすべてを覚えていました。どんなに微妙な色調も、顎（あご）の隅のほくろも、口元の見えないほどの産毛も、やわらかな額も、頬に落ちるまつ毛の震える影も、私はすべてを驚くほど明晰（めいせき）にとらえていました。

彼女を見つめているうちに、私のなかでこれまで閉ざされていた扉が開くのを感じました。ふさがっていたすべての窓があらゆる方向に開け放たれ、これまで知らなかった光景が垣間（かいま）見えたのです。生きることの意味がまるで違ってきました。新しい秩序のもと、私はその瞬間にこの世に生を享（う）けたばかりのような心地がしました。恐ろしい苦悩が私の胸をさいなんでいました。一分が一秒のようにも一世紀のようにも思えました。だが、その間も叙階式は進行していたのです。私は世俗から遠いところへと連れ去られようとしていました。でも、生まれたばかりの欲望は暴徒のごとく世俗への入り口へと向かおうとしていました。それでも私は、「はい」と言ったのです。でも、本当は「いいえ」と言いたかった。私は全身で抵抗し、舌が魂に無理強いする力と闘おうとしました。しかし、人知を超えた力が私の意志に反して喉（のど）の奥から言葉を引き出したのです。多くの若い娘たちが、勝手に決められた夫をきっぱり拒絶してやろうと堅く決心して祭壇に向かうのに、一人として実際に「いいえ」と答えた者がいないのと同じことでしょう。あわれな修道女が誓願のその瞬間、こんなヴェールは破り捨ててやろうと思いながらもそうはしないのと同じです。皆、公衆の面前でスキャンダルを引き起こしたり、多くの人の期待を裏切ったりしたくないのです。すべての意志が、まなざしが、鉛の祭服を着ているかのようにずっしりと重く、さらに準備がしかと整えられ、すべてが絶対に覆すことができぬかたちで、あらかじめ用意されているので、どんなに考えたところで重圧に負け、すっかり弱気になってしまうのです。

儀式が進むにつれて見知らぬ美女のまなざしは表情を変えてゆきました。最初はやさしく甘美なものでしたのに、徐々に私の無理解を責めるかのように軽蔑（けいべつ）と不満の色を帯びてきたのです。

私は山を動かすほどのとんでもない力を振り絞り、司祭になどなりたくないと叫ぼうとしました。でも、どうしてもできませんでした。私の舌は口蓋（こうがい）に磔（はりつけ）にされたかのように動かず、拒絶を伝えるわずかな身ぶりさえできなかったのです。私は目覚めたまま、悪夢を見たときのあの状態、命の危険が迫り助けを呼ぼうにも金縛りにあって何もできないときのあの状態にあったのです。

　彼女も、私が必死に努力していることに気づいてくれたようでした。そして、私を励ますように、おごそかな約束を思わせる目くばせをしてよこしたのです。彼女の目は詩であり、そのまなざしは歌っているかのようでした。彼女が言いました。

「もし、あなたが私に傅(かしず)くなら、私はあなたに天上の神様が与える以上の幸福をさしあげましょう。天使もあなたを羨(うらや)むことでしょう。あなたが身に纏(まと)おうとしている暗い祭服を破り捨てなさい。私は美、私は若さ。私は命。さあ、いらっしゃい。二人で愛になりましょう。ヤハウェ[5]が何をくれるというの。人生なんて夢のようにあっという間。永遠の口づけでしかないんです。

　さあ、聖杯のワインを撒(ま)き散らして。そうすればあなたは自由よ。知らない島へ連れて行ってあげましょう。銀の宮殿、大きな金の寝台であなたは私の胸に抱かれて眠るのです。だって、私はあなたを愛しているし、神様からあなたを奪い取りたいの。どんなに頑張っても神まで届きやしない愛の水を、じゃぶじゃぶと振り撒いている敬虔(けいけん)なる皆様の目の前でね」

　どこまでもやさしい響きに乗せて、こんな言葉を聞いたような気がしました。なにしろ彼女のまなざしには声があったのです。そして、彼女の目が語る言葉は、見えない口が私の魂に吹き込んでいるのではないかと思うぐらい、私の心の奥底にまで響いたのです。もう神を捨てようと思いました。それなのに、私の心は機械的に儀式の段取りどおりにふるまっていたのです。美女はもういちど目くばせをしました。そのすがるような絶望的なまなざしは、鋭利な刃物となって私の心に突き刺さりました。胸に剣が刺さるのをはっきりと、悲しみの聖母よりも切実な痛みとして感じたのです。

儀式は終わり、私は司祭となりました。

このときの彼女ほど胸をえぐられるような苦悩を浮かべた表情は見たことがありません。婚約者が自分のすぐ隣で息絶えた乙女も、空っぽのゆりかごの前で我が子の死を悼む母も、天国の扉を出ようとして敷居に座り込んだイヴとて、宝の代わりに石を見つけた守銭奴とて、自身の最高傑作の原稿を火中に落としてしまった詩人とて、このときの彼女ほど打ちのめされ、慰めがたい悲しみに沈んだりはしなかったことで

5　『旧約聖書』の神。預言者モーセに啓示され、天地創造を行ったとされる。ヤーベ、エホバとも言う。

しょう。彼女の美しい面立ちが完全に血の気を失い、大理石のように真っ白になっていました。身体が麻痺(まひ)してしまったかのように美しい腕をだらりと垂らし、彼女は柱にもたれかかりました。足から力が抜け、崩れ落ちそうになっていたのです。私はといえば、顔色を失い、磔になったキリストの額もかくやというほど血のにじむ汗に額を濡らし、よろめきながら教会の出口へと進んでいきました。息が苦しい。教会の丸天井が私の肩に崩れ落ちてきそうでした。この頭ひとつで丸屋根全体を支えているような心地でした。

教会の敷居をまたごうとしたそのとき、とつぜん私の手をつかむものがありました。女の手です。これまで触れたことのない女の手です。その肌は蛇のようにひんやりとしていましたが、触れられた私の手はそこだけが熱い鉄で刻印されたかのように燃えておりました。先ほどの美女でした。彼女は「だめな人、本当にだめな人。とんでもないことをなさいましたね」とささやき、人混みに消えてゆきました。

そこへ年配の司教が通りかかり、私を厳しい目で見つめました。確かに、私は見るからに異常な様子だったのでしょう。青ざめたかと思えば真っ赤になり、幻惑状態にあったのですから。同僚の一人が私をあわれみ、肩を抱いて、連れ帰ってくれました。

自分一人では、司祭館まで帰れないほどだったのです。道の曲がり角に、奇妙な服を着た黒人の召使が立っており、同行者が別の方向を見ている瞬間を狙って私に駆け寄り、立ち止まることさえなく私に四隅に金彫りのついた小さな紙入れを手渡し、すぐに隠すように促しました。私はそれを袖に滑り込ませ、個室で一人になるまでずっと隠し持っていました。ようやく留め金をはずすと、入っていたのは紙切れが二枚だけ[6]。そこには「コンシーニ宮で待っています　クラリモンド」と書かれていました。当時、私はまったくの世間知らずでしたので、あれほど有名なクラリモンドが誰なのかすら知りませんでしたし、コンシーニ宮の場所も知りませんでした。頭の中でとんでもない憶測ばかりが広がり、あれこれと考えました。だが、正直言えば、あの方ともういちどお会いできさえすれば、彼女が誰であろうと、そう、貴婦人だろうと高級娼婦だろうとかまわなかったのです。

ついさっき生まれたばかりの恋は、もうどうしようもないほどしっかりと根を下ろしており、引き抜こうなどという考えは頭をかすめさえしませんでした。だって、そ

6　原文ママ。「紙切れが一枚だけ」ではないかと思われる。

んなの無理に決まっているじゃないですか。私はすっかり彼女の虜（とりこ）でした。まなざしひとつで彼女は私を変えてしまったのです。彼女は私を思いのままにしていました。私はもはや私として生きるのではなく、彼女のなかで、彼女によって生きる存在となったのです。私は何度も馬鹿（ばか）げた動きを繰り返していました。自分の手の、彼女が触れた部分に口づけを重ね、彼女の名を何時間も呼び続けました。目をつぶりさえすれば、目の前に実際に彼女がいるかのようにはっきりとその姿を見ることができました。教会の出口で彼女が口にした言葉を何度も思い返していました。「だめな人、本当にだめな人。とんでもないことをなさいましたね」そして、私のおかれたおぞましい状況を自覚したのです。私は喪と恐怖の側を選んでしまったということが、はっきりとわかりました。司祭となること。それは禁欲に生きること。恋もせず、性別や年齢をないものとし、あらゆる美を避けて暮らすこと。何も見ず、修道院や教会の暗く冷たい床に這（は）いつくばって生きること。死にゆく人にしか会わず、見知らぬ者の遺体に寄り添い、そのまま棺桶（かんおけ）の敷物になりそうな黒いスータン[7]に身を包み自分の喪を生きることなのです。

湖の水面がせりあがり、あふれだすかのように、生きるということの意味が心に迫ってきました。動脈の中で血が力強く拍を打っていました。長いあいだ押しとどめられていた私の若さがとつぜん爆発したのです。百年のあいだ花をつけなかったアロエが落雷を受け、花開くかのようでした。

どうしたら、もういちどクラリモンドに会えるでしょう。司祭館から外出する口実は思いつきませんでしたし、街に知り合いは一人もおりません。かといって、ここにいるわけにはいきませんでした。あとはもう自分の赴任先となる教区が言い渡されるのを待つだけとなっていたからです。窓の格子をはずそうかとも思いましたが、高いところにあるため、梯子(はしご)もない状態では諦(あきら)めざるをえませんでした。しかも、夜にならないと街には下りてゆけません。複雑な迷路のような街をどうやって歩けばいいのでしょう。ほかの人には大したことではなくても、私にとっては実に困難なことでした。あわれな神学生の私は、恋を知ったばかりで、経験もなければ金も衣装もありません。

7　キリスト教の聖職者がふだん着る裾の長い服のこと。フランスでは一八五二年から着用を義務づけられた。

ああ、私が司祭でなければ、彼女と毎日会うこともできただろうに。彼女の恋人や夫になることもできただろうに。私はただひたすらにつぶやき続けておりました。こんな陰気で薄いスータンの代わりに、絹やビロードの衣装を纏い、若き騎士のように金の鎖や剣や羽根飾りを身につけていたかもしれない。大きく刈り込んだみじめな剃髪姿ではなく、波打つ巻き毛を首元に躍らせていたかもしれないのです。見事な口髭を脂で撫でつけていたかもしれないし、雄々しく生きていたかもしれない。だが、祭壇の前でほんの一時間過ごし、もそもそと一言二言発しただけで、もはや私は生者の世界とは切り離されてしまいました。自ら墓を封印し、自らの手で監獄の戸を閉ざしてしまったのです。

私は窓に駆け寄りました。空はうっとりするほど青く、木々は春の衣を纏っていました。自然界が明るく楽しげであることが私には皮肉でした。広場は人であふれていました。皆が行ったり来たりしています。若い伊達男や美女たちが男女一組になって公園や東屋のほうに向かっていく。男たちの一団が酒の歌を歌いながら通り過ぎる。こうした人々の行動力、生命力、活気や陽気さがさらに私の喪に沈む孤独を痛いほどに際立たせていたのです。門の下では、若い母親が子どもを遊ばせていました。母親はまだ乳のしずくが残る小さな薔薇(ばら)色の唇に口づけ、母親だけが思いつくあらゆる方法で幼な子と戯れておりました。時に子どもがぐずることもありましたが、そのようにしてずっと、あやしていたのです。父親は少し離れたところに立ち、母子にやさしく微笑みかけておりました。胸の前で組んだ腕は、喜びをぐいと抱きしめていたのでしょう。私はそれ以上見ていられませんでした。私は窓を閉めると、恐ろしいまでの憎悪と嫉妬(しっと)にかられて寝台に倒れ込み、三日間何も食べていない虎のように自分の指や毛布を嚙(か)みながら身悶えました。

いったい何日間そんな状態だったのでしょうか。ある日、怒りに任せ荒っぽい動きで振り返ると、部屋のまんなかにセラピオン神父[9]が立ち、私をじっと見つめていました。私は自分が恥ずかしくなり、頭を垂れると両手で目を覆いました。

セラピオンは数分ののち、ようやく口を開きました。

「ロミュアルド、何かとんでもないことが起きているようだね。君の態度はどう見て

8　頭頂部の髪を円形に剃り落とした髪型。
9　ドイツの作家、ホフマンの小説『ゼラーピオン同人集』にあやかった命名の可能性が高い。

も異常だ。あんなに信心深く、穏やかで物静かだった君が、まるで野生動物のように部屋の中で暴れるなんて。自分を制しなさい。悪魔のささやきに耳を貸してはなりません。邪心は、君が神に一生を捧げようとしていることが不満で、獲物を狙う狼(おおかみ)のように君の周囲をうろつき、君を自分のほうに引き込もうと最後の力を振り絞っているのです。ロミュアルド君、誘惑に負けるのではなく、祈りを鎧(よろい)に、禁欲を盾にして勇敢に敵と闘うのです。そうすれば君は勝利するでしょう。徳を得るためには試練が必要です。灰吹き皿で丁寧に選別してこそ、純金が誕生するのです。恐れてはなりません。諦めてはなりません。試練に耐えてこそ、確固たる不動の信仰にゆきつくことができるのです。祈りなさい、断食し、瞑想(めいそう)すれば、悪い考えは消えるでしょう」

セラピオンの言葉で私は自分を取り戻しました。少しは気持ちが落ち着きました。

「私は、君がC……の司祭に任命されたことを知らせに来たのです。この教区を担当していた司祭が亡くなったので、司教の命を受け、君を派遣することに決めました。明日までに準備しておきなさい」

はい、明日までに準備しておきますと言う代わりに、私はうなずき、神父は部屋から立ち去りました。私は祈禱書を開き、祈りの言葉を読み始めました。でも、視線の先で言葉の列が乱れてゆくのです。思考の糸が頭の中でもつれ、気をつけていないと、重たい本は今にも手中から滑り落ちそうになるのでした。

あの人にもういちど会うこともないまま、明日には出発しなければならない。あの人と私のあいだに立ちはだかる障害がさらに増えてしまった。奇跡でも起こらない限り、もうこのまま一生再会できないのだ。手紙を書こうか。でも、誰に託せばいいのだろう。聖職者である私に、本心を打ち明け、信用できる人物などいない。私はとてつもない不安に襲われました。そして、セラピオン神父が、悪魔の手口について語っていたのを思い出しました。出会いの唐突さ、クラリモンドの不自然なまでの美しさ、発光するようなその目、やけどしたような手の感触、彼女のせいで始まったこの心の乱れ、この心境の急変、一瞬で消え去ってしまった私の信心、どれをとっても悪魔の仕業としか思えませんでした。あのサテンのような手は、悪魔の鋭い爪を隠す手袋のようなものでしかないのかもしれません。そう考えると、心から恐ろしくなりました。私は膝から転げ落ちた祈禱書を拾い上げ、再び祈り始めました。

翌朝、セラピオンが私を迎えに来ました。戸口には二頭の雌ラバがわずかばかりの私たちの荷物を背負って待っていました。セラピオンがその一頭に、私ももう一頭のラバになんとかまたがりました。市街を通り過ぎるあいだ、私はもしやクラリモンドがいるのではないかとあらゆる窓、すべてのバルコニーに目をこらしました。でも、彼女の姿を目にすることはありませんでした。早朝でしたから、街全体がまだ眠っていたのです。私は、お屋敷の前を通るたびに目をこらし、下ろされた日よけや閉じたカーテンの向こう側を見ようとしておりました。私がきょろきょろしているのは、美しい建物に見とれているのだとセラピオンは思ったようです。私がゆっくり見られるようにとラバの歩をゆるめてくれました。ついに街の出口までやってきました。そこから丘を登り始めます。丘のてっぺんまで来ると、私はいまいちどクラリモンドの住む場所を眺めようと振り返りました。街は雲の影にすっぽりと包まれていました。赤や青の屋根が特徴のない中間色に混じり合い、そこここに白い泡のような朝靄（あさもや）が浮かんでいるのでした。目の錯覚でしょうか、一筋の光に照らし出され、そこだけが金色に輝く建物がありました。周囲の家々が水蒸気のなかにどっぷりと沈んでいるのに、その建物だけが浮かび上がって見えるのです。一里[10]は離れているはずなのに、すぐ目の前に建っているかのように、小塔やテラス、窓枠から燕尾（つばめお）の風見（かざみ）など細かい部分まではっきりと見えました。

「日に照らされたあの建物は何ですか」と私はセラピオンに尋ねました。彼は目の上に手をかざして眺めたのち、答えました。

「コンシーニ公が高級娼婦クラリモンドに贈ったという古い宮殿だ。あの中では想像を絶することが起こっているのだろうね」

そのとき、今もってそれが現実だったのか幻だったのかわからないのですが、宮殿のテラスにほっそりとした白い影が降り立ち、きらりと一瞬光ったかと思うと消えてしまいました。ああ、きっとクラリモンドです。

今このとき、私が彼女から遠ざかるつらい道程にあり、もう二度と戻ることのできない丘の頂上で、興奮と不安のなか彼女の住処(すみか)を見ていること、そして光のちょっとした加減で、自分がその住処に主(あるじ)として迎え入れられようとしているかのように感じてしまったことを彼女は知っていたのでしょうか。ええ、きっと彼女は知っていたに違いありません。彼女の魂は、私の魂と共鳴し合っていましたから、どんなに小さな揺らぎでも彼女には伝わっていたのでしょう。私の思いを感じたからこそ、彼女はまだ

10 約四キロメートル。

薄い夜着のままだというのに、朝露でひんやりしたテラスまで出てきてくれたのです。宮殿を照らし出していた日が陰り、その姿が三角屋根と平屋根がつくりだす不動の海の中に消えると、そこにはもはや稜線を思わせる高低があるだけでした。セラピオンがラバに触れて、先を急がせると、私の乗っていたラバもあとに続きました。角を曲がるとSの街は永遠に私の前から姿を消しました。そう永遠に戻ってはならぬ場所なのです。かなりさびしい田舎道を三日間進み続け、ようやく木立の向こうに私が赴任する教会の鐘塔の風見鶏が見えてきました。藁ぶき屋根や小庭が両脇に連なるくねくね道を抜け、豪奢とは言いがたい教会の正門のところまでやってきました。形ばかりの格縁と砂岩を粗く削った二、三本の石柱から成るポーチ、瓦屋根、ポーチの柱と同じ砂岩を使った扶壁[11]があるだけなのです。左側にある墓地は、背の高い草がぼうぼうと伸び放題で、中央に鉄の十字架が立っていました。右側には、教会の建物が影を落とすあたりに司祭館があります。司祭館といってもこれ以上はないほど簡素なもので、清潔だが何の装飾もないのです。私たちはなかに入りました。鶏たちが地面に落ちたわずかばかりの燕麦をつついておりました。聖職者の黒衣にも慣れていると見え、私たちを恐れる様子はまったくなく、道をあけようともしないのです。しわがれ、かすれた吠（ほ）え声が聞こえてきたかと思うと、老犬がこちらに駆けてくるのが見えました。

前任者の残した犬でした。片目が光を失っており、毛並みには白いものが交じり、ありとあらゆる老いの兆候をすべて背負っておりました。私がぽんぽんとやさしく叩（たた）いてやると、犬は何とも言えない満足げな様子で私のすぐ横を歩きだしました。前任者の世話係だった、かなり年配の女性も出迎えてくれました。彼女は、私たちを入ってすぐの部屋に通すと、私にこのまま雇ってもらえるのかと尋ねました。私は彼女も犬も、そして鶏もこれまでどおりにここにいてほしい、前任者が遺した家具もそのまま使わせてもらいたいと答えると、彼女はとても嬉（うれ）しそうな顔を見せ、セラピオンも彼女が望むとおりの給金をその場で渡しました。

私が落ち着くと、セラピオンは帰ってゆきました。こうして私はたったひとり、誰も頼れぬ身の上となったのです。再びクラリモンドのことを考えそうになりました。どんなに心から追い払おうとしても、どうしても忘れられません。ある晩、私が小さ

11　屋上やベランダなどの端に設けられた低い手すり壁。構造物の先端を保護するための防壁。

な庭の両側に柘植（つげ）の茂る小道を歩いていたときにも、熊四手（くましで）の生垣越しに私のあとをずっとついてくる女性のシルエットが見えたような気がしました。葉叢（はむら）のあいだから海を思わせる一組の青緑の目が光ったような気がしたのです。でも、気のせいだったのですね。反対側に回っても、砂の上には子どものものとしか思えない小さな足跡があるだけでした。庭は高い塀に囲まれています。端から端までさんざん探してみましたが、誰もおりません。何とも説明がつきませんが、それすらも、この先起こった不可思議な出来事に比べれば大したことではありませんでした。私は一年にわたり、祈り、断食をし、説教をし、病人を救い、自分にどうしても必要なお金までも施しに回し、自らの立場に課された義務を着実にこなしておりました。それでも、心の底は乾ききっておりました。恩寵（おんちょう）の泉から水は生まれてこなかったのです。聖なる使命を果たす日々に喜びを感じることができませんでした。私の心は別のところにありました。歌のリフレインが無意識のうちに口をつくように、クラリモンドの言葉がしばしば唇によみがえるのです。おお、同胞よ、慎重によく考えるのです。ちらと目線をあげて女を見たがために、見たところ大したことのなさそうな過ちのせいで、私は数年にわたり、みじめにも取り乱してしまったのです。私の人生は永久に平穏を得られなくなったのです。

この内心の葛藤に時に敗北し、そして時に勝利しようとも、そのあとにはさらに深い落ち込みが待っていたということについて、くどくどと申し上げるのは控えましょう。まずは、その後に起こった決定的な事件についてお話ししておきましょうね。ある晩、乱暴に扉を叩く者がありました。老いた家政婦が扉を開けると、男が立っていました。家政婦のバルバラの掲げるランタンの光のもと、来訪者のよく日に焼けた顔や、贅沢な身なりのわりには長い剣をぶらさげ、奇妙な衣装を身につけているのが見えました。一目見るなり、バルバラは震えあがりました。しかし、男は彼女をなだめ、私の職務に関することで今すぐに私に会いたいのだと告げました。バルバラは男を家に入れました。私はそのとき寝ようとしているところでした。だが、男は彼の女主人である、非常に身分の高い女性が臨終の床にあり、司祭を呼んでいると言うのです。私はすぐに一緒に行くと答えました。そして、終油の秘跡[12]に必要な道具を手にすると、

12 カソリック教会の七つの秘跡（機密）のひとつで「病者の塗油」の旧称。病者の五官に聖油を塗り、死への準備として、罪の許しを祈るというもの。

大急ぎで階下へ降りてゆきました。門のところには、夜の闇と同じ色をした黒い二頭の馬がいらいらと前足を掻き鳴らし、自らの胸先に二本の白い息を吐いていました。男は鐙を支え、私が馬にまたがるのを助けると、自分自身は片手で鞍頭をつかんだだけで、するりと馬上の人になりました。膝を締め、手綱をゆるめると彼の馬は矢のごとく走り出しました。男に手綱を引かれ、私の馬も駆け足になり、まったく同じ速さで前を行く馬に従いました。私たちは道を急ぎました。私たちの足下で地面が暗色の縞模様となって流れていきました。黒い木の影が敗走する軍隊のように逃げてゆきます。向こうが見通せないほど真っ暗で寒々とした森を横切るとき、いわれのない恐ろしさに肌が総毛立つのを感じました。馬の蹄鉄が小石に当たって放つ火花が、炎が尾を引くように私たちの通った道を光らせていました。もし誰かが、こんな夜遅くに行く私たちの姿を見たとしたら、きっと悪夢に出てくる馬に乗った幽霊が二人もいると思ったことでしょう。狐火がときどき行く手を横切りました。黒丸烏が深い森の奥であわれに鳴いておりました。遠くには野良猫の目が蛍のように光っているのも見えました。馬のたてがみは乱れに乱れ、脇腹には汗が滴り、鼻孔から吐く息は苦しげに大きな音をたてていました。しかし、馬が弱ってきたのを見ると、馬術の達人の先導者はとても人間の声とは思えない、かけ声を喉から発して馬を叱咤するのです。その途端、馬たちは再び勢いを増すのでした。ようやく、つむじ風がやみました。すると、真っ黒で大きなものがとつぜん目前にそびえたったのです。そこにはちらちらと光もありました。鉄の板の上を歩く馬の蹄が森の中よりもさらに大きな金属音を響かせたかと思うと、私たちは二つの大きな塔の間に暗い口を開いたかのようなアーチ型の門をくぐりました。城内では人々があわてふためいていました。松明を手にした使用人たちが中庭を右往左往しており、明かりが階段を上ったり下ったりするのが見えました。ぼんやりとしているものの、王宮とも、童話のなかの宮殿ともつかぬ巨大な建物があり、大きな柱、アーケード、玄関ポーチや手すりの豪奢なさまが垣間見えました。黒人の召使がやってきて私が下馬するのを手伝ってくれました。あの日、クラリモンドの紙入れを渡しに来たあの召使です。見てすぐにわかりました。首から金の鎖を垂らし、象牙の杖を持ち、黒いビロードの服を着た執事が私に歩み寄ってきました。その目からは大粒の涙があふれて頬を伝い、白い口髭を濡らしていました。彼は頭を振りながらこう言ったのです。

「遅すぎました。間に合いませんでした。司祭様。魂を救うことは叶わなかったとはいえ、どうぞ、亡骸に弔いをお願いいたします」

執事は私の腕をとり、遺体のある部屋に連れて行きました。私もまた、執事と同じぐらい泣きじゃくっておりました。亡くなった女というのが、狂おしいまでに愛したあのクラリモンド、その人であるとわかったからです。寝台の横に祈禱台が用意されていました。ブロンズのランプ皿の上で揺れる青みがかった炎[13]が、部屋全体を淡くやわらかく照らし、闇のあちらこちらに家具やコーニス[14]の鋭角を浮かび上がらせていました。テーブルの上、装飾の彫り込まれた水瓶に飾られた白い薔薇の花はすでにしおれ、生気のある花びらを一枚だけ残し、ほかはすべて香り高き涙のしずくのように水瓶の足下に散っていました。割れた黒い仮面、扇、あらゆる装身具が長椅子の上に散らかっており、この豪奢な屋敷に死がまったくのとつぜん、なんの予兆もなく訪れたことを物語っておりました。私はあえて寝台の上を見ようとはせず、その足下に跪きました。そして、この女性と私のあいだを死によって隔て、祈禱のなかで彼女の名を今や聖なるものとして唱えることを可能にしてくださったことを神に感謝しながら、熱心に詩編を唱え始めました。ですが、徐々にそんな意気込みも弱まり、私は夢想に沈んでしまいました。その部屋には死を感じさせるものがありませんでした。通夜の席でいつも嗅ぐことになるあの遺体の汚臭はなく、よくわからないものの、情欲を思わせる女性の香り、東洋のお香がほの暖かい部屋に物憂げに漂っておりました。青白い光は、死体のそばで揺れては影をつくる黄色い光というよりも、享楽への誘いを醸し出す薄明かりのようでした。死が二人を永遠に分かつそのときにクラリモンドと再会した偶然に思いをはせるうちに、私の胸から後悔のため息が漏れました。すると、背後からも同じため息が聞こえたような気がしたのです。私は無意識のうちに振返っていました。でも、それは、単なる反響にすぎなかったようです。ただ、振返った拍子に、これまで見ないようにしていた寝台の様子が目に入りました。寝台に吊るされた、大きな花模様が入った赤いダマスク織りのカーテンは、金の撚り房で引き上げられており、その奥に長く身を横たえ、胸の上で手を組んだご遺体が見えました。まぶしいほど白い麻の薄布に包まれているため、暗く赤みのある壁紙を背に輪郭がくっきりと浮かび上がり、魅惑的な肉体の形のよさがそのまま映し出されていまし

13 皿に油を満たし、布芯に火を点けるランプ。
14 天井と壁をつなぐ部分の装飾。

た。死後硬直があってもなお、やわらかな曲線が奪われることのない白鳥のような首に至るまで、美しいラインを描いたままなのでした。王妃の墓石のために腕のいい彫刻家が制作した石膏像のようであり、雪に埋もれたまま眠る少女のようでもありました。

それ以上我慢できませんでした。寝室の空気が私をむしばみ、しおれた薔薇の熱を帯びた香りでのぼせあがった私は大股で部屋の中を歩きまわり、寝台の前に来るたびに足を止め、透き通るような白装束越しに優美な死人の姿に見とれました。ふと妙なことを考えました。どうも彼女が本当に死んでいるとは思えないのです。もしや彼女は私を自邸に呼び寄せ、その恋を成就させせんとして死んだふりをしているのではないだろうか。白い薄布の下で彼女の足が動いたように見えました。白装束のまっすぐな折り目が乱れたような気がしたのです。

そこで私は考えました。「本当にクラリモンドなのだろうか。そんな証拠はどこにもない。あの黒人の召使だって、主人を替えることはある。こんなに悲しみ、心を乱すのは馬鹿げたことじゃないだろうか」でも、私の心は早打ち、こう答えるのです。「彼女だ。彼女に違いない」私は寝台に近づき、私を惑わせるこの遺骸を先ほどよりもさらに注意深く観察しました。正直に申し上げてよろしいでしょうか。死の影によって純化され、神聖化されていたにしても、完璧な形を目にしたとき、私はそこに感じてはならない肉感的な美を感じました。どう見ても眠っているようにしか見えないので、誰かが勘違いしただけなのではないかと思いました。自分が看取りのために来たことさえ忘れておりました。私は、恥ずかしさのあまり姿を見せようとしない婚約者の部屋に足を踏み入れた若き花婿のような気になっていたのです。苦しみに沈み、歓喜に酔い、不安と快楽に震えながら、私は彼女のほうに身をかがめ、薄布の端を摘みました。彼女を起こしてしまわないよう、息を殺し、ゆっくりと慎重に薄布をめくりあげました。私の血管は、こめかみがびくびくしているのがわかるほど激しく脈動しておりました。大理石を持ち上げたかのように額に汗が滴りました。そこには叙階式の日に私が教会で目にしたままのクラリモンドがおりました。あのときと同じ妖艶さでした。死でさえも彼女にとっては色香を倍増させるものだったのです。頰が白くなり、薔薇色の唇も少し生々しさを失い、閉じた長いまつ毛が黒い房となって白い肌の上に際立ち、彼女の顔に憂いを帯びた純潔さと、言葉にならない誘惑の力をもつ深刻そうな苦しみの表情をつくっていました。ほどいた髪には、まだそこここに青い小花がついており、枕のように頭部を支え、裸の肩を巻き毛で隠しているかのようでした。何よりも透き通って、オスチヤよりも白く美しい両手は信心深いやすらぎと無言の祈りを表すように組まれており、象牙のように白く丸みを帯びた腕、真珠のブレスレットをつけたままの剝き出しの腕が死んでもなお妖艶すぎる姿をしとやかに見せているかのようでした。私は無言のままただ見入っておりました。見れば見るほど、この美しい肉体に命がないことなど信じられません。幻覚なのか、ランプの光の加減なのかはわかりませんが、青白く光沢のない顔に血の気が戻ってきたような気さえしたのです。しかし、彼女は先ほどからずっとまったく動かぬままでした。そっと腕に触れてみました。ひんやりとしていましたが、あの日、教会の戸口で私の手に触れたときのほうがもっと冷たかったような気がします。私は枕元に戻ると、彼女の上にかがみこみ、熱い涙の露を彼女の頰に滴らせました。絶望と無力感の苦い思いが私を襲いました。なんと苦しい通夜でしょう。私は自分の命を掻き集めてひとまとめにし、彼女にあげたいと思いました。冷たい遺骸に、私を焼き尽くそうとしているこの炎を吹きかけてやりたいと思いました。夜が更け、永遠の別れが迫るのを感じた私は、どうしても、私の愛のすべてである彼女、その冷たい唇に口づけたいという、この悲しく甘美な思いが抑えられなくなりました。すると、なんということでしょう。私の息に混ざってかすかな呼吸が生まれたのです。クラリモンドの唇が私の口を押し戻してきたのです。彼女の目が開き、わずかながらきらめきが戻ってきました。彼女はため息をつくと、ほどいた腕を今度は、えも言われぬうっとりとした様子で私の首に回しました。

「ああ、あなたなのね。ロミュアルド」

彼女の声はけだるくやさしく、ハープの響きの余韻のようでした。

「何をしていたの？　ずっと待っていたのよ。待ちすぎて死んでしまったわ。でも、もう二人は一緒ね。あなたに会えるし、あなたの家にも行けるんだわ。ロミュアルド、さようなら。愛しています。それだけが言いたかったの。たった今、あなたが口づけと一緒にくださった命、お返しするわ。では、またね」

次の瞬間、彼女はまたがっくりと後ろに頭を垂れましたが、その腕はしがみつくように私の身体に回されたままでした。激しいつむじ風が窓を開き、部屋の中に流れ込んできました。一枚だけ残っていた白薔薇（しろばら）の花びらも翼のようにはためいたのち、茎

15　聖体拝領の際に使われるパン。

を離れ、開いた窓から外に飛んでいきました。クラリモンドの魂も風とともに去っていきました。ランプの光が消え、私は気を失い、麗しい遺骸の胸元に崩れ落ちました。

目が覚めると私は司祭館の小さな部屋におり、いつもの寝台で寝ていました。毛布からはみ出た私の手を、前任者の残したあの老犬がなめていました。バルバラが、老人特有のぶるぶると震える手で引き出しを開けたり、閉めたり、コップの中に粉末を入れて掻き回したりと、甲斐甲斐（かいがい）しく動き回っていました。私が目を開いたことに気づくと、老女は歓喜の声をあげ、犬も尻尾（しっぽ）を振り、吠え声をあげて喜びました。でも、私は衰弱しきっており、言葉はおろか、身体を動かすことさえできませんでした。なんと私はすでに三日も前からこんなふうにかろうじて息をしているだけの状態だったらしいのです。三日間、私の人生はあってもなかったようなもので、その間、自分の魂がどこにあったのかすら、わかりませんでした。というのも、私は何も覚えていなかったのです。バルバラによると、私をあの晩、迎えに来たのと同じ赤銅色（しゃくどういろ）の肌の男が、翌朝、寝台車で私を送り届け、すぐに帰っていったとのことでした。意識が戻るとすぐに、私はあの恐ろしい夜のことを順を追って思い出そうとしてみました。最初は何か手品のようなものに騙（だま）されたのではないかと考えました。ですが、実感を伴い、感触まであったことを思うと、それはあり得ないと打ち消しました。夢を見たとも思えません。だって、バルバラも私と同じように二頭の黒い馬を連れて現れたあの男を見たといいますし、男の服装や物腰についても正確に覚えていました。しかし、私がクラリモンドと再会した城のことを話しても、誰一人としてこのあたりにそんな城は知らないのです。

ある朝、セラピオンがやってきました。私が病の床にあることをバルバラから知らされ、駆けつけてくれたのです。こうして駆けつけてくれたのは彼の愛情であり、私を思いやってのことだとわかってはいても、セラピオンの訪問をありがたく思う気持ちがそれほどわいてきませんでした。セラピオンのまなざしが、私の心中を見透かし、詮索（せんさく）しているように思われ、私は当惑しました。彼を前にして、落ち着きを失い、罪悪感にさいなまれたのです。最初に私の心中の乱れを感じ取ったのも彼でしたから、私はどこか彼のそうした洞察力を恐れていたのです。

やけにやさしい声で私の健康状態について尋ねつつも、彼はそのライオンを思わせる黄色い瞳で私をじっと見据え、探り針を刺すように私の魂を覗き込んできました。そして、私の司祭としての活動について二、三の質問をしました。ここを気に入ったか、お勤めがないときには何をしているか、地元の人たちと親しくなったか、どんな本を好んで読んでいるか、などと細々(こまごま)とした質問が続きました。私はどんな質問にもできるだけ簡潔に答えようとし、彼は私が答え終わるのを待たずに次の問いを口にするのでした。こんな会話、彼が本当に言いたかったこととは無関係のことを話していただけです。やがて、何の前触れもなく、とつぜん何かを思い出し、すぐに言っておかないと忘れてしまいそうだとばかりに、彼は、よく響く明瞭(めいりょう)な声で話し始めました。

その声は、私の耳に、最後の審判を告げるトランペットのように聞こえました。

「あの有名な高級娼婦、クラリモンドがつい最近亡くなったよ。昼も夜もなく一週間にわたる乱痴気騒ぎの挙句、亡くなったそうだ。とんでもなく豪華な宴だったらしい。ベルシャザル[16]やクレオパトラの饗宴よりもさらに冒瀆的なものだったとか。まったく、今を何世紀だと思っているのだろう。列席者に給仕したのは、まるで悪魔のような、よその国の言葉を話す褐色の肌の奴隷だったというし、最も身分の低い使用人でさえ、皇帝の大宴会に着ていけそうな豪華な服装だったとも聞いた。以前から、あのクラリモンドについては妙な噂(うわさ)があったのだ。彼女とつきあった男は皆、陰惨な死に方やひどい死に方をしている。彼女は女吸血鬼だったと言う人もいる。でも、私はベルゼブブの化身ではないかと思っている」[17]

彼はそこで黙り込み、私の反応を探るように、じっとこちらを見つめてきました。あの夜この目で見たことと不思議なほど一致しているのが不気味なうえに、あらためて耳にした彼女の訃報が私を混乱と恐怖に陥れ、自制しようとしても動揺は顔に表れていたことと思います。セラピオンは厳しい目で心配そうに私を見やりました。

「忠告しよう。君は深い淵に足を踏み入れかけている。落ちないように気をつけたまえ。悪魔の爪は長い。墓も時に信用ならない。クラリモンドの墓石は三重に封印されたそうだ。なにしろ、前にも何度か死んではよみがえっているらしい。ロミュアルド君、神のご加護があらんことを」

そう言うとセラピオンはゆっくりと歩いて出て行きました。彼を見たのはそれが最後となりました。というのも、彼はその後すぐにS町に移ったのです。

16 『旧約聖書』に登場する新バビロニア王の息子。盛大な宴を開いたとされる。

17 『新約聖書』の「マタイ福音書」に登場する悪魔の首領、ベルゼブルのこと。サタンの別名ともいわれている。

私はすっかり回復し、日常的な職務を再開しました。クラリモンドの思い出も、老師セラピオンの言葉もどちらも心を離れませんでした。ですが、セラピオンが心配していたような恐ろしいことは特別に起こりもせずに日々が過ぎ、彼の心配も私の感じた恐怖も大げさだったのではないかと思うようになりました。ところが、ある晩、夢を見たのです。眠りを水にたとえるなら最初の一口を飲んだか飲まぬかのうちに、寝台のカーテンが開く音、カーテンを吊るしたリングが竿を滑る音が聞こえました。あわてて肘(ひじ)をつき身を起こすと、目の前に立つ女のシルエットがありました。すぐにクラリモンドだとわかりました。彼女は、埋葬時に墓に入れるような小さなランプを手にしており、細い指は光に透けて薄紅色に見えました。薄紅色は気がつかないほど微妙に薄くなっていき、やがて乳白色の腕へとつながっていくのです。身につけているのは、臨終の床で彼女を包んでいた麻の白布だけ。まるで剝き出しの肌を恥じるかのように、手で胸のあたりの布を押さえているのですが、その小さな手では扱いきれないようでした。肌があまりにも白いので、薄暗いランプの光のもとでは白布の色と区別がつかないほどでした。身体の線がすべてくっきりと見える薄い布をまとった彼女は、生きた人間というより大理石でできた古代の浴女の彫像のようでした。生きていようが死んでいようが、石像だろうが、女だろうが、影だろうが実体だろうが、彼女の美しさに変わりはありません。ただ、その瞳に宿った緑色の光が少しばかり弱まり、かつて真っ赤だった唇も今はやわらかく儚げな薔薇色となり、頰の色と同じような色合いになっておりました。私が見たとき、髪についていた青い小花は、すっかり枯れて、すべての花びらを失っておりました。それでも彼女はとても魅力的で、ええ、あまりにも魅力的で、とんでもないことが起こっており、彼女がどうやってこの部屋に入ってきたのかが不思議でならないはずなのに、私は、ちっとも怖いと思わなかったのです。

彼女はランプをテーブルに置き、寝台の足下に腰を下ろすと、寝ている私のほうに顔を寄せ、話しかけてきました。その声は、銀のようでもあり、ビロードのようでもあり、彼女だけがもつ独特の声なのです。

「お待たせしたわね。ロミュアルド。私があなたを忘れたと思ったんでしょう。でもね、私はとても遠いところから来たの。誰もまだ行ったことがないほど遠い場所よ。月も太陽もない国からやってきたの。ただ広くて暗いだけの場所よ。街路も、小道もないし、踏みしめる大地もなければ、羽ばたくための空もない。でも、ほら、私はここにいる。だって、愛は死よりも強いから。最後には愛が死に勝利するの。ここまでの道中、私が目にしたものといえば、陰気な顔やおぞましいものばかり。強い意志の力でこの世に戻ってきたものの、魂が肉体を取り戻し、よみがえるのにどんなに苦労したことか。墓石を持ち上げるのにどれほど力が必要だったか。ほら、このあわれな手を見て。掌があざだらけでしょう。ね、薬になると思ってこの手に接吻してくださいな」

彼女は冷たい掌を右、左と私の口元に差し出しました。私はその手に何度も口づけし、彼女はそんな私をえも言われぬうっとりとした笑みを浮かべて見つめていました。ええ、恥ずかしながら告白します。セラピオンの忠告も、取り戻したはずの勤勉さも、すっかり忘れておりました。私は何の躊躇もなく、一撃で陥落してしまったのです。誘惑者を拒絶しようとさえしなかった。クラリモンドの肌のみずみずしい感触が私のなかに入り込んできて、私は自分の肉体に恍惚とした戦慄が走るのを感じました。あわれなクラリモンド。私はあれだけのものを目にしたというのに、彼女が悪魔だとは信じられませんでした。少なくとも、彼女はそんなふうに見えなかった。サタンでも、あれほど上手に長い爪や角を隠した者はなかったでしょう。彼女は膝を折り、無造作で色香にあふれた姿勢で寝台の隅に座り込みました。ときおり、その小さな手で私の髪を梳き、新しい髪型をためすかのようにくるくると巻き上げるのです。私は罪深い陶酔感に浸り、されるがままになっていました。そのあいだずっと彼女はうっとりするような声でささやきかけてくるのでした。ひとつ意外だったのは、自分がこんな不思議な状態にありながら、ちっとも驚いていないことでした。幻惑された人たちが、どんな奇妙な出来事をも日常茶飯事のようにあっさりと受け入れてしまうあの気安さで、ごく自然なことのようにしか思えなかったのです。

「ねえ、ロミュアルド、私はあなたに会うずっと前からあなたを愛していたのよ。さんざん探し回ったんだから。あなたは私の夢だったの。そして、教会であの運命的な瞬間にあなたを見つけたの。すぐに、ああこの人だって声に出たわ。これまでの愛、そのときの愛、この先の愛、思いのすべてを込めてあなたをじっと見つめた。枢機卿を地獄に落とし、王をその臣下の前で私の足下に跪かせるはずのまなざしだったのに、あなたには通じなかった。あなたは私より神様を選んだのね。

ああ、あなたの愛した神様、今もあなたが私より愛しているのは神様。私、神様に嫉妬しちゃうわ。

私ときたら、なんてついてないんでしょう。なんてかわいそうなんでしょう。永遠にあなたの心を独り占めすることはできないのね。死んでいた私は、あなたの口づけでよみがえり、あなたのせいで墓石を動かしてまでここに来て、あなたを喜ばせるためだけに再び得た命をこうして捧げようとしているのに！」

言葉の合間にうっとりするような愛撫を受け、私はいつしか感覚も理性も失っていき、ついには、彼女を慰めようと神を冒瀆するような恐ろしい言葉を平気で口にし、神様と同じぐらい彼女を愛していると言ってしまったのです。

彼女の瞳に生気が戻り、緑玉髄（クリソプレーズ）のように輝きだしました。「本当？　本当に？　神様と同じぐらい？」と言いながら、彼女はその美しい腕で私に抱きついてきました。「じゃあ、あなた、私と一緒に来てくれるわね。私の行くところへどこへでもついてきてくださるわね。そんなみっともない黒衣は脱いでちょうだいね。あなたは最高に誇り高く、皆から羨まれる騎士となり、私の恋人になるのよ。法王を拒絶したクラリモンドの公然たる愛人となるなんて、すごいことでしょう。ねえ、幸せでしょう。輝かしく美しい人生を過ごしましょうね。さあ、出発はいつにする？」

「明日。そう、明日さ」私は尋常ならざる状態で叫びました。

「明日ね。わかったわ。着替える時間ができてちょうどいいわ。これじゃあまりにもみすぼらしくて、旅には都合が悪いもの。私が死んだと本気で思って、心の限りに嘆き悲しんでいる使用人たちにも声をかけてこなくちゃね。お金と着るものと馬車と全部、明日には用意できるはず。またこの時間に迎えに来るわね。さようなら、愛する人」

そして彼女はそっと私の額に口づけをしました。ランプが消え、カーテンが閉じられ、何も見えません。鉛のような眠り、夢も見ない眠りが私に重くのしかかり、翌朝まで私を飲み込んで離しませんでした。私はいつもよりも寝坊し、あの不思議な光景を思い出しては落ち着かない気分で一日を過ごしました。とはいえ、あれは想像力を掻き立てられ、奇妙な夢を見ただけのことであり、ただの幻だと考えるようになっていました。だが、その一方で、あまりにも生々しい夢であり、どう考えても現実だったとしか思えない気持ちもありました。そんなわけで、私は邪悪な考えを遠ざけてくださるよう、そして私の眠りが禁欲的なものであるよう神に祈り、それでもどこかでこれから自分に起こることに怯(おび)えながら寝台に横たわったのです。

私は早々に深い眠りに落ちました。そして、昨日の続きを夢に見たのです。寝台のカーテンが開き、クラリモンドが現れました。初めて見たときの血の気のない顔色、頬に死斑を浮かべていた白装束の姿とは打って変わり、緑色のビロード地に金の飾り紐がつき、サテンのスカートが見えるように両脇を短めにたくしあげた、見事な旅装を身につけ、表情も明るく、敏捷に動き、優美な姿をしておりました。白い羽根がぐるりと贅沢に縁取る黒い大きなフェルトの帽子から、ブロンドの髪がゆるく弧を描いて、流れ落ちています。そして手には、金の笛がついた小さな乗馬用の鞭を持っていました。彼女はその鞭で軽く私をつつき、言いました。

「ほらほら、お寝坊さん、準備はできているのかしら。起きて待っていてくれると思っていたのに。早く起きて。時間を無駄にはできないわ」

私は寝台から飛び下りました。

「さあ、そこの服を着て。出かけましょう」そう言って彼女は自分が持ってきた小さな荷物を指さしました。

「馬が待ちくたびれて、戸口でいらいらと轡を噛んでいるわ。今頃はもうここから十里離れたところにいるはずだったのに」

大急ぎで服を着ました。彼女は私の不器用な様子をけらけらと笑いながら、身につけるものを次々と手渡し、私が間違えると、その装身具の使い方を教えてくれるのでした。最後に私の髪を整え、銀彫りの入ったヴェネチア風の小さな手鏡を差し出して、言いました。

「どう？　私をあなたのお世話係に採用なさったら？」

私はすっかり姿を変えていました。自分でも見違えそうなほどです。その差は、石の塊と彫り上げられた石像のように歴然としており、すっかり似ても似つかぬものとなっていたのです。鏡に映った姿を完成品とするなら、それまでの自分は粗雑な試作品でしかないように思えたものです。ああ、私はこんなに美しかったのか。変身した姿は私の自尊心をくすぐりました。エレガントな衣装、刺繍の入った高級そうな上衣のおかげで、私は別人になりました。仕立次第で数オーヌ[18]の布地がこんなにも力をもつものなのかと感嘆しました。衣装のもつ雰囲気が私の肌に浸透し、十分もすると私はなかなかのうぬぼれ屋になりはてました。

私は気持ちを落ち着かせようと部屋の中をぐるぐると歩いてみました。クラリモンドは、母親が息子を誇らしげに見守るようなまなざしで私を眺め、自分の選んだ衣装

18　布地の長さを表すのに用いられた古い単位。一オーヌは約一・二メートル。

の効果に満足げでした。

「さあ、子どもみたいにはしゃいでないで。出発しましょう、ロミュアルド。遠くに行くのだから、さっさと出発しないと、今夜のうちにたどりつけないかもしれないわ」

彼女は私の手をとり、引っ張りました。彼女が触れただけですべての扉は自然に開き、犬を起こすことなくその前を通り抜けました。

門の前でマルゲリトーネが待っていました。あのとき、私を迎えに来た乗馬の名手です。その晩も、彼は三頭の黒い馬の手綱を持って立っていました。私とクラリモンドと彼で一頭ずつです。馬たちは、スペイン原産の小型馬でしたが、ゼフィロス[19]が牝馬に産ませたものとしか思えませんでした。なにしろ風より速く走るのです。私たちを照らすために、昇ってきたかのような月は、馬車からはずれた車輪のように空の上を転がり続けておりました。月は、私たちの右側で樹木から樹木へと飛びはね、息を切らせながらあとを追いかけてくるかのように見えました。やがて、私たちは原っぱに着きました。そこでは、木立の脇で四頭の力強い馬に引かれた馬車が待っておりました。私たちが乗り込むと、御者は馬たちをとんでもない駆け足で走らせました。私はクラリモンドの腰に腕を回し、もう片方の手で彼女の手を握っておりました。彼女は私の肩に頭をもたせかけ、私は彼女の半ば剝き出しになった胸が自分の腕に触れるのを感じました。こんなに生々しい幸福感を抱いたのは初めてでした。この瞬間、私はすべてを忘れておりました。母の胸に抱かれていた頃の記憶がないのと同じくらいに、自分が聖職者であることを忘れていたのです。ええ、悪の力はそれほどまでに深く私を支配していたのです。この夜から私の二重生活が始まりました。私のなかには互いの存在を知ることのない二人の男がいたのです。私は毎晩、遊び人になった夢を見る聖職者であり、あるときはまた、自分が聖職者だったという夢を見る遊び人でありました。私はもはや、自分が起きているのか夢を見ているのか、どこまでが幻で、どこからが現実なのかわからなくなっていました。うぬぼれ屋で享楽的（リベルタン）な青年貴族は聖職者を愚弄（ぐろう）し、聖職者は若き貴族の放蕩（ほうとう）ぶりが許せません。互いに触れ合うことなく、もつれあいひとつになる二重螺旋（らせん）の構造は、二つの世界を生きる私の生活そのものでした。そして、これだけ奇妙な状況にありながら、私は一瞬たりとも自分が正気であることを疑いもしなかったように思います。ええ、どちらの存在のときにも、意

19　ギリシャ神話の西風の神。

識ははっきりとしていたのです。ただ、どうしても説明できない不条理な点がひとつだけありました。二人の男はまったく異なる性質だったにもかかわらず、どちらも感情は私のままなのです。とある寒村の司祭であるときも、クラリモンドの愛人シニョーレ・ロミュアルドのときも。その不思議さに、自分でも気づいていなかったのです。

私はずっとヴェネチアにおりました。少なくとも、ヴェネチアにいるつもりでおりました。というのも、当時、私はまだこの奇妙な冒険のただなかにあって、夢と現実の区別がつかなかったのです。私はクラリモンドとともにカナレイオ運河に面した大理石の大きな宮殿に住んでおりました。屋敷内には、フレスコ画や彫刻が飾られ、クラリモンドの寝室には最盛期のティツィアーノ[20]の絵が二枚かかっており、王宮のようでした。私たちにはそれぞれのゴンドラと専属のバルカローレ[21]、音楽室とお抱え詩人がついていました。クラリモンドは豪奢な生活を好んでおり、その趣向はどこかクレオパトラを思わせるものがありました。私はといえば、大公の子息を気取り、ヴェネチア共和国に住む、十二使徒[22]や四大福音史家[23]の末裔（まつえい）であるかのように、傲慢（ごうまん）な態度をとるようになっていました。ドージェ[24]が向こうからやってきても道を譲ろうとはせず、サタンが空から落ちてきて以来、私ほど横柄で高慢な者はいなかったことだろうと思います。リドット[25]に行き、大金を投じて賭け事に興じました。落ちぶれた貴族の子息や、女優たち、詐欺師や寄食者、剣客といったろくでもない連中とも知り合いました。ですが、どんなに放蕩生活を送っても、浮気はしませんでした。私はクラリモンドを深く愛していたのです。彼女ならばどんな満腹な状態にある者でも欲情させ、浮気者でさえ彼女一筋にさせたことでしょう。クラリモンドを愛するのは、二十人の愛人をもつのと同じことです。彼女は常に動きまわり、変化し、別の女になっていくのですから、ありとあらゆる女とつきあっているような気がしました。そう、まさにカメレオンです。ほかの女が相手なら決して不貞をはたらかぬ男であっても、彼女ならば

20 イタリアのルネサンス期の画家。
21 バルカロール（舟歌）を歌いながら舟を操るヴェネチアのゴンドラ漕ぎ。
22 キリストの弟子。
23 マタイ、マルコ、ルカ、ヨハネ。
24 ヴェネチア共和国の首長。
25 ヴェネチアに実在した遊技場、カジノ。

きっと誘惑してみせるでしょう。だって、彼女はあなたが喜びそうな性格、たたずまい、美しさを備えた女性になることができるのですから。彼女は私の愛を百倍にして返してくれました。若きパトリキ[26]から十人委員会[27]の老人たちまで、彼女を口説き落とそうとあれこれ声をかけてきました。フォスカリ家の男に至っては彼女に結婚まで申し込んだのです。でも、彼女はすべて断りました。彼女は充分に金をもっておりました。彼女が求めていたのは愛だけでした。それも自分で火を点(つ)けた、若く純粋な愛、つまり最初で最後の恋でなければいけないのです。毎晩襲い来る悪夢さえなければ、私の幸福はきっと完璧だったことでしょう。ええ、毎晩、夢のなかで私は村の司祭となり、苦行にいそしみ、昼間の放埒(ほうらつ)ぶりを悔いていたのです。私はもはや彼女といることに慣れてしまい、彼女との出会いが実に奇妙なものだったことなど、ほとんど気にかけていなかったのです。それでも、ごくたまにセラピオンの言葉を思い出し、不安になることがないわけではありませんでした。

しばらく前からクラリモンドの体調はかんばしくありませんでした。日に日に顔色が悪くなってゆきました。医者を呼びましたが、どの医者にも彼女の病気はわからず、手のほどこしようがないと言われました。医者たちは効きもしない薬を出し、二度とやってこようとはしませんでした。理由はわからぬまま、クラリモンドは目に見えて青ざめ、その身体は徐々にぬくもりを失ってゆきました。あの見知らぬ城で再会した晩のように、肌は血の気を失い、死んだようになっていったのです。彼女がこんなふうに少しずつ弱っていくのを私はつらい思いで見守っておりました。私があまりに苦しげなので、彼女はやさしく悲しげな笑みを浮かべていました。死にゆく人が浮かべるあの微笑みです。

ある朝、私は彼女の枕元に腰を下ろし、横の小卓で朝食をとっておりました。わずかな時間さえも、彼女のそばを離れたくなかったのです。果物を切ろうとして、私は不注意から指をざくりとやってしまいました。真っ赤な血が流れ出し、飛沫(ひまつ)がクラリモンドの顔にまで飛び散りました。するとその瞬間、彼女の目が輝き、その顔にこれまで見たこともないような残忍で野蛮な喜びの表情が浮かんだのです。次の瞬間、彼女は猿や猫を思わせるような動物的な敏捷さでベッドから飛び出し、私の指にとりつ

26 古代ローマの血統貴族のこと。
27 紀元前四五一年に設置された共和制ローマの政治機関。

き、何とも言えないうっとりした顔で私の傷口を吸い始めました。そして、美食家がシェリー酒やシラクサ[28]のワインを味わうようにゆっくりと大事そうに血のしずくを飲み下したのです。うっとりと目を細めたそのとき、ふだんはまん丸な緑の瞳孔(どうこう)が細長くなっていました。クラリモンドはときおり吸うのをやめて私の手に接吻をし、すぐにまたその唇を傷口に押しつけ、赤い血のしずくを吸い出そうとするのです。もう血が出ていないことに気づくと、彼女は立ち上がりました。その目は、五月の夜明けの光よりも赤くうるんで輝き、顔は生気に満ち、手はほんのり湿って温かく、いつになく美しく、健康そのものに見えました。

「私は死なない。死んだりしない！」彼女は喜びのあまり、正気を失ったかのように声をあげ、私に抱きついてきました。

「まだこの先もあなたを愛せるのね。私の命はあなたのもの。私のすべてはあなたがくれたもの。あなたの芳醇(ほうじゅん)で高貴な血のしずくが、世界中のどんな霊薬よりも貴重でよく効くお薬となり、私をよみがえらせてくれたのよ」

このときのことは長らく私の頭を離れず、クラリモンドの正体を疑うきっかけとなりました。その晩、眠りのなかで司祭館に戻ると、セラピオンがこれまでになく深刻で心配そうな顔をしておりました。彼は私をじっと見つめ、こう言ったのです。

「魂を失ったばかりか、肉体まで失おうとしているのか、不幸な青年よ。おまえはなんという危険な罠に落ちてしまったのか」

言葉数こそ少なかったものの、その口調に私は心から震えあがりました。ですが、その激しさとは裏腹に、セラピオン神父の姿はやがて薄れゆき、さまざまな些事に明け暮れるうちに私の心から消えてゆきました。しかし、ある晩、私は、クラリモンドが、グリュ・ワイン[29]のグラスに何か粉末状のものを入れている姿を鏡越しに見てしまったのです。クラリモンドはまさか鏡がそんな意地悪な位置にあるとは気づいていなかったのでしょう。グリュ・ワインはいつも彼女が食後に用意させるものでした。私はグラスを手に取ると口をつけるふりだけして、残りはあとのお楽しみにとっておこうとしているかのように、家具の上に置きました。そして、彼女がこちらに背を向けている隙に、グラスの中身を床に捨てました。そのあとは、そのまま寝室に向かい、

28 イタリア、シチリア島東岸の地中海に臨む港湾都市。
29 ワインにスパイスを加えた飲み物。

絶対に眠らずに何が起こるか見届けてやろうという決意とともに横になりました。さほど長く待つ必要はありませんでした。寝間着姿のクラリモンドがヴェールを脱ぎ、私のそばに横になりました。そして、私が眠っているかを確かめると、私の袖をめくり、自分の髪から金のピンを抜き取りました。そして、かすかな声でささやいたのです。

「ひとしずく。真っ赤な血を、ほんのひとしずくだけ。針先に赤いルビーのような一粒をいただくだけね。あなたがまだ私を愛してくださるなら、死ぬわけにはいかないもの。つらい恋だわ。深紅に輝くこの美しい血をいただきましょう。眠りなさい。あなたは私のただひとつの宝物。おやすみなさい。あなたは私の神様、私の子ども。痛くないようにしましょうね。私の命をつなぐために、どうしても必要な分だけしか、あなたの命を犠牲にするつもりはないの。あなたを思う気持ちがもっと軽いものだったら、たくさんの愛人をつくってその血を吸い尽くすことだってできたでしょうに。でも、あなたと知り合って以来、ほかの誰も彼もおぞましい存在にしか思えない。きれいな腕ね。肉付きがよくて、白い肌。こんなに青く美しい血管に針を刺すなんてできないわ」

そう言いながら彼女は泣いていました。彼女は両手で私の腕を抱えておりましたので、私は自分の腕が涙に濡れるのを感じたのです。彼女はようやく心を決め、ピンでちくりと私の腕を刺し、血を押し出しました。血がひとすじ流れ出します。ほんの数滴口にしただけで、私の身体を気遣ってくれたのでしょう。彼女は香油で軽くぬぐって、すぐに傷口をふさぐと、小さな包帯を巻いてくれました。

もう疑いようがありません。セラピオンが言ったとおりでした。でも、彼女の正体を確信してもなお、私は彼女を愛さずにはいられなかったのです。彼女がその儚い命を維持するために必要ならば、すべての血をあげてもいいとさえ思いました。そもそもあまり怖いとは思わなかったのです。彼女は確かに吸血鬼でした。ええ、私が見たこと、聞いたことがそれを証明しています。でも、当時の私は、丈夫な血管をもっており、そう簡単に衰弱するとは思えませんでしたし、血の一滴や二滴で命を惜しむつもりはありませんでした。私は自分から腕を差し出し、彼女にこう言おうかとさえ思ったのです。

「飲むがいい。私の愛が私の血とともにあなたのなかにしみこんでいくんだ」

彼女が私に飲ませていた睡眠薬のことも、針を刺していたことも、私は一切話さず、知っていることをほのめかしさえしませんでした、私たちはこれ以上はない完璧な合意のもと仲良く暮らしておりました。ですが、聖職者としてのためらいは今までになく私を苦しめるようになっていました。肉欲を屈服させ、死に至らしめるためにはいったいどんな修練をすればいいのかさえわかりませんでした。たとえこれらすべての幻想は私が自分の意志で生み出したものではなく、ただの不可抗力でしかなかったにしても、たとえ夢か現実かはわからずとも、こんな放蕩生活で汚れた魂、そしてこの不潔な手でキリストに触れてはならぬとは思っておりました。ぐったりするほど過激な夢を見ずに済ませる手はないかと、眠らずに夜を明かそうともしました。指でまぶたをこじあけ、壁にもたれて立ち、必死に睡魔と闘ったのです。それでも、眠りの砂が目の中に流れ込んできました。[30] どんなにもがいても無駄だと知り、私は失望と惰性に負けてしまいました。流された私は、悪の岸へと押し戻されたのです。夢に現れたセラピオンは激しく私を叱責(しっせき)しました。私の脆(もろ)さ、意志の弱さを戒めました。ある日、私がいつになく荒れていると、彼は私にこう言ったものです。

「おまえに彼女への思いを断ち切ろうという意志があるのならば、方法はひとつしかない。極端な方法ではあるが、それしかないのだ。重病を治すには荒療治が必要だ。

クラリモンドが埋葬された場所はわかっている。掘り出して見れば、愛する女がいかに恐ろしい状態にあるか思い知るだろう。虫に食われ、今にも粉々に崩れ落ちそうな、この世のものではない死骸のために信心を捨てようとは思わなくなるはずだ。そうなれば、きっとおまえは自分を取り戻すことができるであろう」

私は二重生活に疲れ果てていたので、セラピオンの助言に従いました。とにかく、いちど聖職者と遊び人のどちらが幻なのか、はっきりさせたかったのです。私は片方の名の下に、もう片方の自分を殺そう、いや場合によっては、二人とも殺してしまおうと心を決めました。どう考えても、こんな二重生活がいつまでも続くとは思えませんでした。セラピオンは、ツルハシと梃とランタンを持ってきました。私たちは真夜中に、とある墓地へ参りました。セラピオンは墓地のどこに誰が眠っているか知り尽くしておりました。かすかなランタンの光で墓碑を読み取りながら進むと、やがて伸び放題の草に半ば隠れ、苔や菌類に覆われた墓石が見つかりました。墓碑銘の最初の部分だけは読むことができました。

30　砂男に砂をかけられると眠ってしまうという伝説を踏まえている。

「この世で最高の美女たりしクラリモンドここに眠る」

「ああ、ここだ」セラピオンはそう言うとランタンを地面に置き、墓石の隙間(すきま)に梃の先端を入れ、持ち上げました。石が動くと、そこからはツルハシを手に作業が始まりました。私は夜そのもののように、ただ暗く、静かに、彼のなすことを見つめていました。セラピオンは墓の上にかがみこみ、汗を流し、息を切らしておりました。荒い息づかいは、迫りくる死の苦しみにあえいでいるようでさえありました。異様な光景でした。端(はた)から見ればどう見ても、冒瀆者か墓泥棒としか思えず、神に仕える聖職者とはかけ離れた姿に見えたことでしょう。セラピオンの熱心さにはどこか強引で粗野な部分が感じられ、そのせいで彼の姿は使徒や天使よりも悪魔(デーモン)に近いように思えたのです。彫りの深い厳(いか)めしい顔立ちが、ランタンの光のつくる陰影でさらに際立ち、穏やかならぬ表情に見えました。私は自分の手足が冷たい汗に濡れ、苦悩のあまり髪が逆立つのを感じていました。心の奥底では、手厳しいセラピオンの行動をぞっとする冒瀆行為のように思いながらも、その姿を見つめるばかりです。いっそ私たちの頭上を重たげに流れる暗い雲の脇腹から稲妻が走り出て、彼を粉々にしてしまえばいいのにとさえ思いました。糸杉の上にいたミミズクがランタンの明かりをいぶかしみ、不満げなうなり声をあげながら、灰色の翼でランタンのガラスを強く叩かんばかりに近づいてきました。遠くでは狐が甲高い声をあげ、静寂のなかからは数多くの不気味な声が聞こえてきます。ついに、セラピオンのツルハシが棺にあたり、低いのによく響く音が聞こえました。われわれが無に触れたときに聞こえてくるあの不吉な音です。セラピオンが棺の蓋をひっくり返しました。両手を組んだ、大理石のように白いクラリモンドの姿が見えました。白い死に装束は、頭から足まで皺ひとつありませんでした。色をなくした口のすみに薔薇のように赤いしずくが光っています。それを見るなり、セラピオンは激怒しました。

「ほら、これが悪魔の姿だ。血と金を飲む、恥知らずの高級娼婦め！」

そしてセラピオンは遺体と棺に聖水を振りかけ、灌水器ごと十字を切りました。かわいそうなクラリモンドは、聖なる露を浴びたかと思うと、あっという間にぼろぼろになり、肉を失ってゆきました。もはや形をなさないおぞましい灰と、白い石のような骨だけになってしまったのです。

「ほら、これがおまえの愛した女の姿だ。ロミュアルド」

あわれな遺骸を指さし、冷酷な司祭は言いました。

「おまえはまだ美しい愛人とともにリド島[31]やフュジネ湖[32]を散策したいと思うか」

私はうつむきました。私のなかに大きな廃墟(はいきょ)が生まれました。私は司祭館に戻り、クラリモンドの愛人、騎士ロミュアルドは、長いあいだ不思議な伴侶(はんりょ)として生きてきたあわれな司祭から離れていきました。だが、しかし、翌日の晩、ただ一度だけ、私はクラリモンドの姿を見たのです。彼女は、初めて教会の戸口で会ったときと同じことを言いました。

「だめな人、だめな人ね。なんということをしてくれたの。なんで、あんな馬鹿な神父の言うことを聞いたの？ あなた、幸せじゃなかったの？ 墓をあばき、私の遺体の惨めな姿をさらすなんて、私があなたに何をしたというの？ 心も身体も通じ合っていたのに、もうおしまいね。さようなら。あなた、きっと後悔するわよ」

そして彼女は煙のように宙に消えてゆきました。その後、もう私が彼女に会うことはありませんでした。

ああ、彼女の言ったとおりです。私は一度ならず彼女を惜しみ、今もなお彼女を悼んでおります。ええ、魂の平穏の代償は実に高くつきました。神への愛は彼女への愛を埋め合わせるだけのものではなかったのです。これが私の若き日の話です。一度として女を見てはなりませんよ。いつでも下を見て歩きなさい。なぜなら、あなたがどんなに禁欲的で穏やかな人間でも、たった一分の過ちであなたは一生を棒に振ることになるからです。

31 ヴェネチアのリゾート地。
32 イタリア、ウディネ県の名勝地。

アッリア・マルケッラ——ポンペイの追憶

昨年のことである。三人の仲の良い若者たちがイタリア旅行に出て、ナポリにある考古学博物館を訪ねた。そこには、ポンペイとヘルクラネウムの遺跡[1]からの出土品が展示されている。

いくつかの展示室を回るうちに三人はばらばらになり、それぞれ興味の向くままに、モザイク画やブロンズ製の品々、遺跡の壁からはがされたフレスコ画を眺めていた。そのうちの一人は、面白いものを見つけるたびに、嬉しそうに大声で仲間を呼ぶので、粛々と見学するイギリス人旅行客や、冊子をめくっては解説を読むのに忙しい物静か

1　イタリア南部にある古代ローマの遺跡。いずれも七九年のヴェスヴィオ火山の噴火で埋没。ポンペイは一七四八年、ヘルクラネウムは一七三八年に発掘。

なブルジョワたちの顰蹙(ひんしゅく)を買っていた。

だが、三人のなかでいちばん年若い青年は、とあるガラスケースの前で足を止めたまま、仲間たちのにぎやかなやりとりも一切耳に入らない様子で、ただ一心に何かに見入っている。彼が全神経を集中させ見つめていたのは、少しへこんだところのある黒い灰の塊だった。熱で溶け、壊れてしまった彫刻の型取り石膏(せっこう)の破片のように見える。芸術の心得がある者ならば、そこにギリシャ彫刻の典型とも言うべき美しい乳房の丸みと脇腹(わきばら)のくびれを見出(みいだ)すことができるだろう。どんなガイドブックにも書いてあるので、溶岩が冷えて固まる際にこの美しい女体の形が残ったということは、誰もが知ることである。四つの町を破壊した噴火におけるささやかな偶然によって、二千年ほど前に失われた美しい形が私たちの目に見られるようになったというわけだ。何世紀にもわたり、多くの国は跡形もなく消えていったというのに、乳房の丸みは時を超えた。火山の屑(くず)によって打たれた美しい刻印は消えなかったのである。

オクタヴィアンがあまりにもじっと見入っているので、彼の友人たちも寄ってきた。マックスが肩に触れると、オクタヴィアンは秘密を暴かれたかのように思わず、びくりとした。マックスとファビオがそばに来たことすら気がついていなかったのである。

マックスが言う。

「オクタヴィアン、そんなにひとつひとつ、たっぷり時間をかけて見入っていたら、汽車に乗り遅れるぜ。今日じゅうにポンペイに着けなくなってしまう」

ファビオは「いったい何にそんな見入っているんだい」と言いながら身を寄せてきた。

「ああ、アリウス・ディオメデスの家で見つかった遺物か」

ファビオは訳知り顔で、オクタヴィアンをちらりと見やった。オクタヴィアンは少しばかり赤くなり、マックスの腕をつかんだ。博物館の見学はその後、大したこともなく終わった。博物館を出ると三人はコリコロ[2]に乗り、駅へと向かった。赤い大きな車輪に真鍮（しんちゅう）のビスが打たれた簡易座席の車体、瘦（や）せて精悍（せいかん）な馬はスペインのラバのような馬具をつけ、ごろごろとした溶岩の上を軽快に走る。とはいっても、コリコロは有名だから、こうして書くには及ばない。そもそもナポリの紀行文を書こうというわけではないのだ。ここに記したのは、実話なのだが、ちょっと信じがたい話、奇妙

2 馬車の一種。『コリコロ』というタイトルのナポリを舞台にしたデュマの小説もある。

な冒険譚なのだから。ポンペイ行きの汽車はその行程のほとんどを海沿いに進む。篩にかけた粉炭を思わせる黒褐色の砂に渦巻く白い泡が押し寄せ、長々と尾を引く。この海岸もまた火山の溶岩と灰からできており、その濃い色が空の青、海の青と見事なコントラストを見せていた。すべてが輝くなかで、地面だけが暗く影を帯びている。

三人が横切ったり、近くを通過したりした町の中には、オーベールのオペラで有名になったポルティチ[3]や、レッジーナ、トッレ・デル・グレーコ、トッレ・アンヌンツィアータといった町があり、いずれも通りすがりにアーケード型の家並みや、テラスのひさしなどを辛うじて眺めた程度だった。そもそも、これらの町は、火山性の鉄分が多い地質らしく、どんなに日差しが強く、地中海の石灰乳が豊富でも、どこかマンチェスターやバーミンガム[4]のような工業都市を思わせるところがある。黒い埃が舞い、微細な煤がそこらじゅうに付着し、ヴェスヴィオ火山という大きな鍛冶場がすぐ近くで喘ぎ、煙を吐いているのを感じずにはいられないのだ。

三人はポンペイの駅で降り、「ポンペイ駅」の表示を見て[5]、古代と近代を象徴する二つの言葉の取り合わせの妙を笑った。グレコ・ローマンの遺跡と近代的なプラットホーム[6]は実に対照的だ。

鉄道と掘り出された遺跡のあいだには綿畑が広がっており、三人は綿毛の舞うなかを横切っていく。古い城塞の外にあったオステリア[7]で彼らはガイドを雇った。いや、より正確に言うなら、ガイドが彼らを捕まえたのだ。イタリアではまず避けがたい災難のようなものである。

いかにもナポリらしい実に気持ちよく晴れた日だった。太陽の輝きと澄んだ空気のおかげで、すべての色が実に美しく、こんなのは、彼らの住む北国ではめったにないことだったので、まるで夢の国にいるかのようでさえあった。この金色と紺碧の光を一度でも目にした者は、霧深い祖国に戻っても、いつまでも思い出しては懐かしむことだろう。

3　ナポリ県の町。フランソワ・オーベールの歌劇『ポルティチの物言わぬ娘』の舞台となった。
4　イギリスの工業都市。ここでは産業革命による近代化の象徴でもある。
5　古代ギリシャがローマ帝国の属領となっていた時代（紀元前一世紀中頃～四世紀初め頃）にギリシャの影響を受けてローマ帝国でつくられた彫刻・絵画・建築物などの美術様式。
6　当時、鉄道はまだ開通したばかりだった。
7　イタリアの居酒屋。

火山の灰でできた死に装束の裾（すそ）をまくり、掘り起こされた都市は、目もくらむばかりの白日の下にその仔細（しさい）をさらしていた。向こうに見えるヴェスヴィオ火山は、青、薔薇（ばら）色、紫色の断層が見える山肌を陽光に輝かし、円錐（えんすい）状の姿でそびえたっていた。光のなかではほとんど目に見えないほどの靄（もや）が、先端が切り落とされたかのような火山の頂上を隠していた。一瞥（いちべつ）したところ、どんなに快晴でも高い頂にはありがちな雲のひとつのように見える。だが、近づいてみると、山の高みから、香炉の孔（あな）から立ち上る煙のように、白い蒸気が細く流れ出て、軽やかな靄をつくっているのだ。その日、機嫌の良さそうな火山は、穏やかにパイプをふかし楽しげだった。灰に覆われたポンペイの街が眼下に存在しなければ、モンマルトルの丘と同じぐらい穏やかな山のように思えたことだろう。反対側の地平線は、女性の腰のラインを思わせる優美な曲線の美しい丘の連なりに突き当たって終わる。さらに遠くには海が一筋の青い線となって見えている。かつてはこの海が、街の城壁のすぐ下まで二階三階まであるガレー船を運んでいたのだろう。

ポンペイの景観は実に驚くべきものだった。一気に十九世紀分を飛び越え過去に行けるのだから、どんなに鈍感な人間だろうと、物わかりの悪い人間だろうと、圧倒されることだろう。なにしろ、ほんの数歩で古代から近代へ、キリスト教世界から古代異教文明へと移動できるのだ。あの三人組も、本や絵画である程度予備知識があったにもかかわらず、目の前の道に誰かがここで息絶えた姿がそのまま保存されているのを見ると、これまでに感じたことのない深い感動を覚えた。特にオクタヴィアンは、すっかり圧倒されてしまい、もはや夢遊病者のような足取りでただ漫然とガイドのあとをついて歩き、この軽薄なガイドが、すっかり暗記した知識をただ単調に、説教のように垂れ流すのを何も聞いてはいなかった。

巨大な石畳の上には、轍が刻まれており、つい昨日のことのように生々しい。オクタヴィアンは愕然としつつ、それを眺めていた。壁には、赤い文字の走り書きがあった。芝居の告知や貸家の募集、投票の呼びかけ、看板、あらゆる種類のお知らせが連なっており、もし二千年後、見知らぬ未来の人たちが今のパリのポスターや看板でいっぱいの壁を見たら、きっと同じ気持ちになるだろうことが想像できた。屋根を失った家屋は、部屋の内が一目で見渡せる状態になっており、生活の細部がそのまま保存されていた。これらは、これまで歴史家が軽視してきたものであり、文明が滅びるごとにすべて一緒に消えてきたものだ。ついさっきまで水があふれていたかのような泉がある。改修の途中で噴火に見舞われそのままになった広場には、大きさを揃え彫刻をほどこした円柱や建築資材が、あとはもうしかるべき場所に設置するばかりという状態で時を止めている。すべての者から崇め奉られ、もはや伝説と化した神々を祀る神殿もある。店には商人がいないのが不思議なぐらいだし、居酒屋では大理石のカウンターの上に呑み助たちの盃が行き来した跡が見てとれる。黄土と酸化鉛で柱が彩られた兵舎には、戦闘を描いた戯画があり、並んで建てられた劇場と音楽堂は、すぐにも公演を再開できそうだ。もっとも、アレキサンダーやシーザーの遺骸について、ハムレットが陰気な想像をしたみたいに、[8]ここで死んだ劇団員たちの成れの果てが、ビール樽の栓にされたり、壁の穴をふさぐのに使われていたりするのなら、それも叶わぬことだろう。

ファビオは、この悲劇劇場のティメレ[9]に登り、オクタヴィアンとマックスは客席の最上段まであがった。ファビオは高みから大げさな身振りをつけて、頭に浮かんだ詩を暗唱した。声に驚いたトカゲどもが尾を震わせながら、廃墟と化した土台の石の隙間に逃げ込み、這いつくばる。反響効果のために設置されていたはずのブロンズ製の甕や素焼きの壺はもう存在しなかったが、ファビオの声はびりびりと空気を震わせ大きく響き渡った。

ガイドは街の反対側にある円形劇場に案内するため、畑を横切っていった。この畑の下にもポンペイの街の一部が眠っているのだ。彼らは木陰を進んでいったが、この木々の根は埋もれた建物の屋根に食い込み、瓦（かわら）のあいだに入り込んで、屋根を突き破り、柱を外していくのだろう。彼らは、美しい芸術品を肥やしにしてたわわに実る野菜たちの横を通り過ぎていく。どんな美しいものも時がたてば忘れられていく。まさに、この畑こそが忘却の象徴である。

円形劇場に感動はなかった。同じぐらい見事に保存されており、さらに巨大なヴェローナ[10]の円形劇場を訪れたことがあったし、造りの頑強さや建材の美しさで劣るもの

8　『ハムレット』第五幕第一場「アレキサンダーが死ぬ、葬られる。ちりに帰る。ちりは土だ。その土から粘土が出来るね。そこでだれかがアレキサンダーの粘土でビールだるの孔をふさがないものでもないじゃないか？　帝王シーザーもひとたび死して粘土になると、風よけるための孔のつめもの。」（市河三喜・松浦嘉一訳、岩波文庫）。
9　ギリシャなど古代劇場の合唱隊席中央に設えられていた祭壇。
10　イタリア北部の都市。『ロミオとジュリエット』の舞台。

の、これによく似たスペインの闘牛場は何度も目にしたことがあったからだ。

そんなわけで彼らは横道を通り、ガイドの説明を適当に聞き流しながら、またフォルトゥーナ通りに戻ってきた。なにしろ、このガイドときたら家々の前を通り過ぎるごとに、発掘時にその特徴からつけられた名前を延々と列挙していくのだ。「ブロンズの雄牛の家」「牧神の家」「船員の家」「フォルトゥーナの神殿」「メレアグロの家」「コンスレール通りの角にあったフォルトゥーナの居酒屋」「音楽の殿堂」「共同炊事場」「薬局」「外科医の家」「税関」「巫女(ヴェスタル)の住居」「アルビヌスの宿屋」「茶屋(テルモポリウム)」そんな調子で彼らは、ついに墓所に続く門のところまでやってきた。

このレンガ造りの門にはびっしりと彫刻がほどこされていたが、飾りの部分は失われていた。門の内側の弓なりになった部分には、柵(さく)を滑り込ませるための深い二本の溝が刻まれている。こうした防御の設備は中世の塔に特有のものだと思っていたが、この当時すでに存在していたのである。

マックスが言う。

「グレコ・ローマンの都市ポンペイが、こんなロマン派好みのゴシック様式の門扉で封鎖されていたなんて誰が想像しただろう。門限に遅れたローマの騎士が十五世紀の小姓(こしょう)みたいにこの門の前で角笛(つのぶえ)を吹いて、柵をあげてくれと頼む姿が想像できるかい?」

「『日のもとに新しきものなし』って言うじゃないか、そもそも、この言い回しだって、最近のものじゃないぜ。なんせソロモンの言葉だからな」[11]とファビオが返す。オクタヴィアンも、笑いながら、

「月のもとなら、まだ何か新しいものが見つかるかもね」と愁いを秘めた皮肉で返す。

すると、外壁の掲示板とおぼしき場所の前で立ち止まっていたマックスが言った。

「グラディエーター[12]の格闘が見たいねえ。ほら、ここに書いてある。『四月五日、格闘技と狩猟』『天幕あり』『二十組のグラディエーターが出場』日焼けが心配なら、テント席もあるそうだ。いや、朝早いうちに円形劇場に行くほうがいいかな。朝のうちに首を切り合って勝負がついてしまうかも。Matutini erunt(マトゥティニ・エルント)(彼らの朝は早い)[13]か。

11　『旧約聖書』の「伝道の書」にある言葉で、「どんなものでも先例がある」という意味。
12　古代ローマの剣闘士。

まったく、これ以上の娯楽はないね」

あれこれくだらないことをしゃべりながら、三人は両側に墓の並ぶ道を歩いていった。近代的な感覚からすれば、墓場が市街地にあるのは不吉だろうが、古代人にとってはそうでもないらしい。なにしろ墓の中にあるのはおぞましい遺骸ではなく、死を象徴する一掴み(ひとつか)の灰にすぎない。「終の棲家(ついのすみか)」には、芸術的な装飾がほどこされている。ゲーテが言うように、異教徒は、石棺や骨壺を生命のイメージで飾っていたのだ。[14]

マックスとファビオは陽気な好奇心と明るく落ち着いた気持ちで見物していた。こんなことは、キリスト教の墓地ではあり得ないことだ。そんなことができたのは、きっと、太陽に明るく照らされ道の傍らに並ぶこれらの墓碑が、まだ生命とつながりを保っており、現代の墓が抱かせるぞっとするような冷たさや、幽霊めいた恐ろしさが一切感じられないからだろう。彼らは公認巫女のマンミアの墓前[15]で立ち止まった。墓のそばには、木があった。糸杉かポプラだろう。三人はまるで遺産相続人になったような気分で、葬儀の食事を供するため半円形に並べられたトリクリニウム[16]の席に着いてみる。その後も大笑いしながら、ネヴォルジャ、ラベオン、アッリア家の墓碑銘を読みあげていったが、あとに続くオクタヴィアンは無邪気な仲間たちとは異なり、しんみりとした気持ちで二千年前の死者に寄り添っていた。

　こうして彼らはポンペイでも一、二を誇る豪邸、アリウス・ディオメデスのヴィラに到着した。レンガ造りの階段をあがり、細い二本の側柱に挟まれた門を抜けると、中庭がある。スペインやムーア人の住宅の中央にあるパティオによく似ており、古代ではインプルヴウム、カヴェディウムと呼ばれていたものだ。その庭を丹念に化粧漆喰（スタッコ）で装飾された十四本のレンガ造りの柱が四角く囲むことで、回廊、もしくは屋根付きの外廊とも言うべきものを造っている。修道院の中庭のように、雨の日も濡れずにぐるりと歩ける構造になっているのだ。中庭の舗装はレンガと白い大理石のモ

13　ラテン語になっているのは、ドメニコ・ロマネリ（一七五六～一八一九年）著『ポンペイの旅』からの引用であるため。

14　ゲーテは異教の文化を礼賛し、キリスト教徒から批判を受けた。

15　「マンミアのスコラ」と呼ばれ、半円形のベンチを伴う記念碑が建っている。

16　通常、三方を寝椅子で囲んだテーブル。古代ローマの裕福な家のダイニングルームでは、その椅子に寝転がったまま食事をした。

ザイクになっており、やさしげで甘美な印象を与える。中央には、四角い大理石の泉が今でも残っており、回廊の屋根部分から排出される雨水をためていた。その眺めは古代の生活に入り込み、アウグストゥス[17]やティベリウス[18]と同じ時代を生きた人たちがサンダルや半長靴で歩き、すり減らしてきた大理石の上を、磨きあげた長靴で歩むという特別な感慨を生んでいた。

ガイドは彼らを談話室や夏のサロンに使われていた部屋に案内した。片側が海に向かって開いており、涼やかな風が吹き込んでくる。暑い時期、アフリカからの大風が倦怠（けんたい）や嵐を運んでくる季節には、ここで来客を迎えたり、昼寝をしたりしていたのだろう。ガイドに案内され、彼らはバシリカ[19]に歩を進めた。陽光を住居部分に取り込むための細長い回廊があり、訪問者や顧客はここで取次係に名前を呼ばれるのを待っていたという。次に案内されたのは、緑の庭と青い海が見渡せる、白い大理石のテラスだった。その次は、ニンファウム[20]と呼ばれる浴室である。黄色く塗られた壁にスタッコの柱、床にはモザイクが敷き詰められ、大理石の四角い浴槽では、影のように消えてしまった美しい肉体が湯浴（ゆあ）みしたことだろう。象牙（ぞうげ）の門をくぐり、多くの夢想が漂っていたはずの寝室を見ると、壁に埋め込まれたアルコーヴ[21]は、天蓋やカーテンで隠されていたらしく、ブロンズの金具が今も床に落ちたままになっている。前面四柱式娯楽室、ラレス[22]を祀った神殿、古文書の並ぶ執務室、図書室、絵画の飾られた部屋。ジネスと呼ばれた女性用の部屋は、いくつもの小部屋からなり、一部は崩れていたものの、壁には、雑に化粧を落としたあとの頰のように、絵画やアラベスク模様の残骸が見られた。

見学が終わり、三人は下の階に降りた。というのも、屋敷の庭側の部分は墓地からの道に比べ、ずいぶんと低い位置にあるのだ。古めかしい赤色の壁の部屋を八つほど横切っていくと、そのうちのひとつには、アルハンブラ宮殿の「大使の間」の入り口

17　ローマ皇帝（紀元前六三〜後一四年）。
18　アウグストゥスの後継者（紀元前四二〜後三七年）。
19　古代ローマで裁判、商取引などに使われた長方形の建物。
20　ニンフは妖精を意味する。
21　部屋の壁面に造られたくぼみ、小部屋。ベッドなどが置かれた。
22　古代ローマの神々。家庭、道路、海路、実りなどの守護神とされていた。

にあるようなニッチ[23]が設けられていた。こうして、彼らはようやくカーヴ、要するに地下貯蔵庫までやってきた。壁際に置かれた八つの素焼きの甕を見れば、この部屋の用途は明らかだ。ホラティウスのオード[24]にあるような、クレタ、ファレルノ、マシクといった名産地のワイン[25]の芳醇(ほうじゅん)な香りが満ちていたに違いない。強い太陽の光が、イラクサで覆われた天窓から漏れてくる。イラクサの葉は光の加減で、エメラルド色にもトパーズ色にも見え、悲しげな遺跡に微笑(ほほえ)みかけるかのように、天の恵みの明るさを与えていた。

話の内容に不似合いなのんきな声でガイドが語り始めた。

「この場所で十七体の遺体が発掘され、あのナポリの博物館に展示されている女性の痕跡(こんせき)もここで見つかったんです。金の輪をいくつも身につけており、身体(からだ)の形を保存していた灰の塊には上物の衣服の端切れも張りついていたそうです」

ガイドの何気ない言葉に、オクタヴィアンは激しく心を動かされた。あの貴重な残像が発掘された、まさにその場所を示されたのだ。友人たちの目をはばかる必要さえなければ、彼はきっとその瞬間、感情のままに思いを吐露していたことだろう。胸が締め付けられ、とつぜん目に涙があふれ、およそ二千年にわたって忘れられてきた災禍が、まるでついこのあいだのことのようにさえ思える。恋人や友人を失ったとて、これほどまでには狼狽(ろうばい)しなかっただろう。マックスとファビオが背を向けていたそのとき、彼が二千年遅れの恋に落ちた女性が火山の熱い灰に窒息死したその場所に、涙が零(こぼ)れ落ちた。

「考古学なんて、もうたくさんだ。別に、シーザーの時代の水差しや瓦について論文を書いて、片田舎(いなか)でアカデミー会員になろうというわけでもないんだし。古めかしい記憶に浸っていたら腹が減ったよ。夕食に出かけよう。あの見事な景観のオステリアの遺跡で食事ができるというなら別だけどね。まあ出るとしても、ビフテキの化石とか、プリニウス[26]が死ぬより前の時代の産みたて卵とかだろうさ」とファビオが大声を

23 装飾のために厚い壁面をえぐって造られたくぼみ台。
24 古代ローマの南イタリアの詩人(紀元前六五~紀元前八年)。
25 詩のジャンル。器楽や踊りを伴う抒情詩、合唱詩を指す。

あげる。

　マックスも笑いながら応じ、さらに続ける。

「ボワロー[27]みたいに『馬鹿(ばか)も時に大切なことを言う』[28]と言ったら、失礼になるからな。でも、その考えは悪くない。ここで食事ができれば、素敵だろうな。そのへんのトリクリニウムで古代みたいに寝っ転がって、ルクレティウス[29]やトリマルキオ[30]みたいに奴隷に給仕させてさ。まあ、ルクリヌス湖[31]では牡蠣(かき)をあまり見なかったな。アドリア海のカレイやヒメジもない。アプリア地方[32]の猪肉(いのししにく)も市場にはない。ナポリの博物館では、パンや蜂蜜(はちみつ)味の菓子も展示されていたけれど、緑青のついた焼き型の隣で、石のようにがちがちになっていた。カチョカヴァッロ[33]のソースをかけた生のマカロニのほうがどんなにまずくても、何もないよりましなのかな。どう思うね。オクタヴィアン君？」

　自分も噴火の日にこのポンペイにいたかった。そうすれば、あの金の輪の女性を救い、愛の証(あか)しを立てることができたのに、と思っていたオクタヴィアンは、仲間たちのグルメ談議が耳に入っていなかった。マックスの呼びかけで我に返った彼は、話に応じるのも面倒になり、適当に同意するにとどめた。三人は城壁に沿って歩き、宿屋を目指した。

オステリアは、入り口前のポーチにテーブルを出していた。石灰色に塗られたオステリアの壁には、何やらへたくそな絵が掛けられていたが、店主によるとサルヴァトール・ロザ[34]、エスパニョレ[35]、マッシモ騎士[36]など、ナポリの有名な画家たちの作品らしい。店主としては地元の画家に敬意を表さねばならぬと思っているのだろう。

26 古代ローマの博物学者（二三？～七九年）。
27 ニコラ・ボワロー（一六三六～一七一一年）。フランスの詩人。
28 ボワローの『詩法』第四編五〇の「愚者も時に大切なことを言う」を言い換えたもの。
29 共和政ローマ期の詩人、哲学者。
30 ペトロニウス作『サテュリコン』の登場人物。豪華な饗宴を開いた。
31 ナポリの西にある湖。
32 古代イタリアの州の名。
33 葦の葉でくくり、長い棒に吊るして熟成させる南イタリア特産のチーズ。
34 イタリアの画家（一六一五～一六七三年）。
35 ホセ・デ・リベラ（一五九一～一六五二年）。ナポリで晩年を過ごしたスペインの画家。
36 マッシモ・スタンツィオーネ（一五八五～一六五六年）。ナポリ出身の画家。

ファビオは言う。

「店主さんよ、無駄に熱弁をふるってくれるな。僕たちはイギリス人とは違う。古い絵よりも若い娘さんのほうがいい。さっき階段できれいな褐色の髪とやさしい瞳のお嬢さんを見かけましたよ。あの娘にワイン・リストを持ってこさせてくださいな」

店主は、客人が騙されやすい俗物やブルジョワでないことを悟り、今度はカーヴ自慢を始めた。まず、有名どころのワインの名前をずらりと数えあげる。シャトー・マルゴー、インド洋から戻ってきたグラン・ラフィット、モエ醸造所のシュリー、ホッフマイヤー、スカルラ・ワイン、ポルト、英国産の黒ビール、エール、ジンジャービール、ラクリマ・クリスティの白と赤、カプリ、ファレルノ……。

「ええっ、ファレルノがあるのか。しかも、最後に挙げるなんてずるいじゃないか。さんざんワイン学の講釈でうんざりさせておいて!」

マックスは、芝居じみたしぐさで怒りを表し、ふざけながら店主の首に飛びかかるふりをした。

「いや、だが、もうちょっと郷土色のあるものはないのかね。せっかく古代遺跡のすぐ横に店を出しているんだから。念のために聞くけれど、この店のファレルノは美味しいんだろうね。甕に詰めたのはいつ頃なのかな。もしや、プランクス[37]の時代、コンスル・プランコだったりして？」

「プランクスさんというお役人は知りませんが、うちのワインは甕なんかに入れてませんよ。でも古いワインで、一瓶がカルリーノ銀貨[38]十枚です」と店主は答えた。

日が沈み、夜が来た。静かに透き通った夜空は、昼間のロンドンよりもよほど明るい。大地は青みを帯び、空は銀色に光り、想像を絶するほど甘美だ。風は実に穏やかで、テーブルの上のロウソクの炎さえほとんど動かない。

少年が一人、横笛を吹きながら近づいてきて、テーブルの横に立ったまま、浅彫りレリーフにでもありそうなポーズで三人をじっと見つめる。やがて、もの悲しげな民謡のひとつをやわらかで情緒的な音色で奏でだし、三人は感じ入った。

この少年は、古（いにしえ）のドゥイリウス[39]の流れを汲（く）んだ笛吹きで、もしや直系の末裔（まつえい）なの

37　紀元前四二年に就任したローマの執政官（コンスル）。
38　十三世紀～十九世紀にナポリやシチリアで用いられた銀貨。
39　紀元前三世紀の執政官ドゥイリウスが、夜の外出時に松明持ちと笛吹きに先導させたという逸話による。

かもしれない。

「これでだいぶ古代らしい夕餉(ゆうげ)になったな。あとは、ガデス[40]の踊り子と木蔦(きづた)の王冠があれば言うことなしだ」

ファビオがファレルノをなみなみと流し込みながら言った。マックスも続ける。

「『デバ』誌[41]の連載みたいにラテン語を引用したくなってきたな。オードの一節が浮かんできたぞ」

「おいおい、それは自分の心の中だけにしまっといてくれ」ぎょっとしたオクタヴィアンとファビオが止めに入る。

「ラテン語ほど消化の妨げになるものはないからな」

葉巻をくわえ、テーブルに肘(ひじ)をつき、何本ものワイン、とりわけ強いワインを開けたのち、若い三人の話題はごく当然のように女性のことになった。それぞれが持論を披露する。簡単にまとめるとこうだ。

ファビオは若くて美しい女性にしか興味がない。快楽を好み、何事にも積極的な彼は無駄な幻想は抱かず、恋愛において相手を選り好(よ)みしない。美しければ、農家の娘だろうと、侯爵夫人だろうと関係ない。ドレスよりも肉体が大事だ。多くの友人たちがシルクやレースに阻まれ、数メートル離れたまま恋に落ちるのを彼は笑っていた。それでは、新商品を並べるブティックの前でうっとりするほうがましだというのが彼の言い分だ。もとを正せば、実に合理的な考え方であるが、彼は世間体(せけんてい)を気にせず持論を述べるので、仲間内で変人扱いされていた。

マックスは、ファビオほど芸術家気取りではない。彼は、一筋縄ではいかぬ恋、複雑な駆け引きにしか興味がない。障壁を乗り越え、貞淑な女を誘惑することばかり考え、恋愛をチェスのゲームのように思っている。長考の末の一手、じらし、不意をつき、ポリュビオス[42]もかくやという戦略を練る。サロンでは、自分にいちばん関心のなさそうな女性に目をつけて、声をかける。まずは嫌われて、それを巧みな戦略で恋心に変えるのが彼のいちばんの甘美な楽しみなのだ。嫌がる相手に強引に迫り、反抗心

40　カルタゴ王国の都市。現在のスペイン、カディス。古代ローマの詩人ユウェナリスがガデスの妖艶な踊り子について書いている。
41　一七八九年創刊のフランスの月刊誌。その後、日刊紙になった。
42　古代ギリシャの歴史家で、『戦術論』の著者。

を封じることが彼にとって恋愛に勝利することだ。大したことのない獲物を追いかけ、雨でも晴れでも雪でも、野原や森、平原を駆けずりまわり、どんなに疲れても情熱を失わない狩人のようなものである。そのくせ、たいていの場合、獲物を食べるつもりもない。仕留めた獲物にはもう興味がない。そして、またすぐにマックスは次の獲物を追いかけ始めるのだった。

オクタヴィアンは現実に魅力を感じないと告白した。ドゥムスティエ[43]の恋歌のように百合と薔薇に囲まれた神学生のような甘い夢を見ているわけではないが、どんなに美しいものを見ても、その横には俗っぽさやうんざりするものがつきまとっている。勲章をぶら下げ、くどくどしくしゃべる父親、鬘に生花を飾り媚を売る母親、赤ら顔で恋の告白を夢想する従兄弟たち、子犬を溺愛する叔母といった連中だ。女性の部屋に、オラース・ヴェルネ[44]やドラロッシュ[45]の原画をもとにした銅版画でも掛かっていれば、芽生えかけた恋も一気に冷める。恋に落ちるよりも詩人でありたい彼は、月の光の下、マジョーレ湖畔、イソラ・ベッラ[46]のテラスで恋人と時を過ごしたい。日常生活よりも高みに昇ることのできる恋、星々の世界の恋にあこがれる。そんなわけで彼は、次々と芸術や歴史上の美女たちと実ることのない恋、狂気じみた恋に落ちた。ファウストのように[47]、ヘレナを愛し、数世紀にわたる時間の波が彼のもとまで、人間の欲望や夢を見事に具現化させた理想の女性を運んできてくれたらいいのにとさえ思った。彼の求める理想の女性は、俗物の目には見えないだろうが、時空を超えて存在するはずなのだ。彼はセミラミス[48]、アスパシア[49]、クレオパトラ、ディアーヌ・ド・ポワチエ[50]、ジャンヌ・ダラゴン[51]を集め、頭の中に理想のハーレムをつくっていた。彼はまた彫刻に恋をすることもあった。ある日、美術館を訪れた彼は、ミロのヴィーナスの前で思

43　装飾的な韻文で知られるフランスの戯曲作家（一七六〇～一八〇一年）。
44　フランスの画家（一七八九～一八六三年）。ルイ・フィリップやナポレオン三世の後ろ盾で活躍。
45　ポール・ドラロッシュ（一七九七～一八五六年）。ヴェルネの義理の息子。
46　マジョーレ湖に浮かぶ島のひとつ。イタリアの景勝地。
47　ゴーティエは、ネルヴァルが仏訳したゲーテの『ファウスト』を読み、大いに影響を受けた。
48　バビロニアの女王。
49　紀元前五世紀頃、知性で知られたギリシャの女性。
50　フランス王、アンリ二世に寵愛された女性。
51　シシリアの女王（一三八四～一四四二年）。

わず声をあげた。「ああ、あなたに腕があったら、その大理石の胸に僕を抱き寄せてくれただろうに！」

ローマでは、古代の墓で太く編まれた髪束を見るなり、実に馬鹿げたことを考えついた。警備員を買収し、その髪を二、三本手に入れ、強い霊感をもつ巫女に依頼し、亡き美女を再現させようとしたのだ。だが、せっかくの髪の毛も、年月の重みに負け、再現の手がかりとなる水分が蒸発しており、その姿が永遠の闇から出てくることはなかった。

博物館のガラスケースの前でファビオが見透かしたように、アリウス・ディオメデスの地下室で発見された女性の残像は、オクタヴィアンの心をとらえ、古の理想の女性へと並々ならぬ思慕を生んでいた。彼は時間を超え、現世を捨て、ティトゥスの時代に魂だけでも飛んでゆきたいと思った。

マックスとファビオはファレルノのせいでちょっと重たい頭を抱えつつ、寝室に戻ると、ほどなく眠り込んでしまった。一方、オクタヴィアンは、食事中も、なみなみとつがれたグラスにはあまり口をつけずにいた。俗っぽい現世の酔いに、自分の頭の中で煮え立っていた詩的な陶酔を乱されたくなかったのだ。そんなわけで、彼はまだ詩的な興奮が冷めず、眠気を感じないままオステリアを出ると、頭を冷やし、夜風で思考を鎮めるべく、ゆっくりと歩きだした。

無意識のうちに彼の足は死の都市の入り口に向かっていた。閉めてあった木製の柵を開き、足の向くまま廃墟へと踏み出す。

白い月明かりが青白い家並みを照らし、道は銀色の光と青白い影に二分されていた。夜の光のせいで昼間とは色合いが違って見えるので、建物の朽ちた部分も目立たない。太陽の残酷なまでの明るさのもとで見た光景とは異なり、噴火のせいで一部が失われた柱や波のように罅(ひび)が幾筋も入った建物正面、崩れた屋根も気にならないのだ。失われた部分もやわらかな光で補塡(ほてん)され、ちょっとした思い入れの一筆がデッサンを劇的に変えるように、とつぜん差し込んだ光が、壊れてしまった遺跡を本来もっていた十全の姿で示していた。夜という無言の天才が、化石となった街を修復し、不思議な力で命をよみがえらせたかのようだった。

幾度となく闇のなかに人影が過(よぎ)るのが見えたような気がした。だが、人影のような

52　ローマ皇帝（三九〜八一年）。ヴェスヴィオ火山噴火時の皇帝で、被災地の復興に尽くした。

ものは光のある場所に出た途端、すっと消えてしまうのだ。静まり返ったなかにも小さなささやき、聞き取れないつぶやきのようなものが漂っている。オクタヴィアンも最初は自分の目のちらつきや、耳鳴りのようなものだろうと思っていた。目の錯覚かもしれないし、海鳴りかもしれない。トカゲや蛇がイラクサのなかをすり抜ける音かもしれない。死者もふくめ、すべては自然のなかに生きているのだ。静寂もまた自然界の雑音のひとつにすぎない。しかし、その一方で彼は自分の意志に関係なく苦しくなり、軽い戦慄（せんりつ）を覚えた。いや夜露の冷たさが肌に染みただけかもしれない。オクタヴィアンは二度、三度振り返ってみた。誰もいないはずなのに、先ほどのように独りぼっちの気がしないのだ。友人たちが彼と同様に、外の空気を吸いたくなり、廃墟の中まで迎えに来たのだろうか。ぼんやりと見えた影、はっきりとはしない足音は、マックスやファビオが歩いたり、しゃべったり、十字路の角で姿を消したりしていたせいなのだろうか。実に自然な解釈だが、オクタヴィアン自身、それが事実だとは思わなかったし、どれだけ理性で説明しようとしても、説得力がなかった。孤独と闇には目に見えない者たちが潜んでおり、オクタヴィアンは彼らにとって邪魔な存在なのだ。彼はたまたま神秘劇のさなかにやってきてしまった。彼らはこの闖入者（ちんにゅうしゃ）が去るのを待ち、劇を再開させるつもりなのだろう。そんな馬鹿げた考えが彼の頭の中を過った。だが、夜よなか、広い廃墟に独りぼっちでいたら、誰だってそう思うだろう。突拍子もない想像のほうが、この時間、場所、驚くべきことの数々にふさわしいものだった。

ある家の前を通った。昼間も見た家だったが、月の光をたっぷりと浴び、彼が廃墟から想像しようとしていた完全な姿がそこに浮かび上がっていた。ドーリア式の四本の柱はその高さの半分ぐらいまで溝彫りの模様が入っており、柱身は鉛丹(えんたん)で染めた赤布を巻いたかのようだ。この柱が波状の刳(く)り形を支えている。それがまたつい昨日完成したばかりのように極彩色の装飾がほどこされているのだ。門の側面には、ラコニア[53]原産の番犬の蠟画(ろうが)があり、「猛犬注意」と厳粛な言葉が添えられている。猛犬は月に向かって吠(ほ)え、絵のなかから客人に獰猛(どうもう)な顔を見せる。モザイクの敷居にオスク語[54]とラテン語で書かれた「Ave(アヴェ)(ようこそ)」の文字が人々を歓迎している。門の外側、

53 ギリシャ南部、ラコニア湾に面する地方。
54 古代イタリア語のひとつ。

オークルと朱で塗り込めた部分には、罅ひとつない。この家には二階もあり、ブロンズの彫像が四隅についたスレート張りの屋根は、星の輝く薄青色の空に完璧なシルエットを描き出していた。

午後は廃墟だったものが、夜には誰とも知らぬ建築家の手によって再建されているのが不思議でならず、オクタヴィアンは首をかしげた。昼間に見たときは確かに朽ち果てた姿だったはずだ。不思議な修復家さんとやらは、よほど手が早いらしく、隣にある建物も新しく建てたばかりの様相をしている。柱はすべて完璧な柱頭を備えている。ぴかぴかの正面部分には、石もレンガも、それどころかスタッコの欠けも塗料の剝げもまったくない。列柱の隙間から覗くと、カヴェディウムの大理石の泉のまわりには、ピンクや白の月桂樹の花、ミルト[55]、柘榴が植えられているのが見えた。歴史家たちは皆、間違っていたのだ。噴火なんてなかった。いや、永遠を刻む時計の針が、百年単位で二十回ほど巻き戻されたというのだろうか。

とてつもなく驚き、オクタヴィアンは自分が立ったまま眠っていたのか、歩きながら夢を見ていたのかとさえ思った。もしや、狂気が目の前に幻を見せているのではないかとも真剣に疑った。だが、どう考えても、自分は眠っていたわけでもなければ、正気を失っているわけでもない。

　空気そのものにも、あり得ない変化が起きていた。薔薇色の波が、徐々に紫色を帯びて、青い月の光に溶け込んでいく。空の端が明るくなっていく。まるで、夜明けのようだ。オクタヴィアンは懐中時計を取り出した。夜中の十二時を指している。もしや止まっているのかと、リピーター[56]を押してみる。チンチンと十二回鳴った。確かに十二時だ。だが、どんどん明るくなっていく。月は、光を増していく青い空に今にも消えそうだ。日の出だ。

　もはや今が何時なのかわからなくなったまま、オクタヴィアンは自分が、灰の中からかろうじて掘り出された冷たい遺体のような死の都市ポンペイではなく、ヴェスヴィオ火山の燃える泥のごとき溶岩を知らない、無傷で若く元気な頃のポンペイにいるのだと考えざるをえなくなってきた。

55　地中海沿岸原産の常緑低木。黒い実はリキュールにする。別名マートル。日本では銀梅花と呼ばれる。
56　懐中時計のボタンを押すと時報が鳴る仕組み。

信じられない奇跡が十九世紀のフランス人である彼を、心だけではなく、身体ごとティトゥスの時代に運んでくれたのだ。いや、それとも、消えた住民もろとも、壊れてしまう以前の町の姿を過去から現在へと運んでくれたのかもしれない。その証拠に、古代と同じ格好をした男が隣の家から出てきた。

男の髪は短く、髭は短く刈り込まれている。茶色い貫頭衣に灰色のマントをはおっているが、その裾は歩くときに邪魔にならぬよう、たくしあげられている。男はほとんど走るような急ぎ足で、オクタヴィアンには目もくれず、その横を過ぎていった。腕には、エスパルト[57]を編んだ籠を提げており、市場へ行くようだ。男は屋敷の奴隷か下男か何からしく、買い物にゆくところなのだろう。どう見てもそうとしか思えない。

車輪の音が聞こえてきた。白い牛に牽かれ、野菜を積んだ古めかしい荷車が道をやってくる。荷車の横を歩く牛飼いは短い服から、よく日に焼けた剝き出しの脚を覗かせている。サンダルを履き、布製のシャツのようなものを着て、腰にベルトを巻いている。円錐形の麦わら帽子は顎紐で首からぶら下がり、背中に垂れているので、顔ははっきりと見ることができるが、当世ではお目にかからないでこぼこした狭い額、ちりちりの黒髪にまっすぐな鼻、牛のような穏やかな瞳、農夫を思わせるヘラクレスのような筋肉質の首。アングル[58]の彫刻にでもありそうなポーズで、杖(つえ)で激しく牛を叩(たた)いている。

牛飼いはオクタヴィアンを見て驚いた様子だったが、歩みを止めようとはしなかった。一度だけ振り返ってみたものの、この奇妙な人物がいったいどうしてここにいるのか納得できず、素朴で愚かな者がもつ平然とした態度で、謎(なぞ)ときは器用な者たちに任せておこうと踏んだようである。

今度は田舎風の農夫がブロンズの鐘を鳴らし、ワインを詰めた革袋を積んだロバの尻を追いながら歩いてきた。彼らの外貌(がいぼう)も、古銭とスー貨幣[59]が違うごとく、現代の農夫とは異なっている。

街に徐々に人が現れるさまは、まるで、最初は誰もいないのに、光を当てるとそれまで見えなかった人物が動き出すジオラマのようだった。

オクタヴィアンの気持ちも変化していった。先ほどまで、何を見ても不明瞭(ふめいりょう)な暗

57　南ヨーロッパと北アフリカに自生する多年生植物。
58　ドミニク・アングル（一七八〇～一八六七年）。フランスの画家、彫刻家。
59　この作品が書かれた当時のフランスの貨幣単位。

い夜のなかにあったときは、不安を感じていた。どんなに勇敢な者でも、理屈では説明できないただならぬ不可思議な状況に陥ったら、感じざるを得ないそんな不安だった。だが、やがて漠とした恐怖は変化し、彼はただただ呆気にとられてしまっていた。あまりにも鮮明に感じられるので、自分の感覚を信じるしかない。それでも、自分の目に見えているのは、どうにも信じがたい光景であった。まだ疑いを完全に消し去ることができないので、細かいところにまで目をこらし、自分が幻覚を見ているのではない証拠を探そうとした。目の前を行くのは幽霊ではない。なにしろ、太陽が否定しがたいまでにその存在を照らし出しており、朝の低い光を受けて、長い影が歩道や壁に伸びている。

自分に何が起こったかわからないまま、オクタヴィアンは心からの願いが聞き届けられたことにうっとりし、もはや恋心に抗うことができなかった。もう理解しようとするよりも、この不可思議な世界に身を任せることにしたのだ。彼は思った。何か不思議な力によって、失われた過去の世界に数時間生きることが許された以上、理解できない状況にあって、ありもしない正解を探すことで時間を無駄にしたくない。彼は勇気を出して道を進んでいった。右に左にきょろきょろしながら、古代の、だが、彼にとっては初めて目にする新たな光景を眺める。いや、だが、どの時代のポンペイにやってきたのだろうか。壁に刻まれた造営局の掲示を見ると、公職にある人物の名前から、ティトゥス時代の初期だということがわかった。今の暦(れき)に直せば、紀元七九年である。とつぜん、オクタヴィアンの頭にひらめくものがあった。ナポリの博物館で見たあの遺物の女性が、この街のどこかに生きているはずだ。ヴェスヴィオ火山の噴火は、同じ年の八月二十四日に起こり、そこで彼女は死んだのだから。彼女を探し出せる。会える。話すこともできるはずだ。神々しいまでの身体を灰がかたどったものを見たときに感じた非常識なまでの熱情をようやく満たすことができるかもしれない。なにしろ、時間を巻き戻し、永遠の砂時計に二度同じ時間を繰り返させるほどの愛ならば、何事も不可能ではないはずだ。

オクタヴィアンがそんなことを考えているあいだに、若く美しい娘たちが泉に集まってきた。頭の上に甕を載せ、白い指で支えている。白地に赤い縁取りが刺繡(ししゅう)されたトーガ[60]を着た貴人が、平民たちを従えて、広場に向かって歩いていく。買い物客

60 古代ローマ人が平常着用した外衣。半円形の布を身体に巻きつけるようにして着る。

が店に殺到していた。それぞれの店は、彫刻や絵画で飾られた看板を掲げているので、何を売る店なのかがすぐわかる。店舗の装飾の細やかさや形は、アルジェのムーア人の市場を思い出させた。多くの露店の上部には、着色された素焼きのファルス[61]が飾られ、「Hic habitat felicitas（ここに幸あり）」の文字が、魔眼[62]を恐れる迷信的な思いを示している。動物の角や、二股に分かれたサンゴの枝、小さな金のプリアポス[63]などを棚いっぱいに並べた、お守りと魔除けの専門店まであった。並んでいる品々は、当世、ナポリで呪い除けに売られているものにそっくりだ。迷信というのは、宗教よりもずっと長続きするのだな、とオクタヴィアンは思った。

　ポンペイのそれぞれの通りには歩道がついており、この便利なシステムはイギリス人が最初に思いついたものではないことを示していた。そんな歩道を進むオクタヴィアンの前に、自分と同じぐらいの年格好の美青年がやってきた。サフラン色のチュニックを着て、カシミアのように白く繊細でやわらかそうなウールのマントをはおっている。一方、オクタヴィアンはといえば、現代の奇妙な帽子をかぶり、貧乏くさい黒のフロックコート、腿から脛にかけてはパンタロンに突っ込まれて自由を失い、足先も黒く光る長靴に締め付けられている。ポンペイの青年はオクタヴィアンの姿に驚いていた。私たちがガン大通り[64]で羽根飾りや熊の爪(つめ)のネックレスや奇妙なタトゥーを入れたアイオワ人やボトクド族[65]に出くわしたかのようであった。だが、青年は育ちがよく、オクタヴィアンのことを一笑に付しただけですませようとはしなかった。むしろ、グレコ・ローマンの街に迷い込んだ野蛮人をかわいそうに思い、声をかけてきたのだ。

「Advena Salve(アドウェナ・サルウェ)(ようこそ、異人さん)」

圧倒的な勢力をもち、向かうところ敵なしのティトゥス帝支配下のポンペイの住人にとって、ラテン語で話しかけるのはいかにも自然なことだった。だが、すでに死語となった言葉が、生きた人間の口から語られるのを聞き、オクタヴィアンははっとした。そして、ラテン語の成績が良かったこと、コンクールで賞を取ったことを誇らした。

61 男根を模した飾り。
62 その目で睨(にら)まれると不幸になるという魔術師の伝説があり、ゴーティエはナポリを舞台に『魔眼』という小説も書いている。
63 ギリシャ神話の生殖をつかさどる神。陰茎の象徴。
64 パリのオペラ・ガルニエにほど近い大通り。現在の名前はイタリアン大通り。
65 ブラジルに住むアメリカ・インディアンを指す。現代人から見ると差別的な表現であるが、「最先端」を気取るパリジャンを「未開人」に喩えることで価値観の逆転を表現している。

く思った。大学で習ったラテン語が、この特殊な状況で役に立つのだ。教室でのことを思い出しながら、彼は青年の挨拶(あいさつ)に『英雄伝』[66]や『ラテン文選』[67]のような文体で応じた。彼のラテン語は、充分に通じるものではあったが、発音にはパリ訛(なま)りがあり、青年は微笑みを浮かべた。

「ギリシャ語のほうがお楽ではないですか、ギリシャ語もしゃべれますよ。アテネで勉強しましたので」

オクタヴィアンは、

「いえ、ギリシャ語はラテン語よりももっと下手なんです。私はガリアの国、パリ、ああ、いやルテチア[68]から来ました」と答えた。

「ああ、その国なら知っています。先祖が、カエサル[69]に率いられ、かの地で戦ったと聞いています。でも、なぜそんな奇妙な格好をしているのですか。ローマで会ったガリア人はそんな格好はしていませんでしたよ」

オクタヴィアンは若きポンペイ人に、シーザーがガリアを制圧してから二千年の時が流れ、服の流行も変わったのだと説明しようとしたが、ラテン語にてこずった。そもそも、そんなことは大して重要ではない。

「私はルフス・ホルコニウスといいます。わが家を君の家と思ってください。もし宿のほうが自由でよいと言うなら、無理にとは言いません。手ごろなところでは、アウグストゥス・フェリックス町の入り口にあるアルビヌスの宿屋や、第二の塔の近くにあるプブリウスの息子、サリヌスのやっている宿もありますから。でも、この町には不案内なご様子ですから、よろしければ、私に案内させてください。若き異人殿、あなたは、現在安寧な地位におられるティトゥス帝が亡くなってすでに二千年たっているなどと言って私のお人よし度合いを試そうとしたようですが、私はあなたが気に入ったんです。ああ、ナザレのキリストとやらが、偉大な神々が失墜した後、誰もいなくなった天上界をほしいままにしているとも言いましたね。不潔なキリスト教徒たちは、身体に松脂（まつやに）を塗って、ネロの庭を照らしたというのに。とんでもない話だ」

ここまで言って、青年は道の角に赤字で記された告知に目をやり、声をあげた。

66　『De viris illustribus』。ロモンド神父編纂の初級・中級向けラテン語教本。
67　『Selectae è profanis』。フランスの学校のラテン語授業で用いられた教本。
68　ローマ帝国時代のパリの古称。
69　セザール、ジュリアス・シーザー。

「おや、いい時にいらっしゃったものです。ちょうどプラウトゥス[70]の『カシナ』[71]の再演が始まったところなんです。面白くて滑稽な話ですから、セリフがわからなくても楽しめるでしょう。さあ、ついてきてください。もうすぐ開演だ。来賓や外国人のための特別席に座らせてあげましょう」

ルフス・ホルコニウスは、昼間、三人が見学した小さな喜劇劇場のほうに向かった。二人は「あふれる泉」通り、劇場通りへと進み、学校やイシスの神殿[72]、彫刻工房に沿って歩き、劇場脇の広場から喜劇劇場オデオンに入った。ルフス・ホルコニウスの口添えにより、オクタヴィアンはプロスケニウムと呼ばれていた席、舞台にほど近い、今のフランスでいうならば一階ボックス席にあたる席に座ることができた。皆が振り返り、好奇心と親切心の混ざり合ったまなざしで彼のほうを見る。場内をささやき声が駆け抜けた。

戯曲はまだ始まっていなかったので、オクタヴィアンは今のうちとばかりに劇場内を見渡した。客席の両端にはヴェスヴィオ火山の溶岩に彫られたライオンの脚がある。半円形の客席は、フランスの土間席に似ているが、もっと狭く、ギリシャ大理石のモザイクが敷き詰められた部分を要とし扇状に広がっている。なかには広めの桟敷席も点在しており、そこだけ特別な区画になっている。円形劇場の下から上まで行けるようになっている四つの階段が、それぞれの扉からつながっており、この階段によって仕切られた五つの区画は上が広く、下が細くなっている。観客はチケットを手にしている。チケットは細長い象牙の板で、戯曲の題名、作者名に加えて、列、段、桟敷番号などの数字が刻まれており、自分の席がすぐにわかるようになっていた。役人、貴族、既婚の男性や、青年、ブロンズのヘルメットが輝き、すぐにそれとわかる兵士たちなどがそれぞれの階層に分かれて座っている。美しいトーガとたっぷりとドレープの入った白いマントが一等席に広がる様子は、見事な眺めであり、上の段にいる女性たちの色とりどりの飾りや、柱の近く、天井桟敷にいる庶民の灰色のケープとは好対照だった。庶民席のすぐ横、天井を支える柱のあいだからは、パンアテナイア祭[73]の青

70　古代ローマの劇作家（紀元前二五四～前一八四年）。
71　美しい女性カシナをめぐる恋の駆け引きを描いた喜劇。ただし、ゴーティエの引用には登場人物名の改変などが見られる。参考『ローマ喜劇集 2』（西洋古典叢書・京都大学学術出版会所収、山下太郎訳「カシナ」。
72　エジプトの女神イシスを祀った神殿。古代エジプトとローマ帝国の交流を象徴する建物。

い草原のような濃い青色の空が見えていた。サフランの香りがする水が、柱上部の飾りから目に見えぬ細かな水滴となって降っているので、会場内はほんのりと良い香りがして涼しげだった。オクタヴィアンは現代の劇場のあの嫌な臭(にお)い、拷問のようでさえある汚臭を思い出し、文明が進んだかのように見えて、うまくいかないものもあるのだなと考えた。

横に渡した大きな梁(はり)から垂れる緞帳(どんちょう)の裾は、オーケストラボックスの底まで届いている。楽士たちが演台に収まると、妙な格好をした口上師が現れた。兜(かぶと)のような珍妙な仮面を頭につけている。

口上師は、観客に挨拶し、拍手を求めたのち、もったいぶった調子で口上を述べ始めた。「古い戯曲は年を経たワインのようなものです。ご年配の方は、この『カシナ』をよくご存じでしょうが、若い方はそうでもないでしょう。だからこそ、誰でも楽しむことができるのです。よく知っているからこその楽しみもあり、初めて見るがゆえの楽しみもある。しかも、この戯曲は、丁寧に手直しされています。すべての悩みを忘れ、自由な気持ちで楽しんでください。借金や借金取りのこともしばし忘れましょう。劇場では、逮捕されることもありません。さて、それはある良き日、晴れた日のこと、広場の上にもアルキヨン[74]が舞っておりました」

その後、口上師は、これから俳優たちが演じる戯曲についてこまごまとした部分まで解説し始めた。先にあらすじを知ってしまうと驚きがなくなりそうなものだが、古代の人々にとって戯曲を見る歓(よろこ)びは別のところにあり、新鮮味は特に求められていないようだ。老いたスタリーノが美しい奴隷のカシナに惚れ込み、彼女を自分の農場の使用人で愛想のよいオリュンピオと結婚させようとする。結婚式のあと、オリュンピオと入れ替わってカシナを抱こうという魂胆だ。スタリーノの妻、リコストラータは、好色な夫のたくらみを妨害すべく、カシナを盾持ちのカリヌスと結婚させようとする。だが、これは、スタリーノとリコストラータの息子エウテュニクスのカシナへの恋を叶えてやるための策略でもあった。かつがれたスタリーノは、青年奴隷をカシナと勘違いして口説こうとする。最後に自由な存在であることが判明し、本来の身分に戻ったカシナは相思相愛のエウテュニクスと結婚する。

73　アテナ神のために催された祭りで、オリンピックに比肩するものであったとされる。
74　ギリシャ神話に登場する鳥。カワセミの一種ともいわれる。

オクタヴィアンは、役者たちがブロンズのマスクをつけ動き回るさまを、くつろいだ気分で眺めていた。繁忙なさまを表現しようとして、奴隷役はところ狭しと走りまわる。スタリーノはうなずき、震える手を差し伸べる。声が大きく、気難しそうで尊大な妻のリコストラータはどっしりと構え、夫をどなりつけるさまが観客の笑いを呼ぶ。登場人物は、舞台奥に設えられた三つの扉を出たり入ったりする。扉の奥には楽屋があるのだろう。スタリーノの家が舞台の端にあり、向かい合わせに古い友人アルケシムスの家がある。舞台背景はうまく描かれていたが、現物に近いものを作ろうというよりも、そこが家であることを示すための記号のようなもので、そのあたりは古典劇でおなじみの大雑把な書き割りと似ていた。

やがて婚礼行列が偽のカシナを連れて舞台に登場すると、まるでホメロスが描いた神の嘲笑(ちょうしょう)のような大げさな笑い声がすべての席を駆けめぐり、拍手の音が場内を震わせた。だが、オクタヴィアンには何も聞こえず、何も見えていなかった。

婦人席のなかにとびぬけて美しい女性を見つけたのだ。その瞬間から、彼がこれまで心惹(ひ)かれた魅力的な顔たちは、月の女神ポイベを前にした星のように輝きを失った。夢のように、何もかもが消えてなくなった。観客で埋まった桟敷を靄が包み、役者の叫び声も無限の彼方に遠ざかってしまった。

オクタヴィアンは胸に電気ショックを受けたかのようだった。女性が彼のほうを振り返った瞬間、自分の胸から火花が飛ぶのが見えた気がした。

黒髪で色白の女性だった。縮れて波打つ髪は夜のように黒く、ギリシャ風に軽く両サイドのこめかみに引き上げられている。落ち着いた色合いの肌には、黒くやさしげな瞳が、何とも言えない甘美な悲しみと、情熱を秘めた倦怠を宿して輝いていた。唇は両端がつりあがり、気位の高そうな印象を与える。燃えるように紅(あか)く生命力に満ちた唇はいかにも穏やかそうな白い顔と好対照だ。うなじの美しく純粋な線は、もはや彫刻にしか見られない優雅さをたたえている。腕は肩まであらわになっており、薄紫に近い薔薇色のチュニックは、見事な乳房の先端で隆起し、そこから二本の襞(ひだ)が下に伸びている。これもまたフェイディアス[75]やクレオメネス[76]の大理石像もかくやという優美な線を描き出していた。

75 パルテノン神殿の装飾で知られる古代ギリシャの彫刻家。
76 アテナイのクレオメネス。「マルケルスの栄誉を讃えた葬祭用の像」で有名な古代ギリシャの彫刻家。

その乳房の実に精密な輪郭、洗練された曲線を見て、オクタヴィアンは磁気を当てられたかのように震えあがった。あの丸みはまさにナポリの博物館で見たあのくぼみ、彼の心をとらえ熱を帯びた夢想に誘った遺物のくぼみにぴったりとはまるように思えたのである。心の奥で、彼女こそはあのアリウス・ディオメデスの別荘でヴェスヴィオ火山の灰に埋もれて死んだ女なのだと叫ぶ声がした。ああ、あの女性が生きて、プラウトゥスのカシナを観劇している姿を見られるとは、なんとありがたい采配だろう。もはや、説明はいらない。そもそも、自分は何のためにここにいるかもわからないのだ。彼は彼女の存在を受け入れた。夢のなかでは、とっくに死んだ人が現れることがある。しかも生きていたときと同じ姿で現れることもあるのだから、それと同じようなものだろう。心に湧き上がった感動によって、理性などとっくの昔に捨てていた。時間の車輪が、轍をそれたのだ。彼の願いが勝利したからこそ、過去の世界に身を運ぶことができたのだ。彼は、魅力的な存在、それも手に入れるのが最も難しいはずの古の美女を目の前に見ることができた。彼の人生はその一瞬で満たされたのだ。

その穏やかで情熱的、冷ややかにして燃えるような、死んでいるかのようで生きている存在を眺めるうちに、彼はこれこそが人生最初の恋にして最後の恋、最上の陶酔をもたらす盃であると確信した。これまで愛したつもりになった女たちの思い出は薄い影となって消え去り、これまでの感情をすべて忘れた無垢（むく）の魂に立ち返った。過去は消えたのだ。

そのあいだも、美しい女は、片手で頬杖を突き、舞台に見入っているふりをしながら、黒い瞳に甘美な表情を浮かべ、オクタヴィアンのほうを見ていた。まるで溶けた鉛のしぶきをくらったかのように、そのまなざしは熱く重くオクタヴィアンに届いた。やがて、女は隣席の少女の耳に何事かささやいた。

芝居が終わった。観客が出口に殺到する。オクタヴィアンは、案内役のホルコニウスの誘導を振り切り、席からいちばん近い出口に一目散に向かった。扉にたどりつくのとほぼ同時に、彼の腕に触れる者があった。少女が控えめな、だが、はっきり聞き取れる声で言った。

「私はティケ・ノヴォレヤと申します。アリウス・ディオメデス家のアッリア・マルケッラ様の侍女でございます。マルケッラ様があなたを見初めました。一緒に来てください」

アッリア・マルケッラはちょうど、四人の屈強なシリア人奴隷が支える輿（こし）の上に乗ったところだった。上半身裸の奴隷たちは、ブロンズのように輝く肉体に太陽を反射させていた。輿の天蓋カーテンがわずかに開き、いくつもの指輪が光る白い手が現れ、侍女の言葉が嘘(うそ)ではないと裏づけるように、オクタヴィアンに親しげに合図してきた。紅のカーテンが再び閉じ、奴隷たちが足並みを揃えて歩きだしたかと思うと、輿は遠ざかっていった。

ティケはオクタヴィアンを、脇道(わきみち)に案内した。荷車の通行用に歩道が途切れた箇所を、飛び石を渡るように軽々と飛び越え、路地を横切りながら、街を知り尽くした様子で迷路のような道を正確に進んでいく。ポンペイのなかでも、まだ発掘が終わっていない部分、つまり昼間の観光では目にしなかった地域に足を踏み入れたことにオクタヴィアンは気がついた。これもまた不思議なことではあったが、もはや彼は驚かなかった。もう驚かないと決めたのだ。考古学者がうっとりするようなこの古代の夢のなかにあっても、彼にはもうマルケッラの黒く深い瞳と、破壊されかけてもなお数世紀も先まで残った歴史の勝利者であるあの乳房しか見えていない。

隠し扉の前にたどりつくと扉が開き、すぐに閉まった。そこは中庭だった。庭を囲むギリシャ風のイオニア式柱頭のついた大理石の柱は下半分が黄色く塗られており、上部には赤と青の飾りがついていた。建物の先端からは、まるで天然のアラベスク模様のように馬鈴草（うまのすずくさ）がハート形の大きな葉を垂らしている。植物に囲まれた泉のそばには、一羽のフラミンゴが片足で立ち、本物の花々に交じってピンクの羽を咲かせていた。

壁には、珍しい建築物や幻想的な風景の描かれたフレスコ画が並んでいる。オクタヴィアンは、これらすべてを駆け足で眺めた。というのも、ティケは彼を浴室担当の奴隷に託してしまったのだ。浴室係は、一刻も早く彼女に会いたいと焦るオクタヴィアンを尻目に、古代のやり方でひとつひとつ作業をこなしていく。温度を変えながら汚れを湯気でふやかし、垢（あか）すりで肌をこすり、化粧水や香油を身体中に塗る。そのあとで、白いチュニックを着せられ、別の扉から出ると、そこにはティケが待っていて、彼の手をとり、また違う部屋へと案内した。そこは、とんでもなく豪華に飾りたてられた部屋だった。

天井には、マルス、ヴィーナス、エロス[77]が描かれていた。デッサンの正確さ、色の輝き、奔放なタッチは、低俗な器用さをもつただの装飾家のものではなく、偉大な芸術家の作品であることを感じさせた。葉陰に遊ぶ鹿、野兎（のうさぎ）、鳥で構成されたフリーズ[78]が、雲母（うんも）大理石の上を飾っている。見事なモザイクの敷石は、ペルガモのソシムス[79]の手によるものに違いない。騙し絵のような技法で豪華な饗宴がレリーフに再現されていた。

部屋の奥、ビクリニウムと呼ばれた二人用の寝台にアッリア・マルケッラが淫靡（いんび）な、だが同時に無邪気な姿で肘をついて横たわっていた。パルテノン[80]のフロントに描かれたフェイディアス[81]の横たわる女性像を思わせた。真珠の縫い取りが入った室内履きはベッドの下に脱ぎ捨てられており、身体にかけた薄い羽のような織物の隅から、大理石よりも白い、透き通るような形のいい素足が伸びていた。

天秤（てんびん）の形をした耳飾りはそれぞれの皿に真珠を載せており、白い頬の両脇できらきらと揺れていた。ギリシャ風の黒い刺繡が入った麦わら色のペプロス[82]からしどけなく半分ほど覗いた胸元には洋ナシ形の細長い粒を連ねた金のネックレスが光っていた。黒髪のなかで黒と金のヘアバンドがところどころ光っている。どうやら劇場から帰ったあとに着替えたらしい。そして腕には宝石の目をもつ金細工の蛇が幾重にも絡みつき、自身の尻尾（しっぽ）に嚙みつこうとしている。まるでクレオパトラに死をもたらしたとされる毒蛇のようだ。

寝台の脇に置かれた、グリフォン[83]の足がついた小さなテーブルには螺鈿（らでん）や銀や象牙が埋め込まれており、銀や金の皿、陶器の絵皿の上に食事が並べられている。羽毛に囲まれたパーシス産の鳥[84]がどっしりと置かれ、旬が異なるはずの四季の果物が取り揃えられている。

どれもこれも大事な客へのもてなしである。床には生花が撒（ま）かれ、雪を詰めた壺の中にワインの瓶が寝かされている。

77　ギリシャ神話で、軍神マルス（アレス）はエロス（キューピッド）によって愛と美の女神ヴィーナス（アフロディーテ）と結ばれた。
78　帯状の装飾。
79　博物学者プリニウスがその著書『博物誌』で言及している「ペルガモンのソソス」のことだと思われる。
80　アテネのアクロポリスの丘に建つドーリス式神殿。
81　一一七頁、註75参照。
82　袖なしの上着。
83　ギリシャ神話に登場する鷲（わし）の頭と翼、ライオンの胴体をもつ怪物。
84　キジの一種。パーシスは黒海に注ぐ河およびその河口の都市の名。

アッリア・マルケッラはオクタヴィアンを寝台の隣に招き、食事に誘った。オクタヴィアンは驚きと恋慕の情で陶然としたまま、短いチュニックを着た縮れ髪のアジア系の小さな奴隷の差し出す皿のものを、ひとつふたつ、上の空のまま口にした。アッリア・マルケッラは何も食べない。そのかわり、オパール色のミルラ[85]の盃で、乾いた血のような暗紅色のワインを何度も唇に運んでいた。飲むにつれて、長いあいだ動きを止めていた心臓から目に見えない薔薇色の湯気のようなものが立ち上り、青白い顔を染めていった。だが、オクタヴィアンがその盃をあげるたびに、そっと触れる彼女の剝き出しの腕は、蛇や、墓石の大理石のように冷たいままだった。

アッリア・マルケッラは濡れた切れ長の瞳でオクタヴィアンを振り返り、言った。

「ああ、あなたが博物館で足を止め、私の痕跡をとどめたまま固くなった泥の塊を見つめ、私のことを強く強く思ってくれたとき、俗物の目には見えないかたちでさまよい続けていた私は、それを魂で感じたの。信仰が神をつくり、愛が女をつくる。愛されなくなったときが本当の死。でも、あなたの愛が私に命を戻してくれた。あなたの愛の力が私たちを隔てていた距離を取り払ってくれたのよ」

愛の力による再生という彼女の言葉は、オクタヴィアンがもともと抱いていた信仰にも似た思いと合致するものだった。誰もが共感できる恋という信仰だ。

実際、死などないのだ。すべては永遠に存在する。ひとたび誕生したものは、何があってもなくならない。行為、言葉、かたち、思考、宇宙という海に生まれ落ちたすべては輪廻(りんね)し、最後は究極の永遠に至るのだ。物質的な存在は姿を消し、そこらの人には見えないものとなる。無限の宇宙には、肉体から離脱した霊がたくさんいるのだ。パリス[86]は宇宙の誰も知らない場所でヘレネ[87]を探し続け、クレオパトラのガレー船は、想念の世界のキュドノス河[88]で今もなお青い水に浮かび、絹の帆をふくらませている。情熱と精神力をもつ者は時に、表面上は通り過ぎたはずの時間を呼び戻し、皆から死んだと思われている存在をよみがえらせることができる。ファウストは、テュンダ

85　和名は没薬(もつやく)。植物の樹脂から抽出される香料や薬用成分で、古代エジプトやキリスト教の宗教儀式で用いられた。
86　トロイア王の息子。スパルタからヘレネを誘拐する。
87　スパルタ王の娘（本当の父はゼウス）。比類なき美しさと才覚をもち、パリスによってトロイアに連れてこられる。
88　トルコ南部の河で、現在のタルスス河。クレオパトラはここでアントニウスと出会った。

レーオスの娘[89]を愛し、ハデスの神秘の深淵[90]の奥底から、ゴシックの城に連れ戻った。オクタヴィアンは、ティトゥスの時代にやってきて、アリウス・ディオメデスの娘、アッリア・マルケッラの愛を得た。今、この瞬間、彼女は、誰もが廃墟になったと思っている街で、彼の隣、古風な寝台に横たわっている。

オクタヴィアンは答えた。

「僕はほかの女性に心惹かれず、煽情的な星のごとく古の奥底に輝くものに惹きつけられ、とんでもない夢ばかり見て、時空を超えた恋しかできないと思っていました。でも、僕がずっと待っていたのは、あなただったのですね。人類のちょっとした好奇心によって保存されてきた、儚い名残が、その魔法のような力で、あなたの魂と交信させてくれたのですね。夢なのか現実なのか、亡霊なのか実在の女性なのかはわからない。僕は、イクシオン[91]のように、幻惑され胸に雲を抱いているだけかもしれないし、魔女のあさましい魂胆の餌食になっているだけなのかもしれない。だが、これだけはわかっている。あなたはきっと、僕の最初で最後の恋なのだ」

「アフロディーテ[92]の息子、エロスにまであなたの愛の誓いが届きますように」

そう言うとアッリア・マルケッラはオクタヴィアンの肩に顔をもたせかけた。オクタヴィアンは思いに任せて彼女を引き寄せ、抱き起こす。

「ああ、若き胸に私を抱いてください。その吐息で包み込んでください。長らく愛のない世界に生き、私は冷え切っているの」

オクタヴィアンは自分の胸のすぐ近くで、あの美しい乳房、まさに今朝、博物館で陳列棚のガラスの向こうにその形跡を眺めたあの乳房が上下するのを感じていた。チュニックの布地越しにも美しい肉体の活力は感じられ、オクタヴィアンの身体は熱くなった。アッリアが激しく身をそらすと、その髪から黒と金のヘアバンドが落ち、青い枕の上に豊かな髪が黒い河のように広がった。

奴隷たちがテーブルを下げると、聞こえてくるのは、口づけとため息のくぐもった

89　テュンダレーオスはスパルタ王であり、ヘレネの名目上の父。つまり、「テュンダレーオスの娘」は註87のヘレネと同一人物であるが、ゲーテが詩劇『ファウスト』のなかでよみがえらせた登場人物ヘレナでもある。
90　冥界、死の国。
91　イクシオンがヘラと関係をもとうとしたため、怒ったゼウスが雲でヘラの化身を作り、イクシオンを陥れようとした。
92　ギリシャ神話の愛と美の女神。

音だけだ。彼女の飼う鶉だけは愛の営みに動じることなく、モザイクの敷石の上で、時にさえずりながら、もてなしの食卓からこぼれ落ちたパン屑をついばんでいた。

　そのとき、とつぜん、戸口の横木の上を青銅製の輪が滑ったかと思うと、カーテンが開き、ゆったりとした茶色のマントを着た老人がいかめしい顔つきで現れた。白髪交じりの髭先は、ナザレ人[93]のように二つに分けてとがらせてあり、その顔には、苦行に耐えてきた証しとして深い皺が刻まれていた。黒い木の十字架を首から下げているところを見ると、どんな信仰の人なのかは明らかである。当時はまだ新興宗教であったキリストの弟子と思いを同じくする信徒であった。

　老人の姿を見ると、アッリア・マルケッラは取り乱し、肩に掛けていた織物の襞に顔を隠そうとした。その姿は、まるで天敵を前にした小鳥がその翼に頭を隠し、避けることはできないまでも、せめて怖いものを見ないようにしようとするかのようであった。一方、オクタヴィアンは肘をついて身を起こし、至福のさなかにとつぜん闖入してきた腹立たしい人物をじっと睨んだ。

　尊大な態度の老人は、責めるような口調で言った。

「アッリア、アッリア、生きていたときにあれだけのことをしても、まだ飽きたらないのか。おまえの邪悪な恋は、本来おまえの生きるべきではない時間まで食い物にするのか。生きている人たちをそのままにしておいてやることはできないのか。おまえの灰は、火山の燃える雨のもと、悔いる暇もなく死んだあの日から、まだ冷め切っていないのか。二千年ものあいだ死んでいても、まだ魂は静まらないのか。おまえの欲張りな腕は、おまえの媚薬（びやく）に酔わされ理性を失ったあわれな者たちを、心臓をもたぬ大理石の胸に抱き寄せているのだぞ」

「アリウス様、お父様。そんな陰気な新興宗教を真に受けて、お怒りにならないで。そもそも、私はそんな宗教なんて信じておりません。私にとっての神様は、命を尊び、若さと美と快楽を愛していた古代の神々です。私を色のない虚無の世界に戻さないでください。愛がよみがえらせたこの命を享受させてください」

「黙れ。不信心者めが。おまえの神々の話などしていない。そもそもやつらは悪魔なのだ。不埒（ふらち）な誘惑にからめとられたその男を解放してやれ。これ以上、その人を神の采配する人生から逸脱させてはならぬ。おまえの餌食となった愛人ども、アジア人や

93　『新約聖書』で、イエスとその弟子のこと。

ローマ人、ギリシャ人の多神教徒とともに異教のリンボ[94]に戻れ。おい、そこの若きキリスト教徒よ。おまえも、彼女の本当の姿を知れば、エンプーサ[95]やポルキュアス[96]を凌駕(りょうが)するおぞましさに、この亡霊を見捨てるはずだ」

オクタヴィアンは恐怖で動けず、顔色を失いながらも反論しようとした。だが、ウェルギリウス風[97]に言うなら、その声は喉(のど)に張りついて出てこなかった。

「アッリア、私の言うとおりにするかね？」老人は厳かな口調で言った。

「いいえ、絶対にいや」とアッリアは応じる。大理石の彫刻のような、冷たく強(こわ)張(ば)った美しい腕でオクタヴィアンを抱きしめたまま、その目はきらきらと輝き、鼻孔は広がり、唇は震えていた。父との言い争いに苛立(いらだ)ち、彼女が見せた怒りはあまりにも美しく、極限状態の人間が見せる超越的な輝きを見せ、若き恋人に忘れがたい思い出を残そうとしているかのようだった。

老人はさらに言葉をかける。

「さて、かわいそうな娘よ。こうなったら奥の手だ。おまえに夢中のその男に確かに目に見えるかたちで、おまえの邪悪さを示してやらねばならないな」

老人は確固たる口調で呪文(じゅもん)を唱えだす。その途端、先ほどまで、蛍石のグラスで飲んだ黒いワインのせいで紅潮していたアッリアの頬から色が消えた。

　そのとき、遠くで鐘が鳴り響いた。海辺の村からだろうか、それともヴェスヴィオ火山のふもとに埋もれた小さな集落の教会からだろうか、天使祝詞[98]の始まりを告げる鐘が聞こえてきたのだ。

　鐘の音を聞いた瞬間、アッリアの苦しげな胸から断末魔の声がもれた。オクタヴィアンは自分を掻(か)き抱く彼女の腕から力が抜けるのを感じた。彼女を包み込んでいた布が、中身がなくなってしまったかのように輪郭を失い、崩れ落ちていく。あわれな夜の散歩者、オクタヴィアンが豪奢(ごうしゃ)な宴会用の寝台の上、隣に見たのは、石化した骨のかけらがまざった一握りの灰、そして輝くブレスレットや金の装飾、アリウス・ディ

94　天国と地獄の中間の場所。

95　ギリシャ神話に登場する人間を食べる女の妖怪。一本の脚にロバの蹄をもち、もう一本の脚は真鍮でできていた。翼があり、手には鉤爪(かぎづめ)という姿だった。

96　ギリシャ神話の海神ポルキュスの娘たち。生まれたときから老婆の顔をしていた。

97　『牧歌』『農耕詩』で知られる詩人。

98　聖母マリアに捧げる祈りの言葉。

オメデス家の遺跡を調査したときに出てきたはずの雑然とした残骸だけだった。

オクタヴィアンは恐ろしさに悲鳴をあげ、気を失った。

老人の姿は消えていた。太陽が昇り始め、先ほどまであれだけ装飾に満ち、輝いていた部屋は崩れた廃墟でしかなかった。

マックスとファビオは前夜の酒盛りのせいで寝つきの悪い夜を過ごしていたが、ふと目を覚まし、飛び起きた。まずは、旅先の高揚感にありがちなふざけた叫び声で、隣の部屋にいるはずのオクタヴィアンを呼ぶ。だが、当然ながら、オクタヴィアンは答えない。返事がないので、ファビオとマックスは、隣室に行ってみたが、寝台には寝た形跡すらない。

「部屋まで戻れなくなって、そこらの椅子で寝ているんじゃないか。オクタヴィアンのやつ、酒に弱いからな。それで早くから、朝の冷たい空気で酔いをさまそうと出かけたんだろう」

だが、マックスは少し考えて答える。

「いや、あいつはほとんど飲んでいないはずだ。どう考えてもおかしいぞ。やつを探しに行こう」

二人はガイドの助けを借りてポンペイのあちこちの道、四つ角、広場や路地を歩きまわり、どこかでオクタヴィアンが夢中になって壁画を模写したり、表示板の文字を書き取ったりしているのではないかと、彼の気を引きそうな建物に片端から入ってみた。そしてついに、崩れかけた小部屋で、一部が剥離(はくり)したモザイクの床にオクタヴィアンが横たわり、気絶しているのを見つけたのである。二人はやっとのことで、オクタヴィアンを揺り起こした。オクタヴィアンはようやく正気を取り戻したものの、月明かりのもとでポンペイを眺めたくなって出かけたところ、失神してしまったのだが、もう大丈夫だから心配いらないという説明を繰り返すばかりだった。

三人は鉄道を使って、来たときと同じようにナポリに戻った。夜は、サン・カルロ劇場[99]の桟敷席でバレエを見た。マックスとファビオは双眼鏡を駆使し、当時評判だったダンサー、アマリア・フェラリス[100]を真似(まね)て乙女たちが踊るのを見たが、薄布のス

99 ナポリの歌劇場。イタリア三大劇場のひとつ。

100 イタリア出身のバレリーナ(一八三〇〜一九〇四年)。ゴーティエが台本を書いた「サクンタラ」でもヒロインを踊った。

カートの下に穿いた緑の化け物じみた半ズボンのせいで、その姿は毒蜘蛛に刺された蛙のようにしか見えなかった。オクタヴィアンは生気を失い、視線も定まらず、憔悴した様子で、舞台上の動きにはあまり関心がないようだった。なにしろ、あのような不思議な夜の冒険のあとでは、もはや現実の世界に興味がもてなくなってしまったのだ。

ポンペイ訪問以来、彼は陰気で憂鬱な気持ちに沈むようになり、仲間の陽気さや冗談も、彼を慰めるどころか、むしろ憂愁を深めることになっていた。まだアッリア・マルケッラの姿がついてまわっていたのだ。幻の幸福が悲しい終焉を迎えても、彼女の魅力が失われることはなかった。

我慢できなくなり、こっそりとポンペイを再訪し、初めてのときのように月明かりのもとで廃墟を歩き、いわれのない希望に胸をときめかせてみたが、あの夜の幻想は戻らなかった。見えるのは、石のあいだに逃げ込むトカゲばかり、聞こえるのは、怯えた夜の鳥の鳴き声ばかりであった。ホルコニウスにも再会できず、ティケが現れ、かぼそい手で彼の腕を引くこともなかった。アッリア・マルケッラは灰の中から頑なに出てこようとはしなかった。

絶望のあまり、オクタヴィアンは、ついに若く魅力的なイギリス女性のエレンと結婚してしまった。彼女のほうはオクタヴィアンに夢中だったのだ。オクタヴィアンは彼女にとって申し分のない夫だった。それでもエレンは、紛うことなき女の直感で、夫の心に別の女がいることを見抜いていた。でも、誰だろう。どんなに優秀な調査員でも彼女の疑問に答えることはできなかっただろう。オクタヴィアンは踊り子とつきあうこともなく、社交の場でも礼儀上のお世辞程度しか女性に言葉をかけることはない。美貌と色香で名高いロシア貴族に秋波を送られても、冷ややかに応じただけだった。

夫の留守中に秘密の引き出しを開けて見たものの、エレンが心配していたような浮気の証拠は何も出てこなかった。まさか、ティベリウス帝の解放奴隷、アリウス・ディオメデスの娘、マルケッラに嫉妬しているとは、知る由もなかったのである。

化身 1

第1章

オクターヴ・ド・サヴィーユをゆっくりと蝕んでいった病は、誰にもわけがわからないものであった。別に寝込んでいるわけではないし、普通に生活している。その口からうめき声がこぼれることもない。だが、彼は見るからに憔悴していた。両親や友人に強引にすすめられて医者の診察を受けたものの、どこも痛くも苦しくもないのだから、科学の力をもってしても特に心配な症状は見つけられなかった。聴診器を当てても肺から雑音はせず、心臓に耳を当てても、聞こえる鼓動は早すぎず、遅すぎる

1　本編の原題Avatarは、ヒンズー教ヴィシュヌ神の化身を指す「アヴァターラ」であるが、そこから派生した「変身、化身（仏語のアヴァタール）」の意味も含んでいる。現在、仮想空間上の分身を「アバター」と呼ぶのも同じ語源である。

こともない。咳(せき)も熱もないのに、徐々に生気をなくしていくのだ。テレンティウスの言うように身体(からだ)に無数の目に見えない穴があいており、[2]そこから生命が逃げていくような感じだ。

時に妙な失神を起こし、大理石のように色を失い、身体が冷たくなることがある。ほんの一、二分だが死んだようになるのだ。しばらくすると、夢から覚めるように息を吹き返すのだが、そのさまは、誰のものとも知れぬ不思議な指で止められていた振り子が、指が離れた途端、動きを取り戻すのに似ていた。すすめられて、湯治(とうじ)にも行ってみた。だが、温泉地の乙女たちも彼を元気づけることはできなかった。ナポリへの旅行も効果がなかった。皆がほめそやすあの太陽の光も、彼にとってはアルブレヒト・デューラー[3]の版画のように暗いものでしかなかった。コウモリが憂鬱(メランコリア)と書かれた、埃(ほこり)まみれの黒い翼で青い波を打ちつけ、光をさえぎってしまうのだ。半裸の貧者たちが日光浴し、ブロンズ色に肌を焼いているメルジェリーナ[4]の岸壁にあってさえ、彼の身体は冷えきったままであった。

こうして彼はサン・ラザール通りの小さなアパルトマンに戻り、表面上はいつもの生活を再開した。

彼の部屋は、独り者にしては家具も充分揃っていた。だが、部屋というのは、長らく住んでいると、住人の見た目、そしてもしかするとその思考に似てくるものらしい。オクターヴの部屋は徐々に物悲しい雰囲気になっていった。ダマスク織りのカーテンは色褪せ、差し込む光を灰色ににごらせる。芍薬の大きな花束はしおれ、白さを失った絨毯の上に散っている。有名画家の水彩画やデッサンの額縁の金メッキも埃がこびりつき赤茶けてしまっていた。力をなくした炎は消え、煙だけが灰のなかでくすぶっている。銅と緑の螺鈿のほどこされたブールの時計はまだチクタクと動き続けていたが、気怠げに時刻を告げる鐘は病室でしゃべるときのようにひっそりと鳴る。ドアは静かに閉まり、まれに来客があったとて、その足音は絨毯に吸い込まれる。近代的な贅沢が揃っているのに、この陰気で暗く寒々しい部屋にやってくると、笑い声は

2　古代ローマの喜劇作家プブリウス・テレンティウス・アフェルの戯曲『宦官』に「私は穴だらけなので、(秘密を) 何もかも漏らしてしまいますよ」という台詞がある。

3　ドイツのルネサンス期の画家。精密な銅版画が有名。デューラーの作品「メランコリアI」では、コウモリの翼に作品タイトルが書かれている。

4　ナポリの港町。

自然と止まってしまう。使用人ジャンは、羽根ばたきを脇に抱え、手にお盆を持ち、影のように出入りする。自分でも知らないうちにこの部屋の陰鬱な雰囲気が伝染し、彼もまた陽気なおしゃべりなどしなくなっていた。壁にはトロフィーのようにボクシング・グラブや防具、フェンシングの剣が吊るされていたが、どう見てもずいぶん前から使われていないようである。気紛れに手にしては放り出した本が、家具という家具の上に転がっている。まるで、こうして無意識のうちに次々と本を手にすることで、何かひとつのことを忘れようとしているかのようでさえある。書きかけのまま便箋が黄ばんでしまった手紙は、無言の抗議をしつつ、机のまんなかで、もう何か月も書き終わりを待っている。ちゃんと住んでいるのに、無人の部屋のようだ。とにかく生気がなく、部屋に入っただけで、墓所を開けたときのようなひんやりした空気が顔を直撃するのだ。

女性なら靴の先すら踏み入れたくないと思うだろう、この陰気な部屋こそ、オクターヴがどこよりもくつろげる場所だった。この静けさ、物悲しさ、見捨てられたような孤独感が彼には好都合だったのだ。彼は、人生のにぎやかな歓喜を恐れていた。それでも何度かはそうした戯れに加わろうと努力はしたのである。だが、友人に誘われ、仮面舞踏会や、パーティや食事会に出ると、彼はさらに陰鬱な気分で帰宅することになった。こうして彼はもはや理由のない苦悩に抗うことをやめ、その日暮らしの人のように何事にも関心をもてぬままで日々を過ごすようになった。何の計画も立てず、未来を信じることもない。彼は神様にそれとなく人生の引退届を出し、受理されるのを待っているところだった。かといって、頬がこけ土気色の顔に、だらりと垂れた手足といった、痩せ細り衰弱した外貌を想像するなら、それは誤りである。せいぜい、まぶたの下に濃褐色の隈が見え、眼窩がうっすらとオレンジ色だったり、青白い静脈が透けるこめかみの皺に哀愁が感じられたりする程度のものだ。ただ、その目には意志や希望、欲望というものが一切感じられず、魂の輝きがなかった。若々しい顔と死んだような目つきの奇妙な取り合わせは、痩せ細り熱に浮かされた目をした、いわゆる病人顔よりもさらにあわれに見えるのだった。

ある種の憂鬱にとらわれるまで、オクターヴは美青年だったし、今もなお美しかった。豊かな黒い巻き毛は絹のようにやわらかく艶やかで、こめかみの両側にふさふさ

5 鹿の頭など狩猟の戦利品を用いた装飾物を指す。

としていた。切れ長のやさしげな目は、濃紺の瞳(ひとみ)をもち、長くカールしたまつ毛に縁取られ、濡れた輝きを宿すこともあった。くつろいでいるとき、何事にも関心をもたずぼんやりしているとき、その瞳には、オリエンタル風の清明な落ち着きがあった。イズミル[6]やコンスタンティノープル[7]のカフェで水煙草(みずたばこ)を吸い、戸口あたりで昼寝を楽しむときのあの中東の人たちの目だ。もっとも、彼が日に焼けたことはない。それでも、彼の肌は、ふだんは白いのに、日の光の下で見ると、うっすらとオリーブ色に見える地中海の人に似ていた。手は繊細でほっそりとしており、足は細く反り返っている。特に流行を先取りすることもなく、時代遅れになることもなく、身なりはよく、自分の長所を活(い)かす術(すべ)を心得ていた。ダンディやジェントルマンを自称するつもりはなかったが、ジョッキー・クラブ[8]に入ろうとしたら、充分受け入れられそうな気品があった。

若く美しく金もあり、幸せになるための条件が揃っている彼がどうしてこうまでも憔悴してしまったのか。オクターヴは飽き飽きしてしまったのだとか、流行(はや)りの小説などが不健康な考えをもたらし、彼の精神を病ませてしまったのだとか、そんなことを言う輩(やから)もいるだろう。彼はもう何も信じられなくなったのだろうと言う者、若さも財産も放蕩（ほうとう）の末に使い尽くして、もはや負債しかないのではと言う者もあった。だが、これらの推測はどれも的はずれだった。大して遊んでもいないのに、彼がそれに飽いたということはない。彼は、鬱々（うつうつ）とした人でもロマネスクな人間でも無神論者でも享楽的（リベルタン）でも浪費家でもなかった。これまでは、普通の若者と同様、適度の学びと遊びが彼の生活だった。昼はソルボンヌ大学の講義を受け、夜はオペラ座の階段に立ち、豪華な衣装が滝のように流れ落ちてくるのを眺める。お堅い娘や侯爵夫人とつきあうこともなければ、原資に手をつけるほど散財するわけでもない。実際、その点は、彼の公証人も保証している。つまり、何もかも揃っており、マンフレッドのように氷河に身を投げたり[9]、エスクースを真似て練炭に火を点（つ）けたりするような人物[10]ではない。

6　トルコ西部のエーゲ海に臨む港湾都市。
7　現イスタンブール。
8　入会制限の厳しい、当時の社交クラブ。
9　バイロンの『マンフレッド』の主人公はアルプスの断崖から氷河に身を投げようとする。
10　劇作家ヴィクトル・エスクース（一八一三〜一八三二年）は戯曲の不評に絶望し、自殺している。一酸化炭素中毒だった。

彼が今陥っている状態、科学では解決できない奇妙な状態については、ここで明かすのもはばかられる。なにしろ、十九世紀のパリにおいてはあり得ないことだったのだ。真実については、われらが主人公その人に語ってもらおうではないか。

医学教室でも、魂の解剖はやっておらず、この奇妙な病は普通の医者には理解してもらえない。そこで、最後の手段として、医学界の異端児に診てもらうことにした。長年のインド滞在から帰国したばかりで、腕がいいと評判だったのだ。

その医師とやらの優れた洞察力により、自分の秘密が暴かれるのを恐れたオクターヴは診察を受けるのを躊躇(ちゅうちょ)したが、母に何度もすすめられ、ついにバルタザール・シェルボノー医師の往診を受けることになった。

医者が入ってきたとき、オクターヴは長椅子(ながいす)に半ば横たわった状態だった。頭と肘(ひじ)をそれぞれクッションに載せ、三つ目のクッションに足を預けている。やわらかで手触りのよいガンドゥーラ[11]がその身を包んでいた。オクターヴは本を読んでいた。いや、本を持っていたと言うべきかもしれない。なにしろ、頁(ページ)に落とした視線は何も見ていなかったからである。顔色は青白かった。だが、すでに述べたように、見た目にひどく衰弱しているわけではない。ちょっと見ただけでは、まさかこの若き病人が命の危機にあるとは思わなかったはずだ。長椅子の横の円卓に並んでいるのは、薬瓶や秤(はかり)、水剤、ハーブティー、病人に付きものの薬剤などではなく葉巻の箱なのだから。多少の疲れは見えるものの端整な顔立ちは、優美さをほとんど失っておらず、深い無気力と癒(い)やしがたい絶望が目に浮かんでいる以外、オクターヴは正常で健康な状態を享受しているように見えたはずだ。

何事にも無関心になっていたオクターヴでさえ、医者の外貌には驚かされた。シェルボノーは、ホフマン[12]の幻想譚(たん)から出てきた人物を思わせ、その滑稽(こっけい)な姿に呆然(ぼうぜん)とする人々を尻目に平然と闊歩(かっぽ)している光景が目に浮かんできそうな風体なのだ。禿(は)げあがっているせいでさらに巨大に見える頭の下から、極端に浅黒い顔がわずかに覗(のぞ)いている。象牙(ぞうげ)のようにすべらかで、毛のない頭頂部の肌には、白っぽい部分が残っていたが、太陽にさらされていた顔の部分は日焼けの層が一枚加わったことで、老いた樫(かし)の木か、煤(すす)けた肖像画のような風合いになっていた。額は、平たい部分と、へこみや

11　アフリカ北東部で着用される上着。
12　E・T・A・ホフマン（一七七六～一八二二年）。幻想的な作品で知られるドイツの作家。代表作に『くるみ割り人形とねずみの王様』『砂男』など。

突出部の段差が極端に目立ち、骨を包んでいるはずの肉まで皺だらけで、死者の頭部に濡れた布をかぶせたかのようであった。後頭部をさまようわずかな白髪(しらが)交じりの髪は、三本の房にまとめられ、そのうち二本は両耳の後ろ側から、残り一本はうなじのあたりから伸びて、額の始まるあたりで力尽きている。古風な巻き髪の鬘(かつら)や、たわしのような現代風のもじゃもじゃ鬘でもかぶせたくなるような貧相な髪がこのくるみ割り人形のような不気味な顔の上部をグロテスクに取り囲んでいる。だが、それよりも特徴的なのは目だった。年を重ねて色褪せ、照りつける太陽に乾き、研究で疲れた顔には、医学と生活の厳しさが深い溝をつくっていた。その青い目は目尻に刻まれた放射線状の皺や、ぎっしりと行間を空けずに印刷された頁のような細かい皺に埋もれながらも、トルコ石のように透き通り、生き生きと信じられないほどの若さをたたえていた。星のように、茶褐色の眼窩と同心円を描く角膜の奥で輝いていたのである。青き光輪は夜行性のフクロウの目のまわりを丸く縁取る羽を思わせた。最高位のバラモン僧や学僧(パンディット)から習ったらしき魔法を使って、子どもの目を盗み取り、死人のような自分の顔にはめこんだのではないかと思えるほどだ。顔は老人なのに、目は二十歳。いや、二十歳なのに、老人の顔をしているのか。

服はいかにも医者然としている。黒い上着とパンタロン。同じく黒の絹のチョッキ、シャツには大きなダイヤモンド。ヒンズーの王様かイスラムの大富豪から贈られたもののようだ。だが、どれもこれも、コート掛けにぶらさがっているみたいに身体に合っておらず、医者が腰を下ろすと浮き出た縦皺は、大腿骨や脛骨の位置で鋭角に折れ曲がる。このあり得ないほどの痩身は、インドの激しい太陽で干からびただけではないだろう。シェルボノーはきっと悟りを得ようとして長期にわたる絶食の苦行に耐え、ヨギ[13]のもと四つの熱い香炉のあいだでカモシカの皮を敷いて座り続けたに違いない。だが、どんなにやつれていても、衰弱した様子はない。強い靭帯が、バイオリンの弦のように指先までぴんと張って、痩せ細った指骨をつないでおり、その動きは、充分になめらかだった。

オクターヴが長椅子の脇の椅子をすすめると、シェルボノーはそこに座り、たたみ尺を曲げるかのように肘を曲げた。その動きは、茣蓙の上でしゃがむ習慣が長かったことを思わせた。シェルボノー医師が光に背を向けて座ったのは、患者の顔に光があ

13 ヨガの実践者。

たり、よく見えるようにするためであり、見られることよりも見ることを優先する観察者ならではの選択であった。医者の顔は影に沈み、大きなダチョウの卵のようなその丸く光る頭頂部だけが日の光がわずかに反射していたのだが、不思議な青い瞳の輝きをオクターヴははっきりと見ることができた。その目は、蛍光体のように自ら光を発しているかのようだった。そこから噴き出る突き刺すように明るい光を受け、若き病人は胸のまんなかに吐酒石（としゅせき）[14]から出る刺激と熱を受けたような衝撃を感じた。

　医者はしばらく黙ったままオクターヴの身体を調べ、そこで見つけた兆候を分析し、ようやく口を開いた。

「さて、どうやらそこらで目にする病気ではないことは確かですね。医者が治せる病気……まあ悪化させることもありますが……そこらの医学書に症例別に分類されているような病気はどれも当てはまらない。まだほんの数分あなたと話しただけですが、あなたから紙を拝借し、薬事典にあるとおりの処方箋（しょほうせん）を書き、最後に解読不可能なサインを添え、そこの使用人を近所の薬局に走らせるような話ではないとわかりましたよ」

　オクターヴは、うんざりとする無駄なやりとりを省いてくれたことへの感謝のしるしとして、わずかに微笑(ほほえ)んでみせた。

だが、医者は言葉を続ける。

「そんなにあっさりと喜んじゃいけません。たとえ心肥大も肺結核も脊髄(せきずい)の軟化も深刻な脳内出血も腸チフス熱も神経発作もなくても、それだけであなたが健康だと断言できるわけではありませんから。手を出してください」

てっきり懐中時計を出して秒針を見ながら、脈を数えるのだろうと思ったオクターヴはほとんど無意識のうちにガンドゥーラの袖(そで)をめくり、手首が見えるようにして医者に差し出した。ところが、医者は、早すぎたり遅すぎたりすることで、命の時計が変調をきたしていないか示すはずの脈を探そうともせず、骨ばった指がカニのはさみを思わせる、日に焼けた自身の手のなかに、ほっそりと湿っぽく血管の浮き出たオクターヴの手をおさめると、磁気で交流しようとするかのように、さわったり、こねまわしたり、もんだりしはじめた。もともと医学そのものを疑っていたオクターヴだが、さすがにこれには不安になってきた。ぐいぐい押されるうちに、医者が自分の魂を吸

---

14 酒石酸アンチモニルカリウムのこと。吐剤として用いられた。

い取り、頬から血の気が引いていくような気がしてきたのだ。

オクターヴの手を離し、医者は言った。

「オクターヴさん、あなたが思うより事態は深刻ですよ。科学、少なくともこれまでの西洋医学の力ではどうにもなるものではありません。あなたにはもう生きる意志がない。魂が気づかぬうちに肉体を離れようとしている。心気症も鬱症も自殺願望もない。まったくない。とても珍しく興味深い症例です。あえて申し上げますと、私が治療しなければ、あなたは身体の内側にも外側にもこれといった病気は見当たらないのに、このまま死んでしまったことでしょう。いいときに私を呼びましたね。もはや魂は糸一本で肉体につながっているに過ぎない。でも、今のうちにちゃんと結び直しておけばなんとかなりますよ」

そして医者は、嬉しそうに両手をこすりあわせた。顔をくしゃくしゃにして微笑むと、その顔に刻まれた幾重もの皺はさらにうねりを増す。

「シェルボノー先生、あなたが僕を治せるかどうかはわかりません。どのみち、僕は治らなくてもいいのです。それでも、あなたが一目見ただけで、僕の奇妙な状況について見抜かれたことは認めざるをえません。そうなのです。まるで身体がすかすかになって、穴から水がこぼれるように自分がどんどん漏れ出ていくような気がするのです。自分が溶けてなくなりそうで、もうまわりと自分の区別すらつかなくなりそうなんです。両親や友人を心配させまいと、できる限り普通の生活を続けているふりをしてきましたが、人生そのものが自分から遠ざかり、もう自分は人間という容器の外に出てしまっているのではないかとさえ思うのです。これまで僕を動かしてきた仕組みは今も自動的に機能しており、それによって、あちこち動き回ることはできるのですが、自分のなすことに実感が伴わないのです。いつもの時刻にテーブルにつき、表面的にはいつもどおり飲み食いするわけですが、どんなに香辛料をきかせた料理でも、強いワインでも何も味を感じないのです。太陽の光は月明かりのように見え、ロウソクの炎も黒く見える。夏のどんなに暑い日でも寒いんです。時に鼓動が聞こえず、内側の歯車がなんらかの理由で動かなくなっているのではと思うほど、身体が静まり返っているのを感じるんです。死というのはきっとこういう状態なのでしょうね。死者がそれを自覚しているかどうかは別ですが」

「あなたは慢性的な生活不適応症[15]ですね。世間が考えるよりは、よくあることなんですよ。思考は青酸やライデン瓶の火花のように、人を殺すだけの力をもちます。もっともその影響は、世俗的な科学による分析ではとらえることができません。いったいどのような苦しみがあなたの肝臓に鋭いくちばしを突っ込んでいるのでしょう。どのような秘めた野望の高みからあなたは墜落して傷つき、粉々になってしまわれたのでしょう。動けないまま、どのような絶望を反芻(はんすう)していらっしゃるのか。権力を渇望して苦しんでいらっしゃるのか。人類には不可能なことを望んだ末に、自ら幕を引かれたのか。いやいや、諦(あきら)めるにはまだお若い。もしや、女に裏切られたのでは？」

「いいえ、先生。そもそも女性とお近づきになる幸運さえもちあわせておりません」

シェルボノーは続ける。

「だが、あなたの曇ったまなざし、投げやりな態度、くぐもった声は、まるで、モロッコ装[16]の背に金文字で刻印されているかのように、私にとあるシェイクスピアの戯曲を思い出させるのです」

オクターヴもつい好奇心をそそられた。

「ほう、僕が自分でも知らないうちに体現していた戯曲はどんなタイトルなんです」

「『ラヴズ・レイバーズ・ロスト』です」

医者は長年過ごしたインドの訛(なま)りもなく、きれいな発音の英語でタイトルを挙げた。

「ああ、『恋の骨折り損』つまり失恋の痛手ということでしょうか」

「ええ、そのとおり」

オクターヴは答えなかった。頬がうっすらと紅く染まった。体面を保とうとオクターヴはガンドゥーラの帯縄の房をいじりだした。医者は、まるで墓に刻まれた斜め十字のように骨を交差させて、胡坐を組み、東洋風に手で足をつかんだ。その青い目がじっとオクターヴの目を覗き込み、やさしく厳かに問いかけてきた。

「さあ、白状しなさい。私は魂の医者ですし、あなたは患者だ。カソリックの司祭が悔悛者に求めるように、全部話すようお願いしましょうか。ああ、跪かなくてもいいですからね」

「それが何になるでしょう。たとえあなたの言う通りだとしても、あなたにこの苦しみを語ることで解決するわけではない。僕の苦悩はそんなに饒舌じゃないんです。たとえあなたでも、人間の力で治せるものじゃないんです」

15　静電気を蓄えるために用いるガラス容器。
16　製本する際、モロッコ革（山羊皮をタンニンでなめしたもの）で表紙を覆った装丁。

「そうでしょうな」と言いながら、医者はまるで長い打ち明け話に備えるかのように、肘掛け椅子の中でさらに座り直した。

「いやですよ、あなたに子どもみたいな強情ぶりを責められるなんて。かといって、黙ったまま私が死んで、あなたに適当なことを吹聴されるのも困る。まあ、あなたがそこまで言うなら、お話ししましょう。ええ、あなたは見事に奥底にあるものを探り当てました。詳細について議論するつもりはありません。特に奇怪なこともロマネスクなこともありません。実に単純で、誰にもある、ありきたりの恋なんです。でも、ハイネの詩にあるように、恋をする者にとっては、いつもそれが新しい恋であり、初めての失恋なんです。あなたのような神秘的で謎(なぞ)めいた国々で長く過ごした方に、こんなくだらないことを正直に申し上げるのは恥ずかしいんですよ」

「ご心配なく。ありふれた話を聞くことこそ、私にはめったにない経験ですから」

医者は微笑みを浮かべて言った。

「先生、僕は恋に死ぬのです」

第2章

「一八四〇年代のある夏の終わり、僕はフィレンツェにいました。ええ、フィレンツェに行くには最高の季節ですね。時間もお金も、紹介状を書いてもらえる人脈もあった。当時は僕も陽気な青年でしたから、とにかく楽しむことしか考えていなかった。アルノ川沿いに宿をとり、四輪馬車(カレーシュ)を借り、外国人を魅了してやまないフィレンツェでの生活を楽しみました。午前中は教会や宮殿や回廊の類(たぐい)を好きなように訪問する。特に急ぐわけでもないし、傑作を立て続けに見て消化不良を起こすのも嫌だったのでね。実際、イタリアには傑作が多すぎるから、急いで見てまわるうちにうんざりする外国人観光客も多いのです。バッチステロのブロンズの扉を眺めたり、ロッジア・ディ・ランツィにあるベンヴェヌート[17]のペルセウス像、ウフィツィ美術館のフォ

17 ベンヴェヌート・チェッリーニ(一五〇〇～一五七一年)。フィレンツェ生まれの画家、彫刻家、金細工師、音楽家。

ルナリーナの肖像画、ピッティ宮殿のカノーヴァのヴィーナス[18]を見学したりしましたが、一度の訪問でひとつしか見ないようにしておりました。それからドネのカフェで昼食をとりながら、アイスコーヒーを飲み、葉巻をふかし、新聞にざっと目を通す。カフェの前に陣取る大きな麦わら帽子をかぶった美しい花売りが近寄って来ると、上着のボタン穴に差す花を、自分から声をかけて買ったり押し付けられたりしましてね。その後、部屋に戻って昼寝をする。三時になると馬車が迎えに来て、カッシーネ公園に出向く。カッシーネ公園は、パリのブーローニュの森のフィレンツェ版のようなものだが、皆が知り合いなのと、ロータリーが屋外サロンと化し、長椅子代わりに馬車が半円形に並んで停車しているあたりはパリにない習慣ですね。女性たちは飾り立て、クッションになかば寝そべるようにして、愛人やごひいき、ダンディや軍人さんたちの訪問を受ける。馬車のステップの前に殿方が脱いだ帽子を手に立っているんですからね。ああ、あなたも僕と同じぐらいご存じでしょう。夜の予定を立てたり、密会の約束をしたり、返事をしたり、招待を受けたりするのもここでというわけです。三時から五時にかけて世界で最も甘美な空の下、美しい木陰で開場する快楽の証券取引所のようなものですね。ちょっとばかり金のある連中にとって、カッシーネ公園に日参することは義務のようなものでした。僕は欠かさず顔を出すことにして、夜、夕食後はサロンに顔を出し、出演する女性歌手の顔ぶれによってはペルゴラ劇場にも行きました。

こうして僕は人生で最も幸せな数か月のうちのひと月を過ごしたのです。でも、そんなことが続くはずなどなかった。その馬車はウィーンの製造会社の傑作で、ローレンツィ[19]ゆかりの名品、ピカピカのニスが光に輝き、王家に準ずる紋章がついていました。それを引く馬も、ハイドパークやヴィクトリア女王の応接室があったセント・ジェームズ宮殿の庭あたりでさえ速足している姿を見ることができなそうな名馬であり、白い革ズボンに緑の帽子を身につけた御者がこれ以上はない手腕でドーモン式[20]に手綱をとっていました。馬具の銅金具、車輪のカバー、扉の取っ手は金のように輝き、日の光を反射する。誰もがこの素晴らしい馬車に目を奪われていました。馬車は砂の上にコンパスを使ったみたいに端正な曲線を描き、ほかの馬車と並んで停車しました。

18　アントニオ・カノーヴァ（一七五七～一八二二年）。イタリアの彫刻家。
19　フィレンツェ出身の彫り物師。
20　ドーモン公爵が流行らせた四頭の馬を二人の御者で操る馬車の走らせ方。

ええ、当然おわかりでしょうけれど、馬車が空っぽのはずはありません。でも、あまりに素早い動きだったので、見えたのは前の席のクッションに載せられた靴の先端とショールのゆったりとした襞（ひだ）、白い絹の房がついた丸い日傘だけでした。日傘が閉じられ、たとえようのない美しい女性の顔が見えました。僕は馬に乗っていたので、人として最高傑作と言わざるを得ない、その美女をすぐ近くで見ることができました。謎の女は銀ラメの入った深い緑色のドレスを着ていた。よほど肌がきれいな人でないと、モグラのように黒く見えてしまう色です。ブロンドの髪によほど自信があるのでしょう。身を包んでいた白い絹のちりめん織りは、同色の糸で刺繍（ししゅう）がほどこされたレリーフ状の模様があり、フェイディアス[21]の彫刻にありそうな衣装でした。顔を後光のように囲むのは、フィレンツェで最も繊細な麦わら帽で、勿忘草（わすれなぐさ）がちりばめられ、優美な細い緑の水草があしらわれていました。宝飾品はただひとつ、日傘の象牙の柄をつかむ腕に絡みつくように、トルコ石のちりばめられた金のトカゲの腕輪があるだけでした。

いや、先生すみません。こんなモード雑誌のような話をして。でも、恋する者にはこうした記憶の詳細が実に大きな意味をもつんです。縮れたブロンドの厚みのある髪は、くるくると光の渦をつくりながら、額の両脇にたっぷりと布を垂らしたように流れ、その額はといえばアルプスのいちばん高いところに夜のうちに降った初雪みたいに無垢で真っ白なんです。まつ毛は、中世の細工師が天使の頭に輝かせた金糸を思わせるほど細く長く、青緑の目を半ば覆っている。しかもその瞳は、太陽の光が氷山を透過したときに見える、あの光のようなんです。神様が描いたとしか思えない形のよい唇は、ヴィーナスの二枚貝の殻を染めたように緋色を帯びていました。繊細な頬は、ナイチンゲールの愛の告白か、蝶の口づけで頬を紅潮させた人見知りの薔薇みたいでした。どんな画家も、この優雅で新鮮でこの世のものと思えない透明な美しさを描くことはできないでしょう。私たちの皮膚を赤らませるあの世俗的な血液と同じものが流れているとは思えない色なんです。あえて言うなら、シエラ・ネヴァダ山脈の頂を最初に照らす曙光や、白椿の花弁の先端の赤み、薄紅色のヴェール越しに見るパロスの大理石[22]が、遠巻きながら雰囲気を伝えられるかもしれません。帽子の顎紐と

21　一一七頁、註75参照。
22　エーゲ海にあるパロス島産の白大理石。

ショールのあいだに覗く首は、虹色を帯びて白く輝き、周囲にオパールのような照り返しを放っていました。その輝く顔（かんばせ）は、ヴェネチア派の作品のように、まず輪郭よりも色として目に飛び込んできたのです。ええ。もちろん線もまた無垢で繊細で、瑪（め）瑙（のう）細工のカメオから切り抜いたアンティークな横顔を思わせるものでした。

ロミオがジュリエットに出会った途端、ロザリンド[23]を忘れてしまったように、この究極の美を目にした途端、これまでの恋の記憶はすべて消えました。私の心の頁はすべて白紙になりました。名前も思い出もすべて消え去ったのです。多くの若者が喜々として身を投じる、あんな俗っぽい関係にどうして喜びを見出（みいだ）していたのかわからなくなりました。僕は不貞の罪を犯したかのように過去の自分を責めました。この運命の出会いから僕の新たな人生が始まったのです。

馬車は目がくらむばかりの美しい人を乗せたまま、カッシーネ公園を離れ、中心部へと向かいました。僕は馬に乗ったまま、同じく馬上のロシア人青年に近寄りました。気さくな彼は、あちこちの湯治場を渡り歩き、欧州の世界各国の人々が集まるサロンに足しげく通い、社交界通でしたので、上流階級の旅客についても知り尽くしていたのです。僕が先ほどの外国人女性に話を向けると、彼女はプラスコヴィ・ラビンスカ伯爵夫人であると教えてくれました。リトアニアの名家、富豪の出身で、夫は二年前よりコーカサスの戦場にあるとか。

夫君の留守中、公の場所への外出も控えめにしている伯爵夫人に会う機会を得るのがどんなに大変なことだったか。とにかく、僕は訪問の機会を得ました。まあ、よぼよぼの公爵家の老婦人お二人と、かなりのご年齢の男爵夫人四名ほどに昔ながらの人徳を発揮していただいたというところです。

ラビンスカ夫人は、フィレンツェから半里ほどのところに、かつてサルヴィアチ家[24]が使っていたという豪華な別荘を借りていました。ほんの数日で、古いお屋敷をいかめしい美しさや、隙のない優雅さはそのままに、当世風の快適なものに改装してしまったそうです。尖塔(せんとう)アーチには、紋章の入った大扉がぴたりと収まっていました。古いタイプの長椅子や家具の類も褐色の木張り板や、古いタピスリーのようにやわらかく色褪せたフレスコ画で飾られた壁に見事に調和していました。塗りたてのどぎつ

23 『ロミオとジュリエット』の登場人物で、ジュリエットの従姉妹ロザラインのこと。ロミオがジュリエットに出会う前に恋していた女性。
24 フィレンツェの名家。

い色が悪目立ちすることもなく、ぴかぴかと光りすぎる金色もなく、古いもののなかに今のものがうまく収まっている。夫人はごく自然に城主のようにふるまい、古い宮殿は、最初から彼女のために建てられたかのようでした。

最初は彼女の輝くような美しさに惹（ひ）かれました。でも、何度かお会いするうちに、そのお心の高潔さ、繊細さ、多方面にわたる知識に魅了されてしまいました。ご興味のある話題になると、まるで魂が肌の表面に浮き上がるように、目に見える変化があるのです。石膏（せっこう）のような肌が、内側からランプか何か光に照らされるように、白く光りだすのです。そう、彼女の肌の色は、蛍火のようなきらめきがあって、光が揺れているように見えるのです。ダンテが天上の世界を描写したときみたいにね。まるで、日に照らされて天使が光のなかに浮き上がって見えるような感じなんですよ。僕はまぶしさに目がくらみ、陶然として我を失ったままでおりました。その美しさにひれ伏し、どんな言葉も得も言えぬ音楽に変えてしまう天上の声に聞きほれていたので、何か尋ねられても意味をなさないことをつぶやくばかり。さぞかし知恵のない青年だと思われたことでしょう。時には、僕にしてみれば、すっかり当惑しただけのこと、どうしようもない失言だというのに、その発した言葉を受けて、彼女のうっとりするような唇に、よく見なければ気がつかないほどのささやかな笑みが親しみと皮肉をたたえ、薔薇色の光が浮かぶこともありました。

この恋慕の情については何も告げずにおりました。彼女を前にすると何も考えられず、身体に力が入らず、自信もなくなってしまうのです。早打つ心臓は今にも胸から飛び出て、彼女の膝元(ひざもと)へと転げ落ちそうなほどです。告白してしまおうと二十回は心を決めました。でも、そのたびにいかんともしがたい臆病心(おくびょうしん)がそれをとどめました。彼女がちょっとでも冷たいそぶりや、距離を感じさせる態度をとると、それだけで僕は死んだような気分になり、断頭台の上に頭を載せ、光る刃が頭に落ちてきて首を切られるのを待つ死刑囚のような心地がするのです。緊張のあまり息ができなくなり、全身が冷汗でびしょびしょになるのです。赤くなったり、青くなったり、結局、何も言えぬまま、酔っぱらった人が玄関の段差でよろめくみたいに、やっとのことで扉にたどりついて帰ってくる。

で、外に出るとようやく理性が戻ってきて、風に向かって情熱的な賛歌を朗じたりするわけです。そこにはいない彼女のために、陥落確実な口説き文句のあれこれをつぶやいたりもして。ええ、この無言の朗唱において、僕は偉大なる愛の詩人たちと肩を並べることができたでしょう。ソロモン王の「雅歌」のあの日がくらむようなオリエンタルな香りや大麻の陶酔を感じさせる抒情性、ペトラルカのソネット[25]のプラトニックな繊細さと妖精のような儚さ、ハインリッヒ・ハイネの『抒情的間奏曲』[26]の高揚感や非日常性も、このとき僕の命から際限なく湧き出る魂の吐露には及ばなかったことでしょう。モノローグが一息つくたびに、あの伯爵夫人もついに根負けし、天上の世界から僕の心へ落ちてきたに違いないと思い、彼女を抱きしめるつもりになって胸の前で腕を組んでみたことも一度や二度ではありません。

　僕はすっかり理性を失い、何時間も愛の祈禱のように『プラスコヴィ・ラビンスカ』という二語を繰り返していました。この音の並びのなかには何とも言えない美しさを感じます。あるときは、ゆっくりと真珠を一粒一粒磨き上げるように、またあるときは祈りの言葉を繰り返すうちに徐々に高揚していく信者の熱い陶酔のように。またあるときは、美しいベラム紙[27]の上に愛する人の名を中世風の飾り文字で記し、金箔で飾ったり、青い小花模様や枝葉模様を添えたりもしました。そんな緻密な作業に熱中し、子どものようにいつまでも手を加えながら、再会の日までの長い時間、暇をつぶしていたのでした。読書もできず、何かに集中することなど不可能でした。彼女のこと以外、興味がなくなり、フランスから届いた手紙さえ、開封せずにほったらかしにしていたほどです。この状態から脱しようと何度か努力はしました。青年たちがよく使う口説き文句や、カフェ・ド・パリのヴァルモン[28]やジョッキー・クラブのドン・ファンが使うような戦略を思い出そうとしたりもしました。でも、やってみると、心がついてこない。スタンダールのジュリアン・ソレルのように、徐々に熱を帯びていく、手本のような手紙の束があれば、それを書き写して伯爵夫人に送ったのにと思ったほどです。[29]僕はただ愛すること、この身のすべてを捧げることしか望まず、何の見返りも求めておらず、遠く儚い希望すらもつつもりはありませんでした。なにしろ、彼女の薔薇色の指先にそっと唇で触れることでさえ、もうそれだけで大胆な望みだと

25　イタリアの詩人フランチェスコ・ペトラルカ（一三〇四〜一三七四年）が考案した十四行から成る短い叙情詩。
26　当時は、一八四八年にネルヴァルによる仏訳が刊行されたばかりだった。
27　仔牛、仔羊などの皮をなめして作った羊皮紙のなかでも上等なもの。
28　ラクロの『危険な関係』に登場する色男。
29　『赤と黒』の主人公ジュリアン・ソレルは、コラゾフにもらった手本を書き写し、フェルバック元帥夫人に手紙を送り続けた。

承知したうえで、夢を見ていたのですから。十五世紀の世、祭壇に額を寄せた若き修道士も、硬い鎧(よろい)をつけて跪いた騎士も、これほどまでにひれ伏して聖母マリアを崇拝したことはなかったでしょう」

シェルボノーは、オクターヴの話に聞き入っていた。彼にとってこの青年の話は、ただの恋愛譚では済まなかった。オクターヴが一息ついたあいだに、彼はつぶやいた。

「うむうむ、これぞ恋の病、何たる奇病。かつて一度だけ見た覚えが。あれはシャンデルナゴール[30]だったな。身分の低い娘がバラモン教徒に夢中になりましてね。その娘は恋で死んだんです。かわいそうに。でも、彼女は無知蒙昧(むちもうまい)な少女だった。あなたとは違う。あなたは文明の人だ。治りますよ」

医者は括弧に入れるように、言葉を挟み終えると、手を差し出して、オクターヴに話の続きを促した。さらに、バッタのように脛(すね)を腿(もも)につけるようにして足を折りたたみ、膝で顎を支えるような姿勢になる。ほかの者にはとても無理そうなそんな姿勢も彼には特別落ち着くものらしい。

「僕がひそかに命を捧げた恋物語を、細々(こまごま)とお話ししてうんざりさせるつもりはありません。いよいよ決定的なことが起こったのです。ある日、会いたい気持ちがどうしても我慢できなくなり、いつもよりも早い時間に彼女の屋敷に行きました。重たい雲が広がる嵐の日でした。サロンにラビンスカ夫人の姿はありませんでした。彼女は、細い円柱に支えられた柱廊にいらっしゃいました。この柱廊は、テラスに面しており、そこから庭に出られるようになっているのです。彼女はこの柱廊にピアノと籐製(とうせい)の長椅子と一人掛け椅子を運ばせていました。見事な花のあふれる花壇がありましてね。フィレンツェほど、みずみずしく、香り高い花が揃った街はありません。その花壇から漂う香りが柱のあいだの空間を満たし、アペニン山脈から来る風のかすかなそよぎを芳香で染めるのです。アーチの向こう、目の前にきれいに刈り込まれた庭のイチイや柘植(つげ)が見えるようになっていました。この庭には、樹齢数百年の糸杉がそびえ、バッチョ・バンディネッリ[31]やアンマナティ[32]などによる手の凝った彫像、神話的なテーマの大理石の彫刻が並んでいるのでした。庭の奥には、フィレンツェの街が影のよう

30 現在のインド北東部、チャンダンナガル。当時はフランスの植民地だった。
31 ミケランジェロの影響を受けたフィレンツェの彫刻家(一四九三～一五六〇年)。
32 バルトロメオ・アンマナティ(一五一一～一五九二年)。ネプトゥヌスの噴水で知られる建築家、彫刻家。

に浮かび、サンタ・マリア・デル・フィオーレ[33]の丸いドームと、ヴェッキオ宮殿の四角い鐘楼の先が際立って見えました。

夫人はひとりで、籐製の長椅子に半ば横たわるように座っていました。このときほど彼女が美しく見えたことはありません。暑気のせいで気怠そうな、物憂げな様子で、その身体は海の妖精のように、インドのモスリンのゆったりとした白いガウンをまとっていました。ガウンには上から下まで、銀色に輝く波頭のように細やかな襞がありましたっけ。『サンダルの紐を解くニケ』[34]で勝利の女神ニケがまとっている布があるでしょう。あの布と同じぐらい軽やかなその衣装は、ホラーサーン[35]の黒色鋼のブローチで胸元を押さえているだけでした。花の雌蕊のように内肘のあたりからふんわりと開いた袖から出ている腕は、フィレンツェの職人が古代の像を再現するための型取りに使う石膏のような白さなのです。ベルトに使われた幅広の黒いリボンは両端が垂れており、すべてが白のなか、くっきりと映えておりました。これだけだと喪服のように悲しげな印象だと思われるかもしれませんが、室内履きのつま先が陽気さを添えていました。コーカサス風のかかとのない小さな室内履きは、青いモロッコ革に、黄色いアラベスク模様の透かし模様が入っており、モスリンの裾からちょこんと見えていたのです。

夫人のブロンドの髪は、息を吹きかけてふくらましたようにゆったりと左右に分けられ、白い額と透き通るようなこめかみを隠すことなく見せていました。しかも、その髪は後光のように金色に輝き、きらきらしていたんです。

彼女の横にある椅子の上では、ドレスとお揃いの黒いリボンが長々とついた大きな稲わらの帽子が風に揺れ、新品のスエードの手袋も置いてありました。僕の姿を見ると、プラスコヴィは読んでいた本を閉じ、僕に親しげに会釈しました。そう、ミツキェヴィチ[36]の詩集でしたね。彼女は独りでした。めったにないチャンスです。僕は彼女に促され、正面の椅子に腰を下ろしました。長びくとつらくなるあの気まずい沈黙が数分間続きました。ありきたりの対話術がまったく役に立ちません。頭がぼうっとして、心の炎がまなざしまで上りつめ、恋心が叫んでいました。『今だ、今しかない』

33　ミケランジェロのピエタで有名な聖堂。
34　アテナ・ニケ神殿にあるレリーフ。
35　イランの東北地方。
36　ポーランドの詩人、作家（一七九八〜一八五五年）。代表作に『パン・タデウシュ』など。

僕の当惑の理由を察した夫人が、腰を浮かせ、僕の口を押さえるかのように、美しい手を伸ばさなかったら、僕はいったいどうなっていたことでしょう。

『言わないで、オクターヴ。あなた、私を好きなのでしょう。知っておりました。察しておりました。ええ、確信しておりました。あなたを責めるつもりはありません。恋は自分の意志でどうにかなるものではありませんから。手厳しい女なら、気分を害したふりをするかもしれませんね。でも、私は困っているのです。だって、私はあなたを愛せない。あなたを不幸にするのはつらいことだわ。出会わずに済めばよかったのに。ヴェネチアからフィレンツェに来てしまった自分の気紛れが恨めしい。ずっと冷たくしていれば、あなたはうんざりし、遠ざかっていくだろうと最初は思っていました。でも、本当の愛というものは……ええ、あなたの目には真実の愛を示すありとあらゆる徴が浮かんでおりますもの……決して覆らないものなのですね。私がやさしくすることで、甘い幻想を抱いたりなさらないで。私のあわれみを励ましと勘違いなさらないでね。ダイヤモンドの盾と炎の剣を持った天使が、どんな宗教よりも、義務よりも、道徳よりも強く私を誘惑から護ってくれました。ええ、この天使こそ、私の愛。私は夫のラビンスキーを心から愛しておりますの。私は結婚に至高の愛を見出したのです』

正直で、誠実で、実に高潔な品性を込めたこの告白を聞き、僕は滂沱の涙を流しました。このとき、僕の命のばねが壊れてしまったのです。

夫人は心動かされたらしく立ち上がり、女らしい優美な憐憫を込めた物腰で、僕の目元を薄い麻のハンカチでぬぐいました。

『ああ、泣かないでくださいませ。別のことを考えたほうがいいわ。私のことは永遠にどこかへ旅立ったとか、もう死んだとかそういうことにして忘れてください。旅をしたり、お仕事したり、善行を重ねてね。もっと社交的になるといいわ。芸術や別の恋に慰めを見出して』

僕は身振りでそれをはねのけました。

『会い続けることで苦しみをやわらげられるかしら。それなら、いらしてもいいのよ。いつだって受け入れますから。敵をも愛せと神様は言っているのですもの。自分を好きになってくれた人につらく当たるなんてできません。でも、会わないほうが傷を癒やすには、確実だと思うの。二年もすれば、何の遺恨もなく……ああ、遺恨というのはあなたの側では、ということですよ……握手できるようになることでしょう』

こう言って彼女は微笑もうとしたのです。

翌日、僕はフィレンツェを離れました。でも、勉学も、旅行も、どんなに時がたっても、恋の苦しみを忘れさせてはくれませんでした。今にも死にそうです。どうかこのまま、死なせてください。先生」

医者は青い目に不思議な輝きを秘め、オクターヴに尋ねた。

「それ以来、プラスコヴィ・ラビンスカには、会っていないのですか」

「ええ、一度も。ところが、彼女は今、パリにいるんです」そしてオクターヴはシェルボノー医師に一通の招待状を差し出した。そこにはこう印刷されていた。

「プラスコヴィ・ラビンスカは、毎週、木曜日に在宅しております」

第3章

当時、砂埃(すなぼこり)が舞う大通りよりも、並木道と公園の隙間(すきま)にひっそりと延びる小道の静かで澄んだ空気を好み、シャンゼリゼやガブリエル通りのトルコ大使館からエリゼ・ブルボン[37]のあたりを散歩する者はそれほど多くはなかったが、その道をたどる歩行者は、ほとんど誰しもが、珍しいことに豊潤さのなかに幸福が宿ったかに見える、詩的で神秘的な奥屋敷の前で、うっとりと、羨望の混じった賞賛の思いとともに足を止めるのであった。

そうして皆、庭の柵の前で立ち止まり、茂る木々の向こうに建つ白いヴィラをしばらく眺め、この壁の向こうにこそ人生最大の夢が眠っているような気がして、足取り重く遠ざかっていくのだ。ほかの建物では、こうはいかない。外から眺めても、何とも言えず悲しくなるばかりだ。怠惰、無関心、絶望が灰色の門構えを冷ややかなものにし、半分禿げたようなみすぼらしい木々の先端は黄ばんだまま。彫像は苔むし、花は色を失い、池の水は緑ににごり、どんなに刈っても、雑草は通路まで伸び、鳥もいない。いや、いたとしても、さえずりは聞こえてこない。

並木道沿いに連なる庭は、道よりも一段低くなっており、一軒ごとに空堀で区切られている。通りから見ると大きなものから小さなものまで帯状に細長い庭が屋敷まで

37　現在、大統領官邸となっているエリゼ宮のこと。

続き、屋敷の正面玄関はどれもフォーブル・サントノーレ通りの側から入れるようになっている。くだんの家の庭は端に溝があり、溝から掘り出した土を使った盛り土を形の異なる大きな石をいくつも積み上げた壁が支えていた。壁に使われた石たちは、芝居の書き割りのように両端から迫(せ)り上がり、無骨さとどっしりとした暗さで、その向こうにある緑あふれるみずみずしい光景を引き立てているのだった。団扇(うちわ)サボテン、赤い唐綿(とうわた)、オトギリソウ、雪の下、シンバラリア、弁慶草、アルプスのセンノウ、アイルランドの木蔦(きづた)などが、石のでこぼこのなかに根を下ろすだけの水分と土を見つけ、いかめしい岩の表面にさまざまな緑の彩りをつくっていた。画家ならば、きっと作品の前景のアクセントにここを使いたくなったことだろう。

地上の楽園を閉じ込める側壁は、蔓(つる)植物がつくるカーテンの中に隠れて見えない。馬鈴草(うまのすずくさ)、青い時計草、カンパニュラ、すいかずら、かすみ草、中国の藤、ペリプロカ・グラエカなどが茂り、その棘(とげ)や巻き鬚(ひげ)、茎が緑の格子に絡みついているのだ。幸福は閉じ込められることを嫌う。だからこそ、この庭は、文明という壁に囲まれた狭い敷地というより、森の中のちょっとした空き地のような場所でなくてはならなかった。

庭石がごろごろしている少し向こうには、いかにも生命力たっぷりの葉を茂らした、姿の美しい低木がまとまって植えられていた。日本の漆、カナダの柏、ヴァージニアのプラタナス、緑のトネリコ、白楊、南仏の榎などが茂るなかに、ひときわ背の高い唐松が二、三本あり、それぞれの木は、互いに引き立て合っているようだった。木々の向こうには、芝生が広がっているが、すべてが同じ長さに切り揃えられ、実に繊細で、王妃のビロードの外套と同じぐらい艶やかなうえに、エメラルドのような緑色は、イギリスの中世のお屋敷の石造りの玄関前でしか見られないようなものだった。やわらかな天然の緑の絨毯は、目で撫でるものであり、とても足を踏み出すことができそうもない。この緑の絨毯にふさわしいのは、昼間、日差しのもとならば、飼い慣らしたガゼルところげ回って遊ぶ、レースの服を着た公爵家の若君、夜、月明かりのもとならば、貴族名鑑や男爵名簿に載っているオベロンと手をつないだウエストエンドのティターニアぐらいのものだろう。[38]

小道に敷き詰められた砂は、ふるいにかけたようにさらさらしている。貝殻や石の尖りが、この砂に足跡を残すであろう気高い足を傷つけないようにするためだ。そ

38　オベロン、ティターニアは、共にシェイクスピアの『夏の夜の夢』に登場する妖精の名前。

んな小道が、密生した緑の面を黄色いリボンのように縁取っている。ローラーで短く刈り込まれた緑は散水栓のばらまく偽りの雨に濡れ、どんなに日差しの強い夏の日でも、みずみずしさを保っているのだった。

芝生の尽きるあたりでは、大きなゼラニウムが火の花、まさに花火のように閃光を放ち、その火花はヒースの生えた茶色い地面を下地として燃え盛って見えた。ちょうど、そんな季節だった。

まなざしはついに屋敷のうっとりするような正面にたどりつく。どこから見ても優美な大理石の飾りが目を引く、ほっそりとしたイオニア式の柱が屋階を支えている。この柱は、まるで億万長者の気紛れで移築されたギリシャの神殿のような印象を醸し出し、詩や芸術のインスピレーションを搔き立て、ともすればひけらかしになりそうな豪華さを上品なものにしていた。柱と柱のあいだには、幅の広い薔薇色の縞模様のブラインドが見える。ほぼ常に下ろされたままのブラインドが窓を守っているのだが、このブラインドによって、ガラス戸のように、柱廊の下、地面と同じ高さに窓があることがわかる。

気紛れなパリの空には珍しく、この宮廷の背後に青い空が広がると、緑の茂みのあいだに輪郭がくっきりと浮き上がり、まるで妖精の女王の住処(すみか)か、バロン[39]の絵をそのまま大きくしたかのようである。

広げた翼を思わせる二つの温室が、屋敷の両側から庭に突き出るように建てられており、日光を浴びて金色の骨組みのあいだからガラスの側壁がきらきらと輝き、希少かつ貴重なエキゾチックな植物群がまるで故郷の地にあるかのように見せていた。

早起きの詩人が、曙光がわずかに赤みを帯びた時刻にガブリエル通りを通りかかったら、ナイチンゲールが夜の歌の最後のトリルを歌い終えるのを聞き、つぐみが黄色いスリッパを覆いた足で庭の小道を我が物顔に散策する姿を目にしたことだろう。だが、夜、オペラ座方面から来る馬車の音が、眠りに落ちた静寂のなかに響きわたっては遠ざかりゆく頃に同じ詩人がここを通りかかったなら、白い影が美しい青年の腕に抱かれる姿が、ぼんやりとではあろうが、目に入り、わびしげに、今にも死にそうなほどの悲しみを抱え孤独な屋根裏部屋へと帰っていったことだろう。

読者はすでにお気づきのことと思うが、この屋敷こそ、ラビンスカ夫人が夫のオラ

39 アンリ・バロン(一八一六〜一八八五年)。フランスの画家。代表作に「イタリアの夏の夜」など。

フ・ラビンスキーと一緒に暮らしている場所である。夫のラビンスキー氏は、コーカサスの戦争で偉大な功績を成し遂げ、妻のもとに戻ってきた。とらえどころのない謎の敵シャミル[40]と一騎打ちになることこそなかったものの、この有名なシャイフの最も忠実な手下、ムリディス教徒と一戦を交えたとのことである。彼は砲弾に立ち向かいながらも勇者のように被弾せず、野蛮な戦士どもの三日月のように反り返った剣でさえも、その胸に突き刺さることなく、折れてしまったという。勇気こそが最強の鎧となった。北欧の古い歌にある「奴らは殺し、死に、そして笑った」というフレーズが似合いそうなラビンスキー氏は、危険を愛するスラブ人の常軌を逸した気質をもっていた。

結婚こそは神と人のみに許された情熱そのものだと信じて疑わぬ二人は、どんなにうっとりと再会を喜んだことだろう。それを文字に表現できるのは、恋愛詩「天使の愛」を書いたトーマス・ムーア[41]くらいだろうか。インクの一滴一滴が、ペンを通じて光のしずくに変わり、一語一語が、お香のように炎と芳香を漂わせ、紙から気体となって立ち上ってこなければならないのだ。溶け合って一つとなる二つの魂、朝露の二粒の涙が、百合の花びらの上を伝ううちに巡り合い、混じり合い、一緒になって一粒の真珠のようになるさまをどう表現すればいいだろう。幸福とはこの世にそう簡単にあるものではないから、人はそれを語る言葉を生み出そうとはしてこなかったのだ。一方で、どの言語であれ、辞書の大半を埋め尽くしているのは、心身の苦しみを表す語彙（ごい）ばかりである。

オラフとプラスコヴィはまだほんの子どもの頃から愛し合っていた。二人とも、ほかの人に心揺れたことはなかった。まだ赤子の頃から、互いにこの人しかいないと悟っていたようなものだ。ほかの人間などこの世に存在しないも同然だった。両性具有者（アンドロジーヌ）は、原初で別れてしまった片割れを探し続けるとプラトンは書いたが、まさにこの二人は片割れと再会し、また一つとなったかのようであった。二つでありながら、一つであり、完全な調和をつくる。並んで歩き、いや、生涯を通じて、一つになって飛び続けるのだ。ダンテの美しい詩句を借りるなら、その姿は同じ願いに導かれるつがいの白鳩のようであった。[42]

40　コーカサス山岳民の解放運動指導者。
41　アイルランドの詩人（一七七九～一八五二年）。フランス文学に大きな影響を与え、バイロンとも親交があった。

この幸福な夫婦を何も邪魔できぬよう、巨額の富が、まるで金色の空気のように二人を守っていた。この光り輝く二人が現れるやいなや、あわれな者さえ慰められて、ぼろ着に別れを告げ、涙も乾いてしまう。オラフとプラスコヴィには幸福という高貴な自己中心主義(エゴイズム)があった。彼らの栄華のなかにあっては、他人が苦しむことさえ許せなかったのである。

多神教の否定とともに、若き神々や、愛すべき天才たち、絶対の完全美、調和のとれたリズムと純粋な理想を体現する天上の美青年たちもいなくなってしまった。古代ギリシャはもう大理石のような詩句で美をたたえる歌を歌うことはない。人間は、醜くあることを許され、残酷なまでにそれに甘んじてしまったのだ。神の似姿はどう描こうが神とは似つかないものだ。だが、ラビンスキー伯だけは例外であった。少々面長な楕円形(だえんけい)の顔、大胆さと繊細さを兼ね備えた形の鼻、細くとがらせたブロンドの口髭(くちひげ)が、しっかりとした唇を引き立てる。逞(たくま)しく、笑窪(えくぼ)のようなへこみのある顎、黒い瞳は独特の突き刺すようなまなざしと、不思議な優美さを兼ね備え、黄金の甲冑(かっちゅう)をまとい、悪魔と格闘する戦闘的な天使、聖ミシェルやラファエルを思わせた。黒い虹彩(こうさい)に宿る男性的な光や、アジアの太陽を浴びたことによる日焼けがなければ、あまりにも美しすぎたことだろう。

ラビンスキーは人並みの身長だが、ほっそりとした痩身、無駄のない身体つきで、繊細な外見の下には、鋼の筋肉が隠れている。大使館の舞踏会などでは、至るところが黄金で飾られ、ダイヤモンドが輝き、真珠の刺繡がついたポーランドの貴族の衣装を着て登場することもあった。彼は、光り輝くように群集のなかに降臨し、男たちの嫉妬（しっと）を掻き立てた。女たちはうっとりと彼に恋してしまったものだが、プラスコヴィがいるので、彼がその秋波に応えることはない。さらに言えば、ラビンスキーは肉体だけではなく、その精神も優れていた。彼が生まれたときに、やさしい妖精が彼にあらゆる才を与え、意地悪な魔女もその日ばかりは上機嫌で見逃してやったのだろう。

そう、オクターヴ・ド・サヴィーユの恋敵はこんな人物であり、勝ち目はなかった。奇怪なる医師バルタザール・シェルボノーは彼に希望をもたせようとしたが、こうなったら、もうこのまま長椅子のクッションの上で死なせてやるべきだろう。プラスコヴィのことを忘れるのが唯一残された解決策だが、それは不可能だった。再会した

42 ダンテ『神曲』地獄篇第五歌に登場する「欲求に導かれる白い鳩」を意識した表現。

ところで何になるだろう。やさしい頑固さも、情け深い冷酷さも、彼女の気持ちが変わることはないだろうとオクターヴはわかっていた。無邪気な態度で自分を死に追いやった張本人だというのに、彼は彼女を責めようともせず、むしろ、愛するやさしき殺人者の前で、まだ癒えていない傷口が再び開き、血が流れ出すことを恐れていたのだ。

第4章

プラスコヴィが、聞くべきではないと判断したオクターヴの愛の告白を、唇に手を伸ばさんばかりにして止めさせたあの日から、二年が過ぎていた。夢の高みから落ちたオクターヴは、内臓をくちばしでえぐられるような暗い痛みを抱えたまま彼女から遠ざかり、以後、プラスコヴィには何の連絡もしなかった。手紙を出すにしろ、彼が書きたかったただひとつの言葉こそが、彼女にとって唯一の禁句だったのだから書きようがない。だが、オクターヴが沈黙を守ったことで、夫人はかえって不安になり、愁いとともに、オクターヴのことを気にかけるようになった。あの人はもう私を忘れたのかしら。神々しいまでに虚栄心とは無縁の彼女は、オクターヴに自分のことは忘れてほしいと願い、また同時に、そう簡単に忘れることはないだろうと思っていた。というのも、オクターヴの目には消せない情熱の炎が灯っており、夫人とてその思いを軽くは考えていなかったのである。愛と神はまなざしに現れる。そんな考えは小さな雲のように、澄みきった幸福の青空を横切り、天から地上を懐かしむ天使のひそかな悲しみを吹き込む。彼女のかわいらしい心は、誰かが自分のせいで苦しんでいると思うとつらくなるのだ。だが、暗闇のなか、羊飼いがむなしく宙に手を伸ばしていたとしても、天高く輝く金色の星が彼のためにできることはあるのだろうか。神話の時代、フェーベは、銀色の光に乗って天から下り、エンディミオンの眠りに降り立ったというが[43]、伯爵夫人のプラスコヴィが、フェーベやセレネのような行動に出ることはない。

パリに着くやいなやラビンスカはオクターヴにありきたりな招待状を送った。先ほ

43　月の女神セレネが美少年エンディミオンに恋をして地上に降り立ったというギリシャ神話。フェーベ（ポイベー）は月の女神としてのアルテミスの呼称で、「輝かしい」という意味。後にセレネと同一視された。

ど、シェルボノー医師が指先でそっと裏返したあのカードのことである。それでも、オクターヴが来ないのを見て、彼女は、オクターヴがすでに立ち直っていることを望んでいたはずなのに、我知らず嬉しそうにつぶやいてしまった。「あの人、まだ私に夢中なんだわ」それでも、彼女は、ヒマラヤのてっぺんの雪のように純粋で貞淑な天使のごとき女性なのだ。

しかし神でさえ、無限の力をもちながら、その心の奥底では、永遠という退屈をしばし忘れるために、下界の巨大な海に溺れそうな地上のあわれな小さき有限の命が自分のためにときめかす胸の鼓動を聞くことに喜びを見出したのではないか。プラスコヴィは神様ほど厳格ではなかったし、この繊細な心の喜びを、夫のオラフが責めることもなかった。

シェルボノーは言った。

「注意深く聞いておりましたが、あなたのお話によると、もはやどんなに希望を抱けども儚く、そのご婦人があなたの愛に応えることはなかろうと」

「はい、そうです。だからもう、このまま死のうと別にかまわないんです」

「ええ、確かに普通の方法ではもはや望みはないでしょう。でも、近代科学の及ばない魔法の力というものが存在するんです。何も知ろうとしない文明人から野蛮呼ばわりされている異国の地にはそういう伝統があるのですよ。世界が誕生したばかりの頃、人類は自然の活力にじかに触れることにより、その不思議な力を知っていた。ところが今や、そんな力を使う知恵は失われてしまいました。われわれ現代人の祖先は移動生活を続けるなかで、こうした秘術を伝承してこなかったのです。秘術はまず、寺院の奥深い場所で、神秘に通じた尊師から、その弟子へと伝えられ、やがて、俗人にはわからないかたちで呪文(じゅもん)が書き残され、エローラの石窟(せっくつ)[44]の壁に象形文字で教えが刻まれたりしてきました。ガンジス河の源流であるメルー山の頂[45]、聖なる街、ベナレスの白い大理石の階段の下や、セイロンの廃墟(はいきょ)と化した寺院の奥などに、不可知の手書き文書を読む百歳近いバラモン教徒や、空の小鳥が髪の毛のなかに巣をつくろうとも微動だにせず、何とも言えぬ単音節の『オン』を唱えるヨギ、両肩にジャッゲルナト[46]の鉄の傷跡をもち、失われた秘儀を知っていることで、ここぞというときにそれを用い

44　インドのムンバイの北東にある世界遺産。
45　ヒンズー教の聖典「ヴェーダ」における聖山。世界の中心であると言われていた。
46　ヴィシュヌ神の第八の化身であるクリシュナ神。

て最良の結果を得る行者（ファキール）がいたりするものなんです。私たち欧州人は物質的な関心に支配され、インドの行者たちが到達したスピリチュアルな力を信じようとしません。断食し、ただじっと恐ろしいまでに瞑想（めいそう）にふけり、とても維持できそうもない姿勢のまま何年も動かずにいることで、確かに体力は衰えます。照りつける日差しのなか、熱い炭火のあいだに身を縮め、伸びすぎた大きな爪（つめ）が掌（てのひら）に食い込んでいる姿を見たら、あなたはきっと、棺桶（かんおけ）から出されサルのように腰を曲げたエジプトのミイラを想像するでしょう。でも、人間の外装は蛹（さなぎ）にすぎず、魂は永遠の命をもつ蝶であって、好きなときに肉体を離れたり、戻ったりできるのです。ちっぽけな抜け殻は、とつぜん日を浴びた夜行性の怨霊（おんりょう）のように、見るもおぞましい状態で動かなくなっていても、その霊魂はしがらみから解き放たれ、幻想の翼で、超自然界の計り知れぬ高みまで舞い上がるのです。彼らは不思議なものを目にし、奇妙な夢を見ます。恍惚（こうこつ）から恍惚へと、永遠の海に失われた時代がつくる波に漂うのです。無限の空間をあらゆる方向に動きまわり、宇宙の誕生、神の創生、神々の変身を目の当たりにするのです。噴火や洪水などの天変地異で失われた知恵や、人と元素との関係など、古代の記憶がよみがえるのですよ。そんな不思議な状態にあって、彼らは、何千年も前の言葉、この地球上にはもはや誰も話す人のいない古代語をつぶやくのです。原初の言葉、古代の闇から光をほとばしらせる言葉を再発見するのです。彼らを変人扱いする者もあるでしょう。しかし、彼らはもはやほとんど神に近い存在なんです」

このとんでもない前口上は、これまでになくオクターヴの心を搔き立てた。この人は結局、いったい何をしようとしているのだろうと不思議でならず、オクターヴは驚いた目に、問いかけるような輝きを浮かべながら、医者をじっと見つめた。インドの行者と自分のプラスコヴィへの愛がどのように結びつくのか、まったく見当もつかない。

医者はオクターヴの心中を察し、その疑問に先んじるかのように手を動かしたかと思うと、こう言った。

「患者さん、もうちょっとの辛抱ですよ。私が単に無駄話をしているわけじゃないともうすぐわかりますからね。さて、私は、大学の教室で、大理石の台の上、メスで死体を解剖するのに飽き飽きしていました。生命のことばかり考えていた私に、遺骸（いがい）は何も応えてくれませんでしたし、医学校では死についてしか知ることができませんでした。そこで、私は、天に昇って火を盗んだプロメテウスに比肩するような大胆な計画を思いつきました。魂とやらに到達し、突き止め、分析し、まあ、いわば解剖してやろうと思ったのです。根源に迫ってやろうと決意すると、表面的なことには目がいかなくなり、意味のない物質的な科学を心から嫌悪するようになりました。あんな曖昧(あいまい)な、すぐにも崩れる分子の偶然の組み合わせを云々(うんぬん)するなど、最悪に思えてきたのです。私は磁気を利用して、魂と肉体の分離を試みました。こうして、私は、驚異的な実験を行い、早々にメスメル[47]、デスロン[48]、マクスウェル[49]、ピュイゼギュール[50]、ドゥルーズ[51]といった有力な先駆者を超える成果をあげたのです。それでも私は満足しませんでした。カタレプシー[52]、夢遊病、千里眼、恍惚とした悟りの状態、私はどんな状態もつくることができました。大多数の人には説明のつかないことでしょうが、私にとってはすべて実にシンプルで自明のことでした。私はさらに高みを目指しました。カルダーノ[53]や聖トマス・アクィナス[54]の恍惚から始まり、ついに巫女(ピューティア)[55]の神がかり状態に達したわけです。ギリシャのエポプト[56]、ヘブライの預言者(ネヴィーム)の秘儀を発見しました。時を遡り、トロポニウス[57]やアスクレピオス[58]の秘密に迫りましたが、不可思議な現象について、人はいつも精神集中や魂の伝播(でんぱ)を語り、そのきっかけとなるのは、しぐさやまなざしや、言葉や意志などなんらかの作用によるというのです。私は、ティアナのアポロニウス[59]の奇跡をひとつひとつ再現していきました。それでも、私の夢は叶(かな)いませんでした。魂を思い通りにはできないのです。気配は感じました、声もします。魂に働きかけることはできました。魂の力を弱めたり強めたりすることもできました。それでも、魂と自分のあいだには肉体のヴェールがあり、ヴェールを剝がすと魂は飛

47　フランツ・アントン・メスメル（一七三四〜一八一五年）。ドイツの医者。動物磁気療法の創始者。ゴーティエはメスメルの磁気学に関心を抱き、『魔眼』や『ジェンマ』にも登場させている。ホフマンやブラウニングの作品にも磁気療法は影響を与えている。

48　シャルル・デスロン（一七五〇〜一七八六年）。フランスの医者。メスメルを信奉。

49　ウィリアム・マクスウェル（生没年不詳）。スコットランドの物理学者。

50　ジャック・ド・ビュイゼギュール（一七五一〜一八二五年）。フランスの軍人。メスメルの後継者。

51　ジョゼフ＝フィリップ＝フランソワ・ドゥルーズ。動物磁気を研究したフランスの自然科学者。

52　四肢の硬直固定状態。

53　十六世紀イタリアの数学者。

54　十三世紀イタリアの神学者。

55　デルポイの神託所に仕えたアポロンの女神官。

56　デメテルの神殿で修行に励んだ行者。

57　デルポイの神殿を建てた建築家と言われている。

58　ギリシャ神話のアポロンの息子で、医術の神。

び去ってしまうのです。そう、鳥を捕まえようとして、網の中に閉じ込めたものの、網を持ち上げた途端、空に逃げられてしまうのではないかと心配になり、動けなくなってしまったかのようでした。

私はインドに行きました。この古き叡智の国ならば魔法の言葉が見つかるのではないかと。サンスクリット語とプラクリット語[60]を習い、学術語も世俗語も学びました。高位の学僧とも最高位のバラモン僧とも会話することができました。私は虎が這いつくばって吠えるジャングルを通り抜け、ワニの背が鱗のように並ぶ聖なる沼の縁を行きました。コウモリやサルの群れを雲のように蹴散らし、野生動物によってつくられた獣道の脇で象に出くわしたりしながら、蔓が絡まって行く手をふさぐ森を抜け、精霊と交信できるという有名なヨギの住む小屋にたどりつきました。私は一枚のカモシカの皮を敷いて、何日間も彼の横に座り、恍惚のなか、彼の黒ずみ罅割れた唇から、わずかに聞こえる呪文を書き取りました。私は、万能の呪文、霊を呼び出す文言、創造主の御言葉に匹敵する呪文を手に入れたのです。

私はパゴーダ[61]の奥の部屋にある信仰の象徴となる彫像を研究しました。この部屋はこれまで部外者は誰も入れないところだったのですが、バラモン教徒の服を着ていたので、私は入ることが許されました。宇宙の神秘、失われた文明の伝説について読み漁(あさ)りました。インドの原生林のように、ぎっしりと立つ異教の神々が多数の手に抱えている象徴の意味も発見しました。ブラフマー[62]と共に描かれる丸い輪や、ヴィシュヌ[63]の蓮(はす)、シヴァ[64]のコブラを観察していると、ガネーシャ[65]も厚皮動物特有の鼻をのばし、長いまつ毛に縁取られた小さな目をまたたかせて私に微笑みかけ、労をねぎらい、励ましてくれているかのようでした。こうした怪物のような存在はどれも石像の言葉で私にこう言ってきたのです。『こんなものは形にすぎない。全体を動かしているのは精神だ』

ティルナマレ神殿の僧侶に私の考えを打ち明けると、彼は、その道の最高位にある

59 新ピタゴラス派の哲学者。
60 古代インド語。
61 インドやミャンマー(ビルマ)などの仏塔。
62 四つの顔をもつヒンズー教の神。
63 一三九頁、註1参照。
64 ヒンズー教の破壊と創造の神。
65 身体は人間であるが、象の頭と一本の牙をもつヒンズー教の神。

行者を紹介してくれました。その行者はエレファンタ島の洞窟（どうくつ）に住んでいるとのことでした。私が会いに行くと、彼は洞窟の壁にもたれ、茣蓙の端切れにくるまり、膝に顎を載せ、足の上で指を組み、まったく動かない状態にありました。あらぬ方向を見たまま、白目をむいていましてね。唇は、歯茎が下がった歯にへばりついていました。信じられないほど痩せ、色褪せた肌は頬骨に張りつき、後ろに回した髪は、岩からぶら下がる蔓草のように束になって固まっているんです。髭は二つに分かれ、地面に届くほど長く、伸びて丸まった爪は鷲の爪のようでした。

インド人の生まれつき褐色の肌が太陽に水分を奪われ、黒ずみ、玄武岩のようになっていました。そのような格好をしていると、形といい、色といい、古代エジプトのカノピック[67]にそっくりでした。最初に見たときは、死んでいるのだとさえ思いましたよ。私は、カタレプシーのように硬直した腕をとって揺さぶってみました。私が修行を積んだ者だということを伝えるべく、彼の耳元で、できる限り大声で、秘儀の呪文を唱えてもみました。だが、彼は身震いひとつしない。まぶたすら動かない。何かを引き出そうとするのは諦め、遠ざかろうとしたそのとき、かすかながらただならぬ音が聞こえ、青っぽい輝きが電光石火の速さで私の前を過り、行者の半開きの唇のあいだに飛び込んだかと思うと消えてしまったんです。次の瞬間、彼は無気力状態から目覚めた。ブラフマ・ログム、これがこの行者の名でしてね。目つきも元に戻った。彼は人間のまなざしを取り戻し、私の質問に答えてくれました。

『おまえの願いは叶った。魂を見ただろう。私は好きなときに魂を肉体から切り離すことができる。光る蜂のように出たり、入ったりできるのさ。修行を積んだ者にしか言えないがね。長いこと断食し、祈り、瞑想した。すっかりやつれきったとき、魂を地上につないでいた紐を解くことができ、十回生まれ変わったという神、あらゆる姿の化身(アヴァターラ)になることができたというヴィシュヌがその神秘の言葉を教えてくれた。いいか、とある秘儀を行った後、この呪文を唱えれば、おまえの魂は肉体から旅立ち、人間や動物に乗り移って、動かすことができる。これは、今やこの世で私だけしか知らない呪文だが、これをおまえに伝授しよう。おまえが来てくれて助かった。私はも

66 ムンバイの沖十キロにある島。
67 ミイラを作るときに遺体の内臓を納めた壺。

うすぐ無に帰らねばならない。一滴の水が海に帰るようにな』

そして、修行者は私にささやいたのです。死にゆく者のうめき声のように弱々しかったものの、はっきりと聞こえました。そのほんの数音節が、ヨブの話していたとおり、私の背に戦慄(せんりつ)を走らせたのです」

「どういうことです?」オクターヴは叫んだ。「あなたのお考えは深遠すぎて、僕にはもう考えが及びません」

「つまりですね」医者は静かに応じた。「朋友ブラフマ・ログムの魔法の言葉を私は今も忘れていません。さすがのプラスコヴィさんも、オラフ・ラビンスキー氏の身体にオクターヴ君の魂が宿っていることを見抜けるほどの達人ではないと思うのですがね」

第5章

バルタザール・シェルボノーの医者として、そして魔術師としての名声はパリに広がりつつあった。作り話か、事実かはわからないが、その奇行が大いに話題になっていたのである。だが、当の本人はといえば、世間が言うように、患者という「顧客」を増やそうとするどころか、門前払いにしたり、妙な処方箋を出したり、とんでもない治療方法を提案したりすることで、患者たちを追いはらってばかりいる。見慣れた肺炎やら、平凡な腸炎、腸チフス熱のブルジョワたちを、最上級の侮蔑とともに、ほかの医者へと送り込み、自分は絶望的なケースしか引き受けない。そのかわり、特殊なケースにおいては、信じられないような成果をあげる。寝台の脇に立ち、水の入ったコップの上で呪文を唱えると、患者は臨終の苦しみに噛み締めていた顎をゆるめ、この不思議な液体を飲めるようになる。そして、ほんの数滴それを口から流し込んだだけで、すでに冷たく硬直し棺桶まっしぐらだった遺体が、生きていたときの柔軟さを取り戻し、血色がよくなり、自分の足で立って、すでに墓所の暗闇に慣れてしまっていたまなざしで周囲を見渡すのだ。こうして彼は「死人の医者」だの、「よみがえらせ人」などと呼ばれるようになった。こうした治療は誰彼かまわず引き受けるわけではなかったし、瀕死の金持ちから高額な報酬を提案されても断ることが多かった。彼が破壊の力と闘うことを引き受けるのは、悲しみに暮れ、一人子の快癒をひたすら祈る母親や、最愛の女性の命乞いに必死な青年など、苦しさや悲しみの訴えに心動かされたとき、もしくは、今にも死にそうなその人が、詩や科学や人類の発展に貢献する人物と判断したときだけだった。こうして彼は、ジフテリアが鉄の指で絞め殺そうとした可愛い赤ん坊や、肺結核の末期にあった美しい乙女、振戦譫妄(しんせんせんもう)[68]の詩人、脳卒中に襲われ、重要な発明を頭に秘めたまま、あと少しのところで埋葬されそうになっていた発明家を救ってきたのである。それ以外のときは、自然に逆らうべきではないとか、死者のなかには死んで当然のものもあるとか、死ぬのを妨げることは、宇宙の法則を何かしら損ねる危険があるだのといった、屁理屈をこねる。おわかりだろう。バルタザール・シェルボノーほど変わり者の医者はいない。そのうえ、彼はインドで秘儀を完全に習得し、今や医術よりも、その催眠術のほうで有名なのだ。特別に選ばれたほんの数名の者たちを前に、その技術を披露することもある。それを見た者は、不可能を可能にする不可思議を語ってまわり、カリオストロ[69]の才能を超えるものだとした。

　医者はルガール通りの古い城館の地階に住んでいた。昔よく造られた何棟かが連なるタイプのアパルトマンで、高窓の向こうには庭の黒い幹、か細い葉陰を揺らす木々の茂みが見える。夏だというのに、強力な集中暖房機の真鍮製(しんちゅうせい)の火格子がついた吹き出し口からは、熱い風が広い部屋に吹き出しており、常に室温を三十五度から四十度に保っていた。アフリカ中央部の青ナイル[70]の源流から戻った人が首都カイロでさえ肌寒く感じるように、インドの灼熱の気候になじんでしまったシェルボノーは、欧州の青白い日光のもと、がたがたと震えているのだ。外出するときは、馬車の窓を閉め切り、シベリアの青狐の毛皮がついた外套にくるまり、熱湯を詰めたブリキの行火に足を載せていたほどだ。

彼の部屋にある家具はわずかで、幻想的な象や不思議な鳥の柄が入った、マラバル地方[71]の織物をかけた長椅子、セイロンの天然木材を簡単に切って組み立て、色を塗り、装飾した飾り棚に、エキゾチックな花をふんだんに活けた日本の花瓶があるぐらいだった。床には、端から端まで黒と白の枝葉模様の陰気な絨毯が敷かれている。この絨毯は、囚われた盗賊タギー団[72]の連中が、監獄で、絞首刑の麻縄をほぐして織らされ

68 アルコール依存の症状のひとつ。
69 交霊術で有名なアレッサンドロ・ディ・カリオストロ（一七四三?〜一七九五年?）。
70 アフリカ北東部を流れるナイル川の支流。
71 インド南西部。

たという、いわくつきのものである。大理石やブロンズでできたヒンズーの像もある。どれも、アーモンド形の細い目、輪のついた鼻、微笑みを浮かべた厚ぼったい唇、へそのあたりまで垂れた長い真珠のネックレスなど、奇妙で神秘的な格好をして隅の台座の上で足を組んでいる。さらに、壁には、カルカッタやラクナウ[73]の画家の作品だろうか、不透明水彩(グワッシュ)で描かれた微細画がずらりとぶらさがっていた。これらの絵は、ヴィシュヌが修行を終えるまでの過程、次々と姿を変えた九つの化身(アヴァターラ)を示していた。魚のようなマツヤ、亀のようなクールマ、猪(いのしし)のようなヴァラーハ、獅子のようなナラシンハ、小人のヴァーマナ、ラーマ、千本の腕をもつ巨人カールタヴィーリヤ・アルジュナ[74]を倒した英雄パラシュラーマ、夢想家がインド版キリストと呼ぶ奇跡の子どもクリシュナ、大いなる神マハデヴィを崇拝するブッダと九回にわたって姿を変えたというわけだ。そして最後の絵には、乳色の海のまんなかで、五つの頭をもつ蛇が絡まり合ってつくる正方形の台座の上に眠る姿が描かれている。最後の変身で白い有翼の馬となり、宇宙をその蹄(ひづめ)で踏みつけ、世界を終わらせる瞬間を待っているのだ。

バルタザール・シェルボノーは、ほかの部屋よりもさらに熱された奥の部屋でサンスクリット語の本に囲まれていた。これらの本は、錐(きり)で刻字された薄い版木に穴を開け、縄で綴じてあるため、一見したところ、われわれの知る本の姿よりも鎧戸に似ていた。金の薄片が詰まった瓶やハンドルで回転するガラスの円盤がついた電気式の機械が部屋の中央に不吉で複雑な姿を浮かび上がらせていた。その横にあるメスメル式の容器[75]には、金属の刃が浸されており、そこから鉄の棒が何本もきらきらと突き出ていた。バルタザール・シェルボノーは、いかさま師ではなく、演出を狙っているわけでもない。だが、この奇妙な隠遁先に踏み込んだ者は、かつて錬金術師の実験室が抱かせたような印象を持たざるを得ないのだ。

この医者が奇跡を起こしたという噂がラビンスキー伯の耳にも入った。半信半疑のまま好奇心がうずいた。スラブ人というのは奇談が好きなのだ。そしてどんなに洗練された教育を受けても、その気質は直らない。さらに、信頼をおく人間がこの医者の魔術を見てきたという。だがその話の内容はといえば、どんなに信用できる相手から

72　かつてインドに存在した秘密結社。殺した犠牲者をヒンズー教の死の女神に供えた。
73　十八世紀、アワド藩王国の首都として栄えたインドの都市。
74　古代インドの叙事詩『ラーマーヤナ』の主人公。
75　「動物磁気療法」を提唱したメスメルがそれをふまえて作った装置。

聞いたとしても、実際にこの目で見ない限り信じられないようなことばかりであった。

そこで、ラビンスキーは自らこの医者に会いにゆくことにした。

バルタザール・シェルボノー邸にやってきたラビンスキー伯は、炎の波に囲まれたような気がした。身体中の血が頭に上る。こめかみの血管が拍動を打つ。家中にあふれる熱気に息ができない。香油が燃えるランプ、でかでかと花弁を広げるジャワの巨大な花々が香炉のようにくらくらするような匂いを振りまき、息苦しいまでに香る。よろめきながら医者のもとに歩み寄る。バルタザール・シェルボノーはといえば、行者だか、苦行僧だかの奇妙なポーズで長椅子にかがみこんでいる。ソルチコフ[76]の『インド紀行』にこんなポーズの描写があったっけ。ゆったりとした服に隠れたその関節がありえぬ角度に曲がっている姿は、巣のまんなかに陣取り、獲物をじっと待ち構える蜘蛛人間のようであった。ラビンスキー伯の来訪に気がつくと、肝炎患者特有の濃褐色の隈に縁取られたシェルボノーの眼窩の奥で、トルコ石を思わせる青い目が蛍のように輝き、自ら覆いをかけたかのようにすっと消えた。医者はオラフに手を差し出した。医者は彼の居心地悪そうな様子を察し、手を二、三回動かしただけで、この熱地獄のなかに涼しい天国をつくり、春の風で彼を包み込んだ。

「気分はよくなりましたか。北極の万年雪の上を通り、冷たく吹き寄せるバルト海の風に慣れたあなたの肺は、この燃えるような熱気のなかにあると、鞴(ふいご)のように青息吐息になるのでしょうな。いや、灼熱の太陽に何度も焼かれ、もはや乾ききった私のような者には、これでも寒いぐらいなんですがね」

アパルトマンの高温地獄から解放されたラビンスキーは、もう大丈夫だとしぐさで応じた。医者はにこやかに続けた。

「それはよかった。きっと私の奇術については、すでにいろいろ噂をお聞きでしょう。そして、さて、物は試し、自分の目で見てやろうと。私はコムス[77]やコント[78]やボスコ[79]よりも上手(うま)くやりますよ」

76　アレクセイ・ソルチコフ（一八〇六～一八五九年）。ロシアの外交官、作家。二度にわたってインドを訪問し紀行文を出版した。

77　フランスのエセ物理学者（生没年不詳）。公開実験と称して手品を見せていた。ゴーティエはここでわざと見世物的な科学者の名を引いている。

78　フランスの手品師、腹話術師（一七八八～一八五九年）。

79　イタリアの奇術師（一七九三～一八六二年）。

「いえいえ、私の好奇心はそんな軽々しいものではありません。科学の天才としてあなたを尊敬申し上げているのです」

「世間が言うような学者ではありませんがね。いや、むしろ、科学が軽蔑するような

ことを研究し続け、これまでにない神秘の力を手に入れたのです。自然でありながら、不可思議な現象を生み出せるようになりました。じっと観察するうちに、ついに魂を不意打ちできるようになりました。魂が私を信用して、魔法の言葉を教えてくれたので、私はそれを書き取りましてね。すべては精神の力です。物質は外見にすぎません。宇宙は神様の夢でしかないのかもしれないし、無限に向かって言葉をほとばしらせているだけなのかもしれません。私は思うままに肉体というぼろ着をしわくちゃにすることもできるし、人生の時間を止めたり、速めたりもできる。向きを変え、空間を消滅させ、クロロホルムやエーテル、麻酔の類を一切使わなくても痛みを消すことができる。意志の力を武器に、私はこの知性の電磁波を増幅することも仕留めることもできる。私の目は何でも見通せる。すべてが透き通っているようなものなのだ。思考の光をはっきりと見ることができる。太陽のスペクトルをスクリーンに投影するように、目には見えない私のプリズムを通過させ、脳内の白い布に思考の光を投影することも

できるんです。でも、修行の最高位に達したインドのヨギによる秘術に比べれば、そんなのはどれも大したことではない。私たち、ほかの欧州人たちもそうですが、みな、あまりにも軽薄で、消極的で、表面的でやわらかな監獄に閉じ込められている状態に満足しているので、永遠や無限へと続く扉を開け放つことができないのだ。それでも、私はその不思議な力をある程度、習得することができた。信じるかどうかはあなた次第ですがね」

そう言いながらシェルボノーはカーテンレールに下がった輪を滑らせ、重たい釣扉を開いた。カーテンの奥にはアルコーヴ[80]のような小部屋があった。

ブロンズの燭台（しょくだい）の上で揺れるアルコール・ランプの炎に照らされ、オラフ・ラビンスキー伯は驚くべき光景を目にした。あの勇敢な彼が戦慄に震えたほどだ。目の前の黒い大理石のテーブルには、上半身裸の若い男が死骸のように微動だにせず横たわっていた。身体には、聖セバスチャンのように何本かの矢が突き刺さっているが、血は一滴も流れていない。まるで極彩色で殉死を描こうとしたが、傷口に鮮紅色を塗

80　八七頁、註21参照。

り忘れたかのようだ。

オラフは内心つぶやいた。「この妙な医者はシヴァの崇拝者で、生贄を捧げようとしているのかもしれないな」

「ああ、彼はどこも痛くないんですよ。どうぞ、心置きなく、この身体を刺してみてください。筋肉ひとつ動きません」

そう言いながら医者は、針刺しから針を引き抜くかのように矢を引き抜いてみせた。あれこれと手を素早く動かし、電磁気に閉じ込められていた患者を解放する。すると、患者は幸せな夢を見たあとのように、唇に恍惚の表情を浮かべたまま目を覚まし、微笑んだ。バルタザール・シェルボノーが手振りで退出を促すと、青年はアルコーヴの木製の壁にくりぬかれた小さな扉から出て行った。

医者はその顔に皺を寄せ、笑顔をつくりながら言った。

「気がつかれないうちに足や腕の一本、切り取ることもできたのですがね。まあ、それをしなかったのは、私は人の足や腕を一からつくることができないし、人間はこの点、トカゲにすら劣っていて、切り取られた部位を再生産するだけの強い生命力をもっていないからなんですよ。ただし、人体をつくることはできなくても、若返らすことはできる」

そう言って医者が布を取り払うと、黒いテーブルからさして離れていない肘掛け椅子に磁気で眠らされ、横たわる老女の姿が現れた。昔は美しかったであろう顔立ちはしおれ、腕や肩、胸のあたりの痩せた輪郭にも年齢による衰えがはっきりと感じられた。数分にわたり、医者はじっと執拗(しつよう)なまでに、何か意味ありげに彼女を見つめた。青い目から強いまなざしが注がれる。すると、崩れていた身体の線が締まり、胸の丸みも処女の初々しさを取り戻し、サテンのような白い肌がぴんと張りつめたかと思うと、首まわりのくぼみも目立たなくなる。頬は丸みを帯びたビロードの桃のようになり、若いみずみずしさがよみがえった。流れるような生気を帯びて、目が開き、瞳を輝かせた。魔法のように老婆の仮面は消え、長らく失われていた若い頃の美しさが戻ってきたのだ。

そのあまりの変化に茫然とするラビンスキー伯に対し、医者は言った。

「若返りの泉から汲(く)んだ奇跡の水が降り注いだのではとお思いでしょう？　ええ、私には信念があります。そもそも、人間は何も生み出しやしません。人間が見る夢は、未来の予言か過去の思い出のどちらかなのです。でも、私が自分の意志でつくりだしたこの姿は、しばらく放っておくとして、そこの隅で静かに眠っているお嬢さんを診るといたしましょう。彼女に聞いてごらんなさい。巫女（ピューティア）や予言者（シビュラ）[81]よりも遠くまで見通せますよ。あなたがボヘミアの国にもっている七つの城のどれかを見てくることも、引き出しの奥に隠されたいちばんの秘密を言い当てることもできる。なにしろ、彼女の霊魂はほんの一秒であなたのお国まで旅することができるんですから。ああ、そんなの驚くことではありませんよ。電気というのは、同じ時間で六万里の距離を跳ぶことができる。電気が馬車なら、思考は汽車です。この女性の手をとり、彼女とつながってください。質問を声に出す必要はありません。彼女はあなたの心を読みますから」

若い女は亡霊のように抑揚のない声で、ラビンスキー伯の心の声に応えた。

「杉材の箱に細かい砂のついた土の塊が入っています。そこには小さな足跡がついています」

「当たりですか？」

医者は特に答えを待つまでもないという様子で尋ねる。女の言うことに外れはないと確信しているのだ。

ラビンスキー伯の頬が赤くなった。確かに、彼は初めての逢瀬の際、公園の通路からプラスコヴィの足跡を持ち帰り、記念品として、螺鈿と銀の非常に緻密な細工がされた箱に鍵をかけて保存していたのだ。しかも、専用の小さな鍵は、ヴェネチア製の金鎖につけて首にかけ、肌身離さず持ち歩いている。

紳士的なバルタザール・シェルボノーはラビンスキー伯の当惑を見て取り、それ以上、詳細を聞き出そうとはせず、氏をテーブルにいざなった。テーブルの上には器があり、ダイヤモンドのように透き通った水が張られている。

「魔法の鏡について話を聞いたことはあるでしょう。メフィストフェレス[82]がファウストにヘレナの姿を見せたあの鏡ですよ。絹の靴下を下ろして馬の脚を見せたり、帽子に鶏の羽根を二本つけたりしなくても、こんな無邪気な出来事であなたをもてなすことはできるんです。この水盤を覗いて、その姿を見たいと思う人物のことをじっと考えるのです。生きている人でも死んでいる人でも、遠くの人でも近くの人でもかまい

81 シビュラ（シビュレ）もピューティアと同じくデルポイの神託所に仕えたアポロンの女神官。
82 ゲーテの『ファウスト』に登場する悪魔。

ません。あなたが呼べば、その人は世界の果てからでも、歴史の奥底からでもやってくるでしょう」

ラビンスキー伯が器を覗き込むと、そのまなざしに応じるように水面が震え、香油を垂らしたかのようにオパール色に変わった。プリズムの虹色の輪が水面を縁取り、その中央、白い靄(もや)のなかに、一枚の絵が描き出されようとしている。

靄が晴れた。レースのガウンをまとった若い女性の姿が現れる。海のように碧い眼、金の巻き毛。白くほっそりとした手が蝶のように鍵盤(けんばん)の上を舞っている。そんな姿がガラスの器の中、再び透明に戻った水の上に、すべての画家を絶望させてしまうほど完璧に描き出された。プラスコヴィ・ラビンスカだ。夫の情熱的な呼びかけに応えて出てきたのだ。本人は気づいていないようだが。

「さて、次はもっと面白いものをお見せしましょう」

と言って、シェルボノーはラビンスキー伯の手をとり、電磁装置のビーカーにつながる鉄の棒の上に載せた。激しい磁気を帯びた金属に触れるやいなや、ラビンスキー伯は落雷に打たれたように倒れた。

シェルボノーは羽根のように軽々とラビンスキー伯を抱き上げ、長椅子に座らせると、呼び鈴を鳴らし、部屋の入り口に現れた使用人に言いつけた。

「オクターヴ・ド・サヴィーユ氏を呼んできておくれ」

第6章

箱馬車(クーペ)の車輪の音が静かな中庭に響いたかと思うと、まもなくオクターヴが医者のもとにやってきた。シェルボノーに案内され、長椅子に死んだように横たわるオラフ・ラビンスキーの姿を目にしたオクターヴは茫然とした。てっきり殺されたのだと思い込み、恐怖で声も出なかったのだ。だが、よくよく見ると、眠れる青年の胸はほんのわずかに上下しており、息があるのがわかった。

医者が言った。

「さあ、あなたの変身の準備が整いましたよ。ババンの店[83]で借りたドミノ衣装[84]よりも

83 パリ、リシュリュー通りにあった衣装屋。

ちょっとばかり着るのが難しいかもしれません。でも、ヴェローナでバルコニーによじ登ったロミオは、落ちて首を折ることなんか心配していませんでした。彼は、ジュリエットが夜のヴェールをかぶり、バルコニーのある上階の部屋で待っているのを知っていたからです。プラスコヴィ・ラビンスカ伯爵夫人なら、キャピュレット家の娘と同じぐらいの価値があるでしょう」[85]

あまりにも奇妙な状況に呆気にとられ、オクターヴは応じることができなかった。ただじっとラビンスキー伯を見つめる。若干反らした頭部をクッションに埋めた姿は、細密な装飾彫りの大理石の枕に、硬直したうなじを預けて横たわる、ゴシック教会の墓所の上部に刻まれた騎士像に似ていた。魂を失ったその美しく高貴な姿を見ていると、オクターヴは我知らず少しばかり申し訳なくなった。

だが、医者は夢想にふけるオクターヴを見て、決心が鈍ったのだと思い、唇の皺に侮蔑の笑みをほんのりと漂わせ、こう言った。

「決心がつかないのなら、伯爵を目覚めさせますよ。彼は、来たときと同じように、私の魔法の力に驚いたまま帰ってゆくでしょう。でも、よく考えてごらんなさい。こんな機会、もう二度とありませんよ。まあ、私自身、あなたの恋心に興味があるし、欧州初となる試みを成し遂げたいという野心もありますが、魂の交換に危険が伴うことは否定できません。胸を叩(たた)いて、心の声をお聞きなさい。この究極のカードを使い、命を懸(か)けるお気持ちはありますか。愛は死と同じぐらい強いと聖書にもありますね」

「ええ、覚悟はできています」あっさりとオクターヴは応じた。

「では」

医者は、まるで原始時代に火を起こすときのように、日に焼けて乾いた両手をとんでもない速さでこすりあわせながら大声をあげた。

「何事にもひるまない情熱というのはいいですね。世界にはふたつだけ、情熱と意志だけが存在する。あなたが不幸なのは、私のせいではない。ああ、ブラフマ・ログムよ、私が、あの素晴らしい魔術、あなたがミイラ化した肉体の残骸(ざんがい)を捨てる際に、喘(あえ)ぐような声で私の耳にささやいたあの呪文を覚えているかどうか、あなたはうっとりした歌声を響かせるアプサラス[86]に取り囲まれ、インドラ[87]の空の底から見ていてくださ

84　仮面舞踏会で女性が着用するフード付きの外套。
85　八一頁、註10参照。
86　インド神話に登場する水の精。

い。言葉もしぐさも、すべてしっかりと覚えておりますとも。さあ、やりましょう。とりかかりましょう。さあ、鍋を使って不思議な料理をするとしましょう。マクベスの魔女みたいですが、下品な北の魔女はご遠慮したい。では、私の前に来て、その肘掛け椅子に座ってください。私の力を信じて、身体を預けてくださいね。よし、私の目を見て、手を重ねて。ほら、もう魔法が始まりました。ここがどこなのか、今がいつなのかもわからなくなり、意識が薄れ、まぶたが下がってきます。もはや脳の命令を受けつけない筋肉は弛緩（しかん）し、思考はまどろむ。魂を肉体に結びつけている繊細な糸がすべて解き放たれます。金の卵の中で一万年のあいだ夢を見ていた宇宙の根源[88]は、外界と最も遠いところにあります。これを磁気素で満たしましょう。宇宙の根源を光に浸すのです」

シェルボノー医師は、途切れ途切れにつぶやきながら、一瞬たりともその手を止めなかった。伸ばした手からは光が飛び出し、患者の額や心臓を撃つ。やがて周辺に少しずつオーラのように光る気体の塊が出来上がっていった。

「うまくいった！」シェルボノー医師は、自分の成し遂げたことに拍手した。

「思ったとおりにいったぞ。さてさて、そこでまだ抵抗しているのは何かな」

と彼は一拍おいて声をあげた。まるでオクターヴの頭蓋の中で、消えようとしている自意識が最後の抵抗をしているのが見えるかのようだった。

「大脳の回から追い出され、大脳皮質の原始的な部位に身を縮めて、私の影響を逃れようとしているのは誰かな？　しっかりつかまえて、とどめを刺してやるぞ」

この無意識の抵抗をやめさせるべく、医者はまなざしの電磁波をさらに強め、小脳の下部と脊髄の付着部分の隙間、最も奥まった聖域、魂の最も謎めいた聖櫃の中に逃げ込んだ反抗心にとどめを刺した。これで彼は完全に勝利した。

こうして彼はようやく、威圧的なまでに荘厳な様子でこれまでにない実験にとりかかった。魔術師のように亜麻の服を身につけ、香水で手を洗い、あちこちの箱から粉を出してくると、額と頬に魔力をもつ文様を描いた。腕に聖紐を巻きつけ、聖なる詩のスロカ[89]を二、三読み上げ、エレファンタ島の洞窟で苦行僧から習った儀式を細々とした部分まで一切省略することなくすべてやりとげる。

87　インド神話に登場する雷神。
88　宇宙の根源（ブラフマン）は、金の卵の中にあり、これが割れると世界が始まるとされていた。
89　古代インドの宗教詩。

儀式が終わると、暖房機の吹き出し口を大きく開く。ジャングルの虎も気絶し、水牛の皮膚の上に載った泥の甲冑にも罅が入り、アロエの大きな花も音をたてて開きそうなほどの熱気が、あっという間に部屋中に広がった。

「聖なる炎のふたつの火花はもうすぐ、ほんの数秒間だけ、肉体という袋から出て、裸になる。せっかくの火花が冷たい室温で弱ったり、消えてしまったりしてはならぬからな」

と医者は華氏百二十度[90]を示す温度計を見つめながら言った。

ふたつのぐったりとした肉体のあいだに白衣を着て立つシェルボノー医師の姿は、まるで神々の祭壇に生贄を捧げる残酷な宗教の奉仕者のようであった。その姿は、ハイネの詩[91]に登場するメキシコの残忍な神ウィツィロポチトリに生贄を捧げる僧侶を思わせるものだったが、彼の意図はもっとずっと平和的なものであった。

医者は動かぬままのオラフ・ラビンスキーに近寄り、何とも言えぬ怪しい言葉をつぶやき、すぐに同じ文言を眠るオクターヴにもささやいた。ふだんは美しいとは言えぬ医者の顔がこのときばかりは特別に厳かに見えた。その巨大な権力が彼の不細工な顔を崇高なものに見せていたのだ。もしここに誰かがいて、聖職者のような重厚な動きで儀式をこなす彼の姿を見たとしたら、まさかふだんの彼が、鉛筆で描いた戯画のように滑稽な、ホフマンの小説の登場人物のような姿だとは想像だにしなかっただろう。

そのとき、奇妙なことが起きた。オクターヴ・ド・サヴィーユとオラフ・ラビンスキー伯爵が痙攣(けいれん)に苦しむかのように、まったく同じように身を震わせ始め、顔をゆがめたかと思うと、二人の口元からわずかに泡にも似たものがこぼれだした。顔色は死人のように真っ白だ。だが、彼らの頭の上には青く点滅する光がゆらゆらと灯っている。

医者が行き先を示すように素早い動きを見せた途端、蛍を思わせる光は動き出し、光の尾を引きながら新たな宿主へと向かっていった。オクターヴの魂はラビンスキーの肉体へ、ラビンスキーの魂はオクターヴの肉体へと入り、交換による化身が成立した。

90　およそ摂氏五十度。
91　ハイネの詩集『ロマンツェーロ』収録の詩、アステカの戦の神ウィツィロポチトリを題材にした「フィッツリ・プッツリ」のこと。ゴーディエはネルヴァルの仏訳でハイネを読んでいた。

わずかながら頬に赤みが差してきたのは、しばらく魂不在のまま残され土人形と化し、シェルボノーの介入なくしてはそのまま死の天使の餌食となっていたはずの肉体に命が戻ってきたからであろう。

シェルボノーの青い瞳は成功の歓喜に燃えた。大股で部屋を歩きまわりながら、つぶやく。

「ヒポクラテス、[92]ガレノス、[93]パラケルスス、[94]ファン・ヘルモント、[95]ブールハーフェ、[96]トロンシャン、[97]ハーネマン、[98]ラソリ、[99]名医どもよ、同じことができるならやってみろ。これまで多くの名医たちは人間のメカニズムが故障したときに修理しただけで、鼻高々だった。だが、パゴーダの階段でうずくまっていたみすぼらしいインドの托鉢僧でさえ、これらの医者を超える偉業を成し遂げたのですぞ。魂を扱うことさえできれば、死など恐れるに足らず！」

言い終えるとシェルボノーは感極まって数回とんぼ返りをし、ソロモン王の「雅歌」に出てくるように山を飛び越さんばかりに躍った。[100]だが、バラモン教の僧衣の裾に足をとられ、転びそうになったところで、ようやく我に返り、冷静さを取り戻す。顔に色粉で描いた文様をぬぐい落とし、バラモン教の僧衣を脱ぎ捨て、シェルボノーは言った。

「さて、二人を覚醒させよう」

そして、オクターヴの魂が入ったラビンスキー伯の前に立ち、催眠状態を解くための手順を踏んだ。手を動かすたびに指先に満ちていた流体が失われていく。

数分後、オクターヴ＝ラビンスキー（話をわかりやすくするために以降、このよう

---

92 古代ギリシャにおける医学の祖。

93 ローマ帝国時代のギリシャの医学者（一二九頃〜二〇〇年頃）。

94 ルネサンス期に活躍した神秘思想家、錬金術師（一四九三〜一五四一年）。

95 ヤン・バプティスタ・ファン・ヘルモント（一五八〇？〜一六四四年）。十七世紀のフランドルの医者、化学者、錬金術師。

96 ヘルマン・ブールハーフェ（一六六八〜一七三八年）。十八世紀前半に活躍したオランダの医者、植物学者、臨床教育の祖。

97 テオドール・トロンシャン（一七〇九〜一七八一年）。百科全書の編纂に協力した医者。

98 クリスチアン・フリードリヒ・ザムエル・ハーネマン（一七五五〜一八四三年）。ホメオパシー医学の祖。

99 ジョヴァンニ・ラソリ（一七六六〜一八三七年）。反対刺激療法の研究者、医者。

100 「雅歌」第二章「彼は山をとび、丘をおどり越えて来る」。

に表記させていただく）は上半身を起こし、目をこすり、驚いた顔のままあたりを見回したが、まだ意識がはっきりとせず、その瞳に輝きは戻っていなかった。ようやく視界がはっきりすると、まず目に入ったのは肘掛け椅子にぐったりしている、もぬけの殻となった自分の姿だった。自分の姿が見える！　しかも鏡に映っているわけではなく、目の前にあるのだ。思わず、声をあげる。だが、その声すらも聞きなれた自分の声ではない。オクターヴの身体に戦慄が走った。磁気睡眠のあいだに魂が入れ替わったのに、彼には記憶がなく、何とも言えない気持ち悪さを感じた。新たな肉体に宿ったばかりの思考は、まるで使い慣れた道具を取り上げられ、別の道具を手渡された職人のようだった。見知らぬ場所にやってきた霊魂（プシケ）は見知らぬ頭蓋の中で不安げに翼をはためかせ、不思議な体験の名残（なごり）が漂う脳の迷宮のなかで途方に暮れていた。

シェルボノー医師は、オクターヴ＝ラビンスキーの驚くさまをたっぷり堪能した後、声をかけた。

「さて、どうですか、新しい肉体の居心地は。あなたの魂は、この魅力的な騎士であり、ポーランド軍人であり、大公であり、貴族であり、この世で最も美しい女の夫である人の肉体にうまくなじめましたかね。もう、サン・ラザール通りのあなたの貧相なアパルトマンで初めて私と会ったときのように、死にたいとは思わないでしょう。今や、ラビンスキー邸の扉は大きく開かれ、あなたが愛を告白したいと思えば、サルヴィアチ宮殿のときのように、プラスコヴィさんから口を手で封じられる心配もないのですからね。おわかりでしょう。この老いたバルタザール・シェルボノーは見た目こそ醜いが、そんな見てくれはいくらでも替えが利くものであり、鞄(かばん)の中にはまだいろいろと手品の種をもっているんですよ」

「先生、あなたは神だ。いや、少なくとも悪魔の力をもっている」とオクターヴ＝ラビンスキーは答えた。

「ほうほう。心配ご無用。悪魔の黒魔術とはまったく無縁ですよ。あなたを助けたことで、命をもらおうとは思いません。契約書に血でサインさせることもありません。魂の交換なんて、何よりも簡単なことです。光を生んだ聖なる言葉には、魂を移動させる力があるのでね。もし、人間が時間や無限を超えて神の声を聞こうとするなら、もっといろんなことが可能になるのでしょう」

「こんなとてつもないことをしていただいて、なんとお礼をすればいいのでしょう。お返しに何をすれば……」

「何もいりませんよ。あなたに興味をもったのは私ですから。あらゆる太陽に焼かれ、さまざまな経験を通り抜けて黒くなった私のような老いた偏屈にとって、心を動かされるなんてめったにないことです。あなたは私に恋の情熱を思い出させてくれた。私たちのような夢想家、ちょっとばかり錬金術師や魔術師や哲学者に似たところのある者たちは、多かれ少なかれ究極を求めるものです。でも、まあ、立ってごらんなさい。動いて、歩いて、あなたの新しい外身が、中身とうまく折り合えそうか、確認してみてください」

オクターヴ＝ラビンスキーは医者の言葉に従い、部屋の中を何周か歩いてみた。すでに違和感はなくなりつつあった。新しい魂が入ってきても、伯爵の肉体はそれまでの習慣で覚えた動きを忘れておらず、オクターヴはその肉体の記憶に任せることにした。なにせ、追い出した元の持ち主の動きやしぐさをそのまま再現するのは非常に重要なことだったからだ。

シェルボノー医師は笑いながら言った。

「先ほど魂の引っ越し作業をしたのが自分でなかったら、私の目にも今夜は特別なことなど起きていないように見えたでしょうし、あなたを正真正銘本物のリトアニア貴族ラビンスキー伯だと思ったでしょうな。ラビンスキー氏の魂はそこで、あなたがうんざりして脱ぎ捨てた抜け殻の中でまだ眠っているのですがね。さあ、もうすぐ真夜中です。プラスコヴィさんに叱られないように、さっさと行きなさい。妻をほったらかしにして、ランスクネやバカラのほうが楽しいのかと責められますよ[101]。せっかくの夫婦生活が喧嘩(けんか)から始まるのはよくありません。幸先が悪いです。そのあいだに私は、あなたのかつての肉体を大事に大事に、丁重に目覚めさせておきますからね」

医者の的確な助言に感謝し、オクターヴ＝ラビンスキーは急いで外に出た。玄関の階段の下では、伯爵の所有する立派な鹿毛(かげ)の馬が、馬銜(はみ)を嚙み、口元からたらたらと石畳に泡を垂らしながら、今にも走り出しそうに待ち構えていた。青年の足音を聞き、もはや廃れたハンガリー義勇兵の末裔(まつえい)のような、緑の制服を着た従僕が駆け寄ってくると、大きな音をたてて馬車のステップを下ろした。オクターヴは、最初はつい自分のみすぼらしい一頭立て四輪馬車に向かおうとしたものの、伯爵の立派な二頭引きの高級馬車に収まり、従僕に声をかける。従僕は御者に「屋敷へ」と命じる。馬車の扉

101　いずれもカジノで行われるトランプ遊び。

が閉まるやいなや馬は後脚で立ち上がったかと思うと、次の瞬間、猛然と走り出し、アルマンゾールやアゾランの由緒正しき後継者である従僕[102]は、その大きな身体に似合わぬ敏捷（びんしょう）さで、馬車から振り落とされまいと房飾りの太い縄にしがみついた。足の速い馬にとって、ルガール通りからフォーブル・サントノーレ通りは決して長い道のりではない。ほんの数分で距離は消化され、御者はよく響く声で「開門！」と叫んだ。

守衛が二枚の大きな門扉を押し開くと、馬車は門を通り抜け、砂を敷き詰めた中庭を回り、見事な正確さで白とピンクの縞模様のひさしの下にぴたりとつけた。

オクターヴ＝ラビンスキーは一目で中庭の細部まで見渡した。ここぞという機会になると、魂はちょっと見ただけですべてを目に焼き付けられるようになるのだ。中庭は広大で、取り囲むように建つ左右対称の建物はブロンズ製のガス灯に照らされていた。かつてブチェントロ[103]を飾っていたようなクリスタルの外灯のなか、ガスは白い舌を伸ばしている。屋敷というよりも宮殿のようだ。中央の砂の絨毯を縁取るようにアスファルトの小道があり、ヴェルサイユ宮殿のテラスを思わせるオレンジの木を植えた箱が等間隔に配置されている。

変身したとはいえ、あわれな恋に苦しむ男は、敷居に足をかけたところで、ほんの数秒立ち止まり、高鳴る鼓動を抑えるように胸に手をやらずにはいられなかった。確かにオラフ・ラビンスキーの肉体を得た。だが、それはうわべだけのことだ。この脳が覚えていたことはすべてラビンスキーの魂とともに消え去っている。わが家となるはずのこの屋敷は、彼にとって見知らぬ場所であり、間取りもわからないのだ。目の前に階段がある。運に任せて階段を上る。間違っていたら、ついうっかりしたと弁明するしかない。

磨き上げられた石の階段は白く輝き、中央に敷かれた幅の広い豪華な赤絨毯がよく映えた。金メッキした銅製の鋲(びょう)で固定された、このやわらかな絨毯が進むべき道を示してくれる。階段の一段ごとに、美しい異国の花々でいっぱいの花台が置かれていた。透かしや切り込み模様の入った大きなランタンが、房や結び目の装飾がついた深紅の絹の太い縄で吊り下げられている。そこから放たれた金の光が、大理石のように白

102 アルマンゾールはモリエールの『才女気取り』に登場する才女気取りの娘たちの従僕。アゾランはラクロの『危険な関係』に登場するヴァルモンの従僕。

103 ヴェネチア総督が所有していた豪華な船。

くなめらかな漆喰壁(スタッコ)で揺れ、カノーヴァの有名な一派に属する名手の手による「プシケに口づけするアムール」像の複製をまぶしいほどに照らしている。

建物は二階建てで、階段を上った先には貴重なモザイクが敷き詰められ、壁面にはパリス・ボルドーネ[104]、ボニファツィオ[105]、老パルマ[106]、パオロ・ヴェロネーゼ[107]の四枚の絵画が絹紐で下げられており、豪奢(ごうしゃ)な建築様式は、階段の荘厳さとよく調和していた。

階段の横には、サージ織りに金メッキの鋲が輝く、背の高い扉があった。オクターヴ＝ラビンスキーが扉を押し中に入ると、そこは広い控えの間で、正装の女中たちが数人眠り込んでいた。彼が歩み寄ると女中たちはばねのように飛び起き、東洋の奴隷のような従順さで壁に沿って一列に並んだ。

オクターヴ＝ラビンスキーはさらに歩を進め、控えの間の奥にある白と金のサロンに着いた。そこには誰もいない。オクターヴ＝ラビンスキーが呼び鈴を押すと、部屋付きの女中が現れた。

「妻に会えるかな」

「奥様はお着替え中です。もうすぐこちらへいらっしゃるかと」

《オラフ・ラビンスキーの魂の入ったオクターヴ・ド・サヴィーユの肉体》と二人きりになると、バルタザール・シェルボノー医師はこのぐったりした身体に命をよみがえらせる作業に入った。いくつかの印を結び、ついにオラフ・ド・サヴィーユ（こうして、ふたつの名を連ねることで、二人の人間が混ざり合った存在を示すことをお許しいただきたい）は、幽霊のような顔で茫然自失のまま、深い眠りから、いや、より正確に言うなら、肘掛け椅子の隅でじっと同じ姿勢のまま動かずにいたことによる硬

104 イタリア・ルネサンス期のヴェネチア派の宗教画、神話画、肖像画を得意とした画家（一五〇〇～一五七一年）。

105 ボニファツィオ・ヴェロネーゼ（一四八七～一五五三年）。「聖家族」で有名な画家。

106 パルマ・イル・ヴェッキオ（一四八〇～一五二八年）。イタリア・ルネサンス期のヴェネチア派の画家。同名画家と区別するため、「老パルマ」と表記される。

107 「カナの婚礼」「レヴィ家の饗宴」で知られるイタリア・ルネサンス期のヴェネチア派の画家（一五二八～一五八八年）。

直状態から脱したのであった。彼は、混乱覚めやらぬ様子で、よろめきながら、機械のような動きで立ち上がった。まだ自分の意志が肉体にうまく伝わらないのだ。周囲がぐるぐると回転して見え、ヴィシュヌの化身図が壁に沿ってにぎやかに躍っていた。鳥の翼のようにぱたぱたと手を動かし、丸眼鏡の縁のような浅黒い皺が描く輪の中で青い目をぎょろぎょろ動かすシェルボノー医師の姿は、エレファンタ島の苦行僧のように見えた。磁気睡眠に落ちる寸前に見た不思議な光景が彼の思考に作用していたようで、すぐには現実に戻れない。悪夢からとつぜん目覚め、寝起きの状態にあるようなものだ。こんなとき人は、家具の上にかけられた服がちょっとばかり人の形を思わせるだけで幽霊と見間違い、カーテンの銅製の留め具が常夜灯を反射しただけで、巨人の目玉が光ったと思い込んだりするものだ。

こうした幻影は徐々に消えていった。こうなると、すべてがあたりまえのようにしか見えない。シェルボノー医師はもはやインドの苦行者ではなく、ごく普通に笑顔で患者に接する医者にしか見えなかった。

「さて、伯爵様、お見せいたしました実験にご満足いただけましたでしょうか」

医者は、へりくだって馬鹿(ばか)丁寧な調子で言った。そこにはわずかながら皮肉も込められているようだった。

「今夜のことで伯爵様をがっかりさせてしまったらどうしようと本気で心配しているんです。科学の王道を語る方々は、磁気学を作り話や冗談だと主張なさいますが、どうか、世間で評判の催眠術は本物だということをしっかりご理解のうえ、お帰りいただければ幸いでございます」

オラフ・ド・サヴィーユは同意の代わりにうなずき、アパルトマンを出て行った。シェルボノー医師は、各室の扉を開けては深々と頭を下げるという動作を繰り返しながらいくつもの部屋を抜け、彼を玄関まで見送った。

一頭立ての四輪馬車が階段ぎりぎりまで寄せ、プラスコヴィの夫の魂は、ボーイも馬車もなじみのものではないことに気づかぬまま、オクターヴ・ド・サヴィーユの肉体とともにそこに乗り込んだ。

御者が行き先を問う。

「自宅へ」と応じたオラフ・ド・サヴィーユは、ボーイの声が聞きなれたものではないことに違和感をもった。いつもなら彼はもっと強いハンガリー訛りの独特の口調で行き先を尋ねるはずなのだ。しかも乗り込んだ馬車(ブロアム)は青いダマスク織りの内装である。

彼の箱馬車（クーペ）は金ボタンのサテン張りだったはずだ。伯爵はその違いに驚きながらも、あたりまえのように受け入れていた。ちょうど、夢のなかでは見慣れたものがまったく別の角度から見えるのだが、それでもちゃんとそれが何であるかはわかるといった調子だ。どうもふだんよりも身体が小さくなったような気がする。それに加え、医者に会いに来たときは正装のはずだったが、着替えた覚えもないのに、夏物の薄生地のパルトー[108]を着ている。こんなものは今までもっていたことすらない。これまでにない困惑を感じ、朝は聡明だった頭も、今やかろうじて思考している有様だった。この妙な状態は、先ほど不可思議なものを見せられたせいだろうと思い、それ以上は心配しないことにし、伯爵は馬車の隅に頭をもたれ、眠っているとも起きているともつかぬうたた寝状態でぼんやりとすることにした。

とつぜん馬が止まったかと思うと、御者が「開門！」と叫ぶ声がして、彼は我に返った。窓を下げ、頭を出してみると、外灯の光に照らされているのは見知らぬ通りの他人の家だった。

「いったいどこに連れてきたんだ。馬鹿者め、ここはフォーブル・サントノーレ通りのラビンスキー邸ではないだろう！」

「すみません。勘違いしたようです」

御者はぶつぶつ文句を言いながらも馬の向きを変え、フォーブル・サントノーレ通りに向かった。

道中、変身した伯爵はあれこれと自問してみたが、いずれも答えが見つからぬ問いばかりであった。どうして待てと言われていたはずの馬車が自分を乗せずに出発したのか。どうして、自分は他人の馬車に乗っているのか。たぶん微熱のせいで目がよく見えていなかったのだろう。眠らされているあいだに大麻かその類の幻覚剤、一晩寝れば覚める程度の軽い薬剤を盛られたのかもしれない。あの妖術使いの医者が、評判を高めるために何かやったのだ。

馬車はラビンスキー邸に到着した。守衛は声をかけられても開門を拒み、今日は夜会もないし、主人は一時間前に帰宅、夫人も自室に下がっていると説明した。

「面白い。酔っぱらっているのか、それとも、頭がどうかしたのか」オラフ・ド・サヴィーユは、そう言うと、巨漢を押しのけようとした。だが、守衛は半開きの門扉の

108　男性用の丈の短いゆったりしたコート。現在は女性用のハーフコートを指す。

前にどっしりと立ちふさがっている。アラビアの物語でさまよえる騎士が魔法の城に入ろうとすると邪魔をするブロンズ像のようだ。

「酔っぱらっているのか、それとも、頭がどうかしたのか、だって？　それはあんたのほうだろう」ふだんは赤ら顔の守衛が怒りで青ざめている。

「無礼者！」とオラフ・ド・サヴィーユはどなり返した。「ご主人様にその態度はなんだ」

「黙れ。さもないと膝であんたを粉々にして、道端に投げ捨てるぞ」と言って守衛は手を広げて見せた。縦の長さも横幅もリシュリュー通りの手袋屋の店頭に飾られた石膏製の巨大な手よりもずっと大きい。巨漢はさらに続ける。

「おれをからかわないほうがいいぞ。そこの若いやつ。こっちはシャンパンを一、二本、多く飲んでいるんだからな」

うんざりしたオラフ・ド・サヴィーユは、乱暴に守衛を押しのけると、門の軒下に身をこじ入れようとした。まだ起きていた使用人たちがやりあう二人の声を聞きつけ、駆け寄ってくる。

「この獣（けだもの）、悪党、極悪人、おまえなんかクビだ。この屋敷で夜を明かすことも許さん。出て行け、さもないと狂犬病にやられた犬みたいに始末してくれる。いやしい者の汚れた血を流させないでくれ」

　肉体を失った伯爵は目を血走らせ、口の端に泡を吹き、拳を固く握り、巨大な守衛に向かっていった。だが、守衛は片手で一度に、オラフ・ド・サヴィーユの両手をつかんだかと思うと、中世の拷問道具のように、ごつごつとした短く肉づきのよい節くれだった指で万力のように締め上げたのだった。

「おいおい、落ち着けよ」根は善人の守衛は相手が危険人物ではないと判断すると、威圧するために数回小突いたあとで続けた。

「正気かね。それなりにいい身なりをしているのに、こんな状態になって、しかも、名家の前で夜中に闖入者のように騒ぎたてるとは。こんなひどい酔い方をするとは、まったくとんでもない酒があったもんだ。実は、おれも酒は嫌いじゃない。だから、あんたをここで叩き殺そうとは思わない。道にそっと寝かしてやる。それでもまだ騒ぐようなら巡回の警察にとっつかまることになるだろうよ。留置場で一晩過ごせば気分が変わるさ」

「恥知らず！」とオラフ・ド・サヴィーユは叫び、使用人たちに向かって言った。

「こんなあさましい悪漢に主人が、気高きラビンスキー伯爵家の当主が罵（ののし）られているのに、なぜ助太刀（すけだち）しない」

伯爵家の名を聞くなり、使用人たちから大きな大合唱が起こった。金モールがついた制服の胸から、ホメロスを思わせる大きな笑い声が一斉に噴き出してきたのだ。

「このちびっこい旦那（だんな）がラビンスキー伯だとさ。ははは、ひひひ、なんてこった」

オラフ・ド・サヴィーユのこめかみを冷たい汗が流れた。深刻な考えが、鋼の刃のように脳裏を過った。骨という骨の精髄が凍りついたかのようだった。胸ごとスマラの膝に組み敷かれてしまったのか、果たして本当にこれは現実なのだろうか。彼の理性は磁気医学の底なしの海に飲まれ、どうにかなってしまったのか。自分はもはや悪魔の陰謀に弄（もてあそ）ばれているのだろうか。いつもはびくびくとして、おとなしく従順な使用人たちが誰一人、自分を主人と認めてくれない。服装や馬車だけではなく、肉体まで変わってしまったのだろうか。

すると仲間うちで最もふてぶてしい男が言った。

「おまえがラビンスキー伯ではない証拠を見せてやろう。ほら、おまえの引き起こした喧嘩騒ぎを聞きつけて、ご当人が階段を下りてお出ましさ」

守衛に捕らえられたまま、オラフ・ド・サヴィーユは中庭の奥に目をやり、雨よけのシェードの下に立つほっそりと優美な姿の青年を見た。楕円形の顔、黒い目、鷲鼻、細い口髭。それは彼自身の姿、いや、見間違うほど精巧に悪魔がつくった彼の幽霊だった。

オラフ・ド・サヴィーユの両手をつかんでいた守衛がその手を離した。使用人たちは恭しい態度で壁に沿って並び、皇帝を前にした宮廷士官のように直立不動になった。彼らは、先ほど当の伯爵には示さなかった敬意をこの幽霊に対して表したのだ。プラスコヴィの夫はスラブ人らしく勇敢な男だったが、それでもこのメナエクムス[110]の登場に言葉にならない恐怖を感じた。しかも、このメナエクムスは、現実に生活を営んでおり、双子の片割れを自分とは違う姿に変えてしまっているのだから、劇中の登場人物よりもずっと始末が悪い。

彼はラビンスキー家にまつわる古い伝説を思い出し、さらに怖くなった。一族のう

109 シャルル・ノディエ（一七八〇～一八四四年）の幻想的な短編作品『スマラ』に登場する夜の霊。
110 古代ローマの劇作家、プラウトゥスの『メナエクムス兄弟』に登場する双子。

ち誰かにそっくりの幽霊が現れると、その人はもうすぐ死ぬのだ。北方の国々では、たとえ夢のなかであろうと自分の分身を見ると、それは悪い予兆であるという。コーカサスの勇壮な戦士である彼でも、自分の外身を目にした途端、迷信にあるような耐えがたい恐怖を感じた。今しも放たれようとしている大砲の砲口に腕を突っ込むことさえ平気な彼が、自分の似姿を見るなり、つい後ずさりしたのだ。

オクターヴ＝ラビンスキーは自分のかつての姿、今そのなかでは伯爵の魂がもがき、憤慨し、恐怖に怯(おび)えている肉体に向かって歩み寄り、冷ややかで礼儀正しくも見下した口調で言った。

「うちの者たちとやりあうのはおやめください。もし、私にご用事があるのでしたら、正午から二時のあいだにおいでください。妻は木曜日に、紹介状をお持ちの方だけ客人として受け入れることにしております」

ゆっくり、言葉をひとつひとつ強調しながらこう言うと、偽の伯爵は静かに歩いて館に戻っていった。主が館に入ると、扉は再び閉じられる。

オラフ・ド・サヴィーユは気絶したまま、馬車へと運ばれていった。次にオラフ・ド・サヴィーユが目を覚ますと、自分のものとはつくりの違う寝台に寝かされており、一度も来た覚えのない部屋にいた。すぐ横には見知らぬ使用人が彼の頭を軽く持ち上げ、エーテルをかがせている。

使用人のジャンが伯爵を自分の主人と思い込み、声をかけてきた。

「少しは楽になられましたか」

「ああ、ちょっと気分が悪くなっただけだ」

オラフ・ド・サヴィーユは答えた。

「下がりましょうか。それとも、おそばにいたほうがよろしいでしょうか」

「いや、ひとりにしてくれ。ああ、でも、下がる前に鏡の横の燭台を灯してくれるかな」

「まぶしくて眠れなくなるのではありませんか」

「大丈夫だ。そもそもまだ眠くはない」

「私も起きておりますので、何かありましたら、呼び鈴を鳴らしてください。すぐに駆けつけますので」

ジャンは、伯爵の青ざめ、苦しげな表情が内心気になっているようだった。

ジャンが、ロウソクをつけ、控えの間に下がると、伯爵は鏡に歩み寄った。光がきらきらと反射して揺れている透き通った鏡の奥に、上品で悲しげな青年の顔がある。

豊かな黒髪。陰のある碧眼、青ざめた頬にはうっすらと絹のような褐色の髭が生えている。自分の顔ではない。鏡の奥にいる男もこちらを見て驚いている。最初は、ヴェネチア風に角を斜めに切り、銅と螺鈿の象嵌(ぞうがん)をした鏡の枠から、悪意のある者がふざけて仮面を覗かせているのかもしれないと思った。思おうとした。だが、鏡の裏に手をやっても、あるのは裏板の手触りばかりだ。誰もいるわけではない。

自分の手に触ってみると、見慣れた手よりも細く、長く、血管が浮き出ている。薬指には瘤(こぶ)のように大きな金の指輪がはめられている。指輪の砂金石の台には紋章が彫られていた。赤と銀のバリー[III]を下地に男爵冠をあしらった楯型紋だ。伯爵家の紋章ではない。彼がいつも身につけていた金の指輪は、くちばしも脚も爪も真っ黒な翼を広げた黒い鷲の上に真珠の冠がついた文様であった。ポケットをすべて探ってみる。小さな紙入れが出てきた。中には「オクターヴ・ド・サヴィーユ」と書かれた名刺が入っている。

ラビンスキー邸で使用人たちに嘲笑(ちょうしょう)されたこと、自分と同じ外貌の幽霊、鏡に映った見覚えのない人物、これらは確かに脳の病気のせいだと思えないことでもない。だが、見覚えのない服、たった今、指からはずしたこの指輪は形のある物証であり、実際に存在するものであり、もはや疑うことはできない代物である。知らないうちに完全に入れ替わってしまったのだ。きっと魔術師が、悪魔かもしれぬあの男が、彼の姿、血筋、名前、彼の人物そのものを奪い取ったのだ。残ったのは魂だけ。だが、魂だけでは名乗りあげることもできない。

「ペーター・シュレミール」[112]や『大晦日の夜の冒険』[113]といった不可思議な物語が記憶によみがえった。だが、ラ・モット・フケー[114]やホフマンの登場人物は、影や鏡像を失っただけだ。皆がもっているこのような分身を不思議なかたちで失ったとて、気味悪がられることはあっても、自分が自分であると認めてもらえなくなることはない。今、彼がおかれている状況は、こうした物語の登場人物とは別の意味で悲劇的であった。なにしろ、牢屋（ろうや）のように他人の肉体の中に閉じ込められており、その中にい

111　水平方向に四つ以上の偶数に分割された図柄。
112　シャミッソーの『影をなくした男』の主人公。
113　鏡像を失う男が登場するホフマンの小説。
114　『ウンディーネ』で知られるドイツの作家。シャミッソーの『影をなくした男』はフケーが出版した。

る限り、自分がラビンスキー伯だと主張できないのだ。周囲は自分を厚かましい詐欺師、いや、少なくとも変なやつだと思っている。妻でさえ、この偽りの見てくれに騙されて、自分を認めてくれないかもしれない。さて、どうすれば自分だとわかってもらえるだろうか。確かに、身内だけが共有する記憶、二人だけの秘密なら幾千万とあり、それを話せばプラスコヴィは偽りの姿の中に夫の魂を認めてくれるかもしれない。だが、たとえ彼女が信じてくれたとしても、皆が信じてくれない以上、彼女ひとりが認めただけでは何も解決しない。彼は現実として、確かに「自分」を奪われたままなのだ。別の心配もあった。この変化は果たして、自分の体形や顔立ちといった外貌が変わっただけのことなのだろうか。それとも、自分は誰か他人の肉体を借りて住んでいるのだろうか。そうなると、自分の身体はどこにあるのか。石灰窯で焼かれてしまったのか、大胆な泥棒が奪っていったのか。ラビンスキー邸で目にした自分の分身は幽霊か、幻か、いや、あの苦行僧めいた医者の力を借りて、何かが悪魔のごとき巧妙な手段で肉体を奪って入り込み、実体として存在しているのだろうか。

恐ろしい考えが蝮のように彼の心に毒牙を立てた。「悪魔の手を借りて私の姿形になった偽者のラビンスキー伯、吸血鬼のようなあいつは今や私の屋敷に住んでいる。

従者たちはやつの命令に従って私をないがしろにした。そして、今頃やつは、私が今もって入るたびに、初夜のときと同じときめきを覚えるあの部屋に汚い足で踏み込もうとしているのかもしれない。プラスコヴィは彼にやさしく微笑みかけ、神々しいまでに頬を紅潮させ、その美しい頭を悪魔の爪が後を残したやつの肩に載せているのかもしれない。彼女が私だと思っているそいつは、嘘(うそ)つきの怨霊であり、生き血吸い、妖怪、闇と地獄の下劣な産物なのだ。ああ、いっそ屋敷に駆けつけ、火を点けて叫んでやろうか。炎のなかでプラスコヴィに叫ぶんだ。『騙されるな。そいつは君の最愛の夫、大事な大事なオラフではないぞ。君は何も知らずにひどい罪を犯そうとしている。私は君の犯した罪に絶望し、永遠に忘れない。砂時計をひっくり返し続ける永遠という名の手が疲れ果て、ついに時間が止まる日が訪れるまで絶対に忘れないからな』」

頭の中で炎の波が渦巻き、伯は怒りのあまり言葉にならない叫びをあげ、拳を口に当てたまま、獣(けもの)のように部屋の中を歩きまわった。かろうじて残っていた自意識のその暗い部分を狂気が満たしていく。伯爵はサヴィーユ宅の浴室に駆け込み、洗面ボウルに水をためると頭を突っ込んだ。水は氷のように冷たかったが、洗面台から顔をあげた彼の頭からは湯気が出ていた。

ようやく冷静さが戻った。伯爵は、もはや妖術や魔術など時代遅れだと自分に言い聞かせた。さらにつぶやく。魂と肉体が分離するのは死んだときだけだ。ロスチャイルド銀行に数百万の預金をもち、名門一族とつながり、おしゃれな妻から愛され、最高級の聖アンデレ十字勲章[115]を受けたポーランド人伯爵を[116]、パリのどまんなかで、こんなふうに消すことができるとは思えない。きっと、これはすべてバルタザール・シェルボノーによる趣味の悪い冗談なのだ。アン・ラドクリフ[117]の幽霊譚のように、あの医者の仕業ならば、納得がいくではないか。

どうにかなりそうなほど疲れていたので、彼はオクターヴの寝台に身を投じ、眠りについた。だが、その眠りは重く、もやもやした死を思わせるものであり、翌朝、主人はとっくに起きていると思い、ジャンが手紙や新聞を持ってきたときも、まだ彼はその眠りのなかにいた。

第8章

伯爵は目を開けた。探るようにあたりを見回す。居心地は悪くないが、質素な寝室である。床には大柄の斑点（はんてん）がついたレオパードの毛皮を模した絨毯が敷かれていた。窓にはタピスリー風のカーテンがついており、ちょうど今、そのひとつをジャンが開けたところだ。同じカーテンが扉にもついている。壁は布張りに見えるが、張られているのは、緑一色のビロード紙である。青い脈の浮いた白い大理石のマントルピースには、四角い黒の大理石にプラチナの文字盤をはめこんだ置時計がある。時計の文字盤の上についている小ぶりの酸化銀製のガビイのディアナ像[118]は、バルベディエンヌ[119]が

115　帝政ロシアの勲章。
116　リトアニア・ポーランド王国は十八世紀に消滅しているが、ゴーティエは本作品でリトアニアとポーランドを区別しておらず、訳文もこれに従う。
117　イギリスの怪奇小説作家（一七六四～一八二三年）。代表作に『森のロマンス』など。
118　ガビイで発掘された古代ギリシャの女神像。

ミニチュアにしたものだろう。時計には、文字盤と揃えたアンティークの銀盃(ぎんぱい)もついている。昨夜、伯爵が見慣れた姿を失っていることを確認したあのヴェネチア風の鏡と、オクターヴの母君をモデルにフランドラン[120]が描いたらしき年配の女性の肖像以外に装飾品は見当たらないため、少々さびしく殺風景である。長椅子、暖炉の前のヴォルテール風の肘掛け椅子[121]、書類や本に埋もれた引き出しのついたテーブルといった家具は、機能的だがラビンスキー邸の豪奢さに比べるべくもなかった。

「そろそろ起きられますか」とジャンが尋ねる。オクターヴが長らく寝込んでいたこともあり、気遣うような声だった。ジャンは伯爵に、オクターヴがいつも朝に着る、色の入ったシャツと丈の長いフラネル地のパンタロン、アルジェのガンドゥーラを差し出した。伯爵は、他人の服を着るなんて気持ちが悪いと思ったものの、裸でいるわけにもいかないので、ジャンの選んだものを着るしかないと諦め、寝台の下り口に敷かれた黒くやわらかな熊の毛皮に足を置いた。

伯爵が洗顔を済ませると、ジャンはまさか主人のオクターヴ・ド・サヴィーユが偽者であるとは想像すらせず、着替えを手伝い、こう尋ねてきた。

「朝食は何時にいたしますか」

「いつもどおりに」と伯爵は答えた。元の自分を取り戻すためにこれからしようとしていることを思うと、とりあえず表面上はこの理解しがたい状況を受け入れるしかないと腹をくくったのだ。

ジャンが下がると、伯爵は、何か情報を得られるかもしれないと期待しつつ、新聞と一緒に運ばれてきた二通の手紙を開封した。一通目は、友人が、理由もなく音信不通になってしまったオクターヴに対し、愛情を込めつつ恨み言を並べたてた文面で、差し出し人の名は伯爵の知らないものだった。二通目はオクターヴの公証人からのもので、長らくそのままになっている四半期分の利息を取りに来るよう促し、それが無理なら、せめて寝かしたままになっている資産の運用先を指示してほしいという内容だった。

「不本意ながら、その外皮を借りることになったオクターヴ・ド・サヴィーユなる人

119 フランスの鋳造師（一八一〇〜一八九二年）。

120 イポリット・フランドラン（一八〇九〜一八六四年）。フランスの画家。宗教画や肖像画で有名。ゴーティエは彼のナポレオン三世の肖像を高く評価していた。

121 座が低く、背は高く、少し湾曲した肘掛け椅子。王政復古期に流行した。

物は、どうやら本当に存在するようだな」と伯爵はつぶやいた。

「アヒム・フォン・アルニム[122]やクレメンス・ブレンターノ[123]の小説に出てくるような、幻想物語の登場人物ではなさそうだ。アパルトマンを所有し、友人もいるし、公証人もいる。署名するだけで受け取れる金もある。紳士の社会的条件は揃っている。だが、私はオラフ・ラビンスキー伯爵なのだ」

しかし、そう主張したところで誰にも認めてもらえそうもないことは、鏡にちらと目をやっただけでわかった。日の光で見ても、そこには、ぼんやりとしたロウソクの灯りのもとで見たときと同じ人物が映っていた。

伯爵は家宅捜索を続け、テーブルの引き出しを開けてみた。とある引き出しには、土地の権利書、千フラン札が二枚、ルイ金貨が五十枚あった。伯爵は今後の作戦に必要になるはずだからと、その金を遠慮なくいただくことにした。別の引き出しには、ロシア革の書類入れがあったが、鍵がかかっていて中を見ることができない。

そこにジャンが入ってきて、アルフレッド・アンベール氏の来訪を告げた。次の瞬間、今度はそのアンベール氏自身が、ジャンが主人の返事を持ち帰るのを待ちきれず、旧知の親しげな様子で部屋に入ってきた。

「やあ、オクターヴ」親切そうで気さくな様子の美青年は言った。「何してるんだい。どうしたんだい。死んだのかと思ったぜ。どこにも姿を見せなかったからな。手紙を書いても返事はないし。文句のひとつも言ってやろうかと思ったんだが、まあ、友達の前で意地を張ってもしょうがない。仲直りしようや。ユステのシャルル・カンの独房[124]じゃあるまいし、学生時代の仲間がこんな陰気な部屋で、死にそうなほどメランコリーに浸っているのを放っておくわけにはいかない。病気のつもりなんだろうが、退屈しているだけさ。さあ、無理にでも気晴らしさせてやろう。ギュスターヴ・ランボーが自由な独身生活を終わらせる記念に派手な昼食会を開くから、君を引きずってでも連れていくよ」

怒り半分、ふざけ半分の口調で一気にしゃべったかと思うと、アンベール氏は伯爵の手をとり、イギリス風に激しく振った。

「いいや」プラスコヴィの夫、ラビンスキー伯は、オクターヴ役をうまく演じようと

122 『エジプトのイザベラ』などの幻想文学で知られるドイツ人作家（一七八一～一八三一年）。
123 抒情的な作風で知られるドイツの詩人、小説家（一七七八～一八四二年）。
124 カール五世ことシャルル・カンがスペイン、ユステの僧院に隠棲したことを指す。

して答えた。

「今日はいつにも増して調子が悪いんだ。気分がすぐれない。こんなんじゃ君たちの気持ちも沈むだろうし、皆に迷惑をかけることになる」

「そうかい。確かに顔色も悪いし、疲れているみたいだな。じゃあ、また別の都合のいいときにでも。もう行くよ。実は、生牡蠣(なまがき)三ダースとソーテルヌのワインを持っていくはずが、すでに遅刻していてね」

アルフレッドはすでにドアに向かって歩きだしながら言った。

「君が来ないと知ったら、ランボーが怒るだろうな」

この来訪のせいでラビンスキー伯はさらにつらくなった。ジャンは自分を主人と思い込んでいる。アルフレッドも自分を友人だと思っている。そこへとどめの一撃が来た。扉が開き、婦人が入ってきたのである。銀髪のその婦人は、壁の肖像画によく似ていた。彼女は長椅子に腰を下ろすと伯爵に声をかけた。

「かわいそうなオクターヴ、大丈夫なの？　昨日は遅く帰ってきて、ひどく衰弱した様子だったとジャンから聞きましたよ。もっと自分を大事になさい。わかっているでしょう。あなたは訳のわからない悲しみに沈んでいて、私にその理由を話してもくれない。でもね、そのせいでどんなに心配させられても、私はあなたを本当に愛しているのよ」

「心配ご無用です、母上。大したことありません。今日はこれでもだいぶいいんです」とオラフ・ド・サヴィーユは答えた。

サヴィーユ夫人は安堵し、立ち上がると部屋を出ていった。息子がひとりの生活を乱されるのを好まないのは知っていたから、邪魔をしたくなかったのである。

老女が去ると、伯爵は叫んだ。

「ああ、ついにオクターヴ・ド・サヴィーユになってしまった。やつの母親まで私を自分の息子と認め、息子の表皮の下に見知らぬ人の魂が宿っていることを見抜けなかった。私はこのままずっと、この外身に包まれていなければならないのか。他人の身体に閉じ込められるとは、魂にとってなんと奇妙な牢獄だろうか。いや、だが、オラフ・ラビンスキーに戻ることをそう簡単に諦めるわけにはいかない。紋章や妻や財産を失い、取るに足らないブルジョワ市民に成り下がるなんて、ごめんだ。ああ、この魂に張りついたネッソスの皮[125]を切り裂いて外に出たい。そしてぼろぼろになった外皮を元の持ち主に返してやるんだ。屋敷に戻ろうか。いや、下手に騒ぎを大きくしても、守衛におっぽりだされるのが関の山だ。この病人じみた肉体を着ていると、力では守衛に勝てやしない。さてさて、探ってみるか。私がオクターヴ・ド・サヴィーユである以上、こいつについて少しは知っておかなければならない」

彼は書類入れを開けようと試みた。適当に触っていると偶然鍵が外れた。革製のポケットからは、小さな字がびっしりと書かれ、ほとんど真っ黒に見える紙片が何枚か出てきた。さらに四角いベラム紙が一枚。そこには精巧とは言えないまでも、見たものの記憶を忠実に写し取ろうとした、有名画家でさえ必ずしも到達できないほどの似姿でプラスコヴィ・ラビンスカ夫人の肖像が鉛筆で描かれていた。一目見ただけで彼女だとわかる。

あまりの発見に伯爵は茫然としてしまった。驚きのあとに嫉妬の怒りが湧き上がった。どうして妻の肖像画が見知らぬ青年の秘密の書類入れにあるんだ？　これはどこから来たのか。誰が描き、誰が彼に渡したのか。信仰のように崇(あが)めてきたプラスコヴィが、天空の愛から転落し、俗世の情事に堕(お)ちてしまったのか。これまであんなにも純粋な女性だったというのに、夫である私が、プラスコヴィの愛人の肉体に乗り移っているとは、悪魔の所業のような、きつい冗談ではないか。夫だった私が今や、愛人なのか。一人でクリタンドルとジョルジュ・ダンダンの二役を演じ、自分で自分の妻を寝取るなんて、頭がどうにかなりそうなほど皮肉な配役ではないか。[126]

こうしたあらゆる思いが騒々しく頭の中で鳴り響き、今にも理性を失いそうな気がしたので、伯爵はあらん限りの意志の力でわずかばかりの冷静さを取り戻した。朝食の準備ができたとジャンが告げに来たのに耳を傾けることなく、動揺し取り乱したまま秘密の書類の中身をひとつひとつ見ていく。

紙片は心の内をつづった日記めいたもので、さまざまな時期に書かれては中断され、またしばらくすると再開されている。伯爵が不安ながら好奇心をそそられ、むさぼるようにして読んだのは以下のようなものだった。

「彼女が僕を愛することは決してない。絶対に。僕は彼女のあの甘美な目に、ダンテでさえ憂いの国へと続くブロンズの地獄門に刻むのに、これ以上重い言葉は思いつか

125　ネッソスは半人半馬のケンタウロス。ヘラクレスはネッソスの血に染まったシャツを着せられ、その呪いに苦しめられて死んだ。

126　いずれも、モリエールの戯曲『ジョルジュ・ダンダン』の登場人物。青年貴族クリタンドルは、ジョルジュ・ダンダンの妻の浮気相手。

なかったという残酷な詩句、『いっさいの希望を捨てよ』と書いてあるのを読み取った。[127]生きたまま罰を受けるとは、僕がいったい何をしたというのだ。明日も明後日も、ずっと同じこと。惑星の軌道が重なろうと、星が合を結ぼうと、[128]僕の運命は変わらない。たった一言で、彼女は夢を霧と散らした。たったひとつのしぐさで幻想の翼を打ち砕いた。不可能に不可能が魔法のように重なり、僕のチャンスは万に一つもなくなってしまった。何十億回試そうと、運命の輪から当選番号は出てこない。そもそも僕にとっての当選番号は最初から存在しないのだから！」

「なんて不幸なんだ。天国の門は閉ざされている。僕は馬鹿みたいに開かぬ扉にもたれ、門前に座り込んでいる。泣こうとしているわけでもないのに、嗚咽もなくただ静かに泣いている。目から水が湧き出てくるみたいだ。立ち上がることもできないし、広大な砂漠や人間どもが騒々しいバベルの塔に身を投じる気力もない」

「ときおり、夜、眠れないときにプラスコヴィのことを思う。眠ってしまえば、夢を見られる。ああ、あの日、フィレンツェ、サルヴィアチ荘の庭で彼女がどんなに美しかったことか。白いドレスに黒いリボン。喪を思わせ、心を惹きつける姿。白は彼女、黒は僕だ。風に揺れるリボンが時に、白く光る布地の上で十字架の形を作っていたっけ。目に見えない妖精が僕の心の死を悼み、小さな声でミサを唱えてくれていたのだ」

「未曽有の惨劇でも起こって、僕が皇帝だかカリフ[129]だかの冠をこの額に掲げることができたとしても、僕のために大地が金脈の血を流してくれたとしても、ゴルコンダ[130]やビジャープル[131]のダイヤモンド鉱脈で、好き勝手にきらきら光る石を掘ることができたとしても、バビロンの竪琴を掻き鳴らすことができても、古今の芸術がその美を僕に貸してくれても、新世界を発見しようとも、もはや僕が幸せになれることはない」

「運命のいたずらだ。僕はコンスタンティノープルに行くつもりだった。そうしていたら、彼女と会うこともなかった。それなのに、フィレンツェに戻り、彼女と出会い、

127　ダンテ『神曲』地獄篇第三歌による。夏目漱石訳では「憂の国に行かんとするものはこの門を潜れ。(中略)この門を過ぎんとするものはいっさいの望を捨てよ」(『倫敦塔』)。

128　天文学や占星術において、ふたつの天体が地球から見てほぼ同じ位置にある状態を示す。

129　イスラムの最高指導者。

130　インド、デカン高原の都市でダイヤモンドの産地。イスラム教の古都として栄えた。

131　同じくダイヤモンドの産地として知られるインドのデカン高原の古都。

僕は死ぬのだ」

「自殺も考えた。だが、彼女とてこの世で呼吸している。僕の飢えた唇は彼女と同じ空気を吸っているのだ。ああ、なんという幸せ。たとえ、どんなに遠くとも、その芳しき息吹(いぶき)に触れているのだ。それに僕の罪深い魂が遠き星へと追放されるのであれば、僕はあの世で彼女に愛される可能性を失ってしまう。あの世でも二人は引き裂かれ、彼女は天国へ、僕は地獄へと行くのだ。なんとつらいことだろう」

「どうして僕は、僕を愛することのできないただ一人の女性をわざわざ好きになってしまったのだろう。誰のものでもない、美人と言われる女たちが僕にとびきりやさしく微笑みかけ、来るはずもない愛の告白を待っているようにさえ見えたこともあるのに。ああ、あいつは幸せ者だ。神様が褒美として、あんな素敵な人に愛される幸運を与えるなんて、彼は前世でどんなに立派なことをしたのだろう」

これ以上、読む必要はなかった。プラスコヴィの肖像について伯爵が抱いた疑念はこの悲しい告白の最初の数行を読んだだけで、雲散霧消した。千回は描き直したのであろう、この肖像画は、悲しい恋による疲れ知らずの粘り強さで、一人の女性を遠くから愛情を込めて思い、描かれたものであるということは伯爵にもよくわかった。これは小さな秘められた礼拝堂のマリア像のようなものであり、青年はその像の前で跪き、見返りのない崇拝を捧げていたのだ。

「でも、もしオクターヴが悪魔と契約を結び、私の肉体を奪い取って、私の姿でプラスコヴィの愛を得ようとしたとしたら！」

十九世紀の現代にそんなことを想像するなんて、あり得ないと伯爵は思い直した。だが、それでも、彼はまだ非現実的な不安を捨てきれなかった。

自分の愚直さを笑いつつ、ジャンが用意したものの冷めてしまった朝食をとり、着替え、馬車を用意させた。馬車が整うと、彼はバルタザール・シェルボノー医師のもとを訪れた。昨夜、彼がまだオラフ・ラビンスキー伯爵という名だった状態で訪れ、皆からオクターヴ・ド・サヴィーユと呼ばれる姿であとにしたのと同じ屋敷にたどりつくと、次々と部屋を通り抜けていく。医者はいつもどおり、奥の部屋の長椅子に足を手で抱え込むようにして座り、深い瞑想に浸っていた。

伯爵の足音で医者が顔をあげた。

「ああ、あなたでしたか、オクターヴさん。ちょうどあなたのところへ往診にゆくところでしたよ。患者のほうから医者のところに来るのは、調子がいい証拠ですね」

「あなたまで私をオクターヴと呼ぶ。私は今にもはらわたが煮えくり返りそうですよ」

そう言うと伯爵は腕を組み、医者を真正面から恐ろしいまでに凝視した。

「シェルボノー先生、私がオクターヴではなく、オラフ・ラビンスキーだということをあなたはよくご存じのはずだ。なにしろ昨夜、ほかでもないこの場所で、怪しい魔術を使って私からその外皮を奪い取ったのはあなた自身なんだからな」

これを聞くなり、医者は大声で笑い出し、クッションの上を転げまわり、拳を握りしめ、愉快でたまらぬあまり、ぶるぶると震えそうになる身体を辛うじて抑えているようなありさまだった。

「先生、場をわきまえずにそんなふうに歓喜していると、後悔することになりますよ。私はまじめに話しているんだ」

「いやいや、申し訳ない。オクターヴさんが長らく患っていた無気力と心気症を治そうとしたのですが、かえって錯乱させてしまったようですな。治療法を変えたほうがよさそうだ。それだけのことですよ」

「悪魔の医者め。この手であなたを絞め殺しそうになるのをもう我慢できませんよ」

伯爵は声を荒らげ、シェルボノーに迫る。

伯爵が脅しても、医者は微笑んでいた。彼が鋼の細い棒の先で触れると、伯爵は腕が折れたかと思うほどの激しい衝撃を受けた。

「患者が暴れることがあっても取り押さえて治療するのが医者というものです」

医者が伯爵に向けた冷水をかけるようなまなざしは、常軌を逸した者をも手なずけ、ライオンを平伏させるだけの力をもっていた。

「家に帰って、ひと風呂浴びなさい。興奮が収まりますよ」

電気ショックにやられたオラフ・ド・サヴィーユは、これまでにない不安と当惑を抱えたままシェルボノー宅をあとにした。今度は馬車でパッシーに向かい、B医師の診察を受ける。[132]

高名なB医師を前に彼は言った。

「妙な幻覚症状に悩まされているんです。鏡に映る自分の姿が、いつもの自分とは違って見えるんです。周囲に置かれた物なんかも、まったく別の姿に見えるんです。

132 ネルヴァルの主治医だった精神科医エミール・ブランシュをほのめかしていると言われている。当時、パッシーに診療所を開いていた。

自室の壁も家具も、まったく見覚えがないんです。どうも、まったく別の人物になってしまったようでして」

「ご自分の外見を言ってみてください」と医者は言い、

「目の問題かもしれないし、脳の問題かもしれませんからね」

と付け加えた。

「鏡に映る私は黒い髪、濃い青色の瞳、頬髯（ほおひげ）を生やした色白の顔です」

「ええ、旅券（パスポート）の記載そのままですね。脳神経による幻覚も、視力の異常もありませんよ。あなたはまさに今おっしゃったとおりの外見をしてらっしゃいます」

「そんな！　本当の私はブロンドの髪、黒い目、日に焼けた肌、ハンガリー風の細い口髭があるはずなんです」

「ああ、それでは認知能力に少しばかり異常があるようですな」

「でも、先生、私は正気です」

「もちろん。私のところに自分からいらした以上、あなたにはちゃんと理性がある。ちょっとした疲れや、過度の勉学や、遊興でご乱心なさったのでしょう。あなたの思い違いですよ。あなたの目はちゃんと見えている。妄想でしょう。あなたはブロンドなのに黒髪が見えるのではなく、実際に黒髪なのに自分はブロンドだと思い込んでいるだけなのです」

「でも、私は確かにオラフ・ラビンスキー伯爵なんです。それなのに、昨日から皆にオクターヴ・ド・サヴィーユと呼ばれている」

「ええ、だから今、申し上げたとおりです。あなたはサヴィーユ氏であり、自分がラビンスキー伯だと思い込んでいるだけなんですよ。ラビンスキー伯なら診たことがあるし、確かにブロンドだったと記憶しております。どうしてあなたが他人の顔を鏡に見たのか、こう考えれば完璧に説明がつくでしょう。鏡に映ったのはあなたご自身の姿なんですが、あなたが頭の中で思い描いていた顔とは違う、だから驚いた。よく考えてごらんなさい。まわりの方があなたをサヴィーユ氏と呼ぶのは、つまり、ほかの人にはあなたの妄想がわからないからです。二週間ほど通院してください。入浴と休養、大きな木の下を散歩でもすれば、不快な症状も治まりますよ」

伯爵はうつむき、また来ると約束した。もう何を信じていいのかわからなかった。サン・ラザール通りのアパルトマンに戻ると、テーブルの上にラビンスカ伯爵夫人からの招待状があるのが偶然目に入った。オクターヴがシェルボノー医師に見せていたものだ。

「よし、これを護符代わりに持って行けば、明日は彼女に会えるぞ」

第9章

門前に立っていた下男たちが守護天使気取りで、地上の楽園から追われた本物の伯爵を馬車に運んでいた頃、伯爵に成り代わったオクターヴは白と金色の小さなサロンで夫人との語らいのときを待っていた。

炉床に花がたっぷりと活けられた白い大理石のマントルピースにもたれ、彼は彫りの入った金の脚つきの小卓の上、向かい合わせに置かれた鏡の奥を何度も覗き込んだ。変身、いや正確には入れ替わりの秘密を知ってはいても、自分の本当の顔とは似ても似つかぬ伯爵の顔が自分のものになったという実感はなく、この奇妙な幽霊、とはいえ、今や自分の姿となった顔から目をそらすこともできない。自分を見ることは他人を見ることだった。自分のすぐ横で、伯爵がマントルピースの小卓に肘をついており、その姿が鏡に映り込んでいるような気がして、ついその姿を探してしまう。だが部屋には彼しかいない。恐れ知らずのシェルボノー医師は本当に二人を入れ替えてしまったのだ。

数分もすると、オクターヴ＝ラビンスキーは、自分の魂をプラスコヴィの夫の身体に入れてくれた、不思議な入れ替わりの件など忘れていた。今の自分の状況におのずと関心が移ったのである。不可能としか思えず、どんなに希望にあふれた夢想家でも思いつきそうにない、この信じがたい出来事は現実に起こっているのだ。もうすぐ愛するあの美しい人に会える。しかも今度はもう拒絶されない。自分の幸福と伯爵夫人の純潔な貞節さを両立させる唯一の方法が、こんなかたちで実現したのだ。

この至福の時間を前に、彼の心はむしろぞっとするような恐怖と不安に襲われた。あの呪（のろ）われたオクターヴ・ド・サヴィーユの肉体にあったときのように、本当の恋だけが知る臆病さで彼は今にも卒倒しそうになっていた。

部屋付きの女中がやってきて、葛藤（かっとう）する心の乱れに終止符を打った。女中が近づいてきただけで、身体が発作のようにぶるぶると震え、じっとしていられない。そして、すべての血流が心臓にあふれる。

「奥様がお待ちです」

オクターヴ＝ラビンスキーは女中のあとに従った。屋敷内の人間を知らないので、自分のふるまいに自信がもてず、無知をさらすのを恐れたのだ。

女中に案内された部屋は、化粧室としてはかなりの広さがあり、思いつく限りの実に細やかな贅を極めた装飾がほどこされていた。クネヒトやリエナール[133]の彫刻が入った高級木材を使用した一連のタンスが木張りの壁のように並ぶさまは、まれに見る優美さと完成度の高い風変わりな柱頭装飾を冠した門柱のようにも見える。タンスの扉と扉のあいだには彫像をあしらった円柱があり、丹精込めて切り抜いたようなハート形の葉や鐘状の花をつけた朝顔の蔓がその柱に斜めに巻きついている装飾が見られる。タンスの中にはビロードやモアレ加工のドレス、カシミア、マントレット[134]、レース、黒貂や銀狐の毛皮のコート、さまざまな形の帽子など、美しい女性の装いがすべて揃っていた。

正面も同じ様相だが、壁紙の張られた板の代わりに複数の鏡が取りつけられており、屏風のように蝶番を動かすことで前、横、後ろを映し、コルサージュ[135]や髪形を確認できるようになっていた。

三つ目の壁には横長の縞大理石を用いて洗面台がしつらえてあり、銀色の蛇口から出た水と湯が、同じく銀の透かし彫りがぐるりと入った日本製の陶磁器の大きな盥にためられるようになっていた。香油や香水の入ったボヘミアン・ガラスの小瓶がロウソクの光を受けて、ダイヤモンドやルビーのように輝いている。

壁と天井は碧水色の絹が張られているため、まるで宝石箱の中にいるようだ。ふっくらと床を覆っているスミルナ[136]の絨毯も、壁や天井とやわらかに色を揃えてある。

部屋の中央、緑のビロードをかぶせた台座の上には奇妙な形の大きな宝石箱が置かれていた。外側はホラーサーンの鋼地に彫刻と黒金象嵌でアラベスク模様を浮き上がらせており、その模様の複雑さといったら、アルハンブラ宮殿の「大使の間」の室内

133 クネヒトはゴーティエが高く評価していた彫刻師のフレデリック・エミール・クネヒト（一八〇九〜一八八九年）のことであろう。もう一人は、同じく彫刻師で装飾家でもあるM・J・N・リエナール（一八一〇〜一八七〇年）と思われる。
134 女性用の短いマント。十九世紀中頃のファッション。
135 女性用の胴着。
136 古代ギリシャの植民都市。現在はイズミル（一四五頁、註6参照）。

装飾さえ簡素に見えるほどだ。ペリの妖精[137]がその指を貸したかのようであり、東洋の美はここで極みに達したのではないかと思えた。プラスコヴィ伯爵夫人はこの小箱のような部屋に、女王にも匹敵する美しい装束を閉じ込めているのだ。実際のところ、彼女がこれらを身につける機会はそう多くない。こうした装飾が隠してしまう場所のほうが、宝飾品そのものよりも価値があると知っているのだ。彼女は裕福である必要がなかった。宝飾品がいらぬほど美しかったからである。彼女は女の勘でそれをわかっていた。だから、名門ラビンスキー家の先祖代々の繁栄を見事なかたちで披露すべき重大なセレモニーの機会を除いて、これらの品が日の目を見ることはなかった。これほど放ったらかしにされているダイヤモンドは他にあるまい。

たっぷりと襞をとった長くゆったりとしたカーテンの下がった窓のそばに鏡台があり、才あふれるフォーヴォー嬢[138]の代表作、細長いエレガントな彫刻の天使が、二人がかりで鏡を支えている。その鏡の前にプラスコヴィ・ラビンスカが座っていた。六本のロウソクを立てた燭台の白い光に照らされ、みずみずしい美しさで輝いて見えた。濃淡のある青と白の縞模様が入ったチュニス[139]のしなやかなフードつきのケープが、やわらかな雲のように彼女を包んでいる。軽やかな生地が、サテンのような肩から少しばかり滑り落ち、雪のような白鳥の首さえ灰色に見えるほどの襟足と首すじを覗かせていた。襞の隙間からは、帯で締め付けない夜着、麻地のネグリジェのレースがはみ出している。解(ほど)いた髪は豊かな紡錘形を描き、皇妃のマントのように背中に広がっている。アフロディーテ[140]やヴィーナスがイオニアの紺碧(こんぺき)の海から花のように浮かび上がり、輝く貝殻の中に跪いたときに、真珠を滴らせるように流れ落ちた金の巻き毛でさえも、彼女に比べたらきっと、大してブロンドでもないし、厚みも重みもありはしないだろう。ティツィアーノ[141]の琥珀(こはく)とパオロ・ヴェロネーゼ[142]の銀をレンブラント[143]の黄金のニスと合わせた色、トパーズを通して眺める日の光、それでもまだこの豊かな髪の美しさをたとえられる色にはならない。光に照らされているというよりも、自ら発光

137 イランに伝わる妖精。背中に翼のある美しい人間の姿をしており、魔法が使えるという。
138 フェリシエ・ド・フォーヴォー（一七九九？～一八八六年）。フィレンツェ出身の女性彫刻家。
139 チュニジアの首都。
140 ギリシャ神話のアフロディーテとローマ神話のヴィーナスを重ねている。どちらも愛と美の女神。
141 イタリアのルネッサンス期を代表する画家。
142 二二七頁、註106参照。
143 オランダの画家。代表作に「夜警」など。

しているかのようであり、古代の星座の隣に新しい星座をつくるなら、ベルニケにちなんだかみのけ座[144]よりもこの美しい髪のほうがずっと価値があるだろう。女中が二人がかりでこの髪を分け、ブラシをかけて、巻き上げ、枕にこすれて傷まぬように丁寧に丸くまとめている。

　この細やかな作業のあいだ、伯爵夫人は白いビロードに金糸の刺繍が入ったバブーシュ[145]のつま先を躍らせていた。その足の小さいことといったら、カーヌーン[146]やトルコ皇帝の寵妃（ちょうひ）も羨（うらや）むほどである。ときおり、ケープの繊細な襞が揺れ、彼女が白い腕を覗かせては、おくれ毛を手で払いのける。そんな動きまでうっとりするほど優美なのだ。

　しどけない格好でくつろいでいる姿は、古代の壺（つぼ）に描かれたギリシャの装束のほっそりとした姿を思わせた。どんな芸術家もその純粋で甘美なライン、若く軽やかな美しさを再現することはできなかった、あの壺絵にそっくりだったのだ。彼女はフィレンツェ、サルヴィアチ荘の庭で会ったときよりもずっと魅力的だった。もしオクターヴがすでに彼女を溺愛（できあい）していなかったら、きっとすぐに深い恋に落ちていたことだろう。だが、幸いなことに、すでに無限の愛を感じている以上、無限を超えるものはないのだった。

オクターヴ＝ラビンスキーはその姿を見るなり、恐ろしいものを見たときのように、膝ががくがくし、今にも崩れ落ちそうになるのを感じた。口が乾き、タギー団の盗賊に首を絞められたかのように喉が苦悩に絞め付けられる。目には赤い炎が渦巻く。彼女の美しさに動けなくなってしまったのだ。

愚かに怯えていては横恋慕して拒絶されたときと何も変わらない。今もって深く妻を愛しているとはいえ、妻を前にした夫がこんなに怯えているなんて滑稽でしかない、と自分に言い聞かせ、オクターヴはなんとか勇気を振り絞った。そして、できるだけ堂々とした足取りで妻に歩み寄った。

「ああ、オラフ、あなただったの。今夜はずいぶん遅かったわね」

伯爵夫人はオクターヴに背を向けたまま言った。女中たちが彼女の髪を長い三つ編

144　エジプト王妃ベルニケが戦勝のための供物として女神アフロディーテに金髪を捧げたという神話による。
145　モロッコの伝統的な履物。スリッパのような室内履きを指す。
146　中東イスラム圏の身分の高い女性たち。

みにしている最中で、頭を動かせなかったのだ。そして、ケープの襞から美しい手の片方を彼のほうに差し出した。

オクターヴ＝ラビンスキーは、この花よりもやわらかくみずみずしい手に触れると、そっと唇を押し当て、彼の魂のすべてをその小さな場所に絞り出すかのように、長く情熱的な接吻を刻み込んだ。

鋭敏な繊細さで何かを感じ取ったのか、神々しいまでの純潔さが反射的にそうさせたのか、説明しがたい本能が伯爵夫人に警告したのかはわからない。だが、その顔を、首を、腕を、薔薇色の雲がさっと包み込んだ。まるで、高い山の頂上にある純白の雪が太陽の最初の口づけに染まるときのような色だった。彼女はびくりと身を縮め、怒ったような、恥じらうような様子でゆっくりと手を引いた。オクターヴの唇ではなく、赤く熱された鉄片に触れたみたいだった。だが、次の瞬間、彼女は気を取り直し、無邪気に微笑んだ。

「オラフ、答えてくれないのね。あなたにお会いするのは六時間ぶりよ。私のことはほったらかしね」責めるような口調だ。

「以前は、夜、こんなふうに長時間お留守になることなどなかったわ。離れているあいだも、私だけを思っていてくださいましたか」

「ええ、ずっと」とオクターヴ＝ラビンスキーは答えた。

「いいえ、違うわ。あなたが私を思っていてくだされば、私にはわかります。たとえ、遠くからでもね。たとえば、今夜、私はひとりでピアノの前に座り、ウェーバーを弾きながら、音楽で退屈をまぎらわそうとしたの。あなたの魂は数分のあいだ、舞い踊る音の響きと一緒に、私のまわりを飛び回っていたわ。でも最後の和音と同時に、あなたの気配は、どこか知らないところに消えちゃって、そのまま戻ってこなかった。嘘はつかないでくださいね。今、言ったのは本当のことなんだから」

実際のところ、プラスコヴィは正しかった。ちょうどその頃、シェルボノー医師の家で、オラフ・ラビンスキー伯爵は、魔法の水盤に向かって愛する人のことを一心に想像していたのだ。そしてその後、伯爵は、磁気睡眠の底のない海に沈み、思考も感情も意志もなくしてしまった。

女中たちは伯爵夫人の夜の身だしなみを整え終えると、控えの間に下がった。オクターヴ＝ラビンスキーは相変わらず突っ立ったまま、燃えるような目でプラスコヴィの動きを追いかけていた。そのまなざしに困惑し、熱に気圧（けお）され、伯爵夫人はポリュムニア[147]が衣装に身を包むように、ケープにくるまった。白と青のケープから出ているのは彼女の不安そうな顔だけだが、それでも魅力的だった。

苦行者ブラフマ・ログムの呪文を使い、シェルボノー医師が行った神秘的な魂の移動について見抜ける人間は一人としていないはずなのに、プラスコヴィはオクターヴ＝ラビンスキーの目に、いつもの夫の表情、純粋で清明で不変の永遠の愛、天使のような愛が感じられずにいた。そしていつもの愛情に代わり、今夜は世俗的な情欲が夫のまなざしを焼き尽くしていたのだから、彼女は当惑し、顔を赤らめずにいられなかったのだ。何があったのかはわからない。それでも、何かがあったことはわかる。ありとあらゆる奇妙な想像が彼女の頭を過った。私は夫にとって、もはや愛妾のような美しさだけが取り柄の欲望の対象でしかない俗物になってしまったのだろうか。何か自分でも気づかぬうちにすれちがいがあって、二人の魂の高潔な結びつきが途絶えてしまったのだろうか。オラフにはほかに好きな相手ができたのだろうか。パリの低俗さが、清廉な心を汚してしまったのだろうか。短い時間で次々と自問してみても、納得のいく答えは出てこず、自分がおかしくなったのではないかとさえ思った。だが、心の底には確信があった。目に見えないものの、心の目で感じる危険を前にしたかのように、ひそかな恐怖が彼女のなかに広がった。こうした心の声には逆らってはならないのだ。

プラスコヴィは苛立ち、落ち着かない様子で立ち上がり、寝室の扉に向かった。シェイクスピアの芝居でデスデモーナが舞台から退場するたびに付き添うオセロのように[148]、偽の伯爵が腰に腕を回しエスコートする。だが、部屋の戸口まで来てると彼女は振り返り、しばらく足を止めた。彫像のように白く冷たい顔で、怯えるように夫を一瞥すると彼女は部屋に入り、勢いよく扉を閉めると、鍵をかけた。

「あれはオクターヴの目だわ」彼女は半ば気絶するように二人掛けの椅子に倒れ込みながら声をあげた。ようやく気持ちを立て直すと、自問してみる。「でも、どうして、私が忘れられずにいるあの表情が、今晩、オラフの目の中に灯っていたの？　なんだって、あの暗く絶望した炎を夫の瞳に見出してしまったのかしら。オクターヴは死んだのかしら。もしかして、彼の魂が、この世を去る前にお別れを言いに来て、私の

147　ギリシャ神話におけるゼウスの娘にあたる九人の女神の一人で、賛歌を司る。
148　『オセロ』では主人公オセロが妻デスデモーナの不貞を疑い、一人にさせようとしない。

前で心の火を燃やして見せたのかしら。オラフ、オラフ、もし私が間違っていても、冷静さを失い、愚かな恐怖に身を任せてしまっても、許してくださるわよね。でも、もし今夜あなたを受け入れたら、私はほかの男に身を許したことになってしまうわ」

伯爵夫人は鍵がきちんと締まっているのを確かめ、天井から吊るされたランプを灯すと、言葉にならぬ苦しみを抱え、不安でたまらない子どものようにベッドで身をまるめた。だが、明け方近くまで寝つくことができない。そして、ようやく訪れた眠りでさえも、つじつまの合わない奇妙な夢のせいで、安らかなものではなかった。――たちこめた靄の奥から、あの熱を帯びた目、オクターヴの目がじっとこっちを見ているかと思うと、やがて、その目から炎が噴き出す。ベッドの足下には何やら黒っぽい皺だらけの顔がしゃがみこみ、知らない言葉をつぶやき続けている。脈絡のない夢のなかにはオラフ伯も出てきたが、いつもとは違う格好をしていた。

目の前で扉が閉まり、内側から鍵をかける音を聞いたときのオクターヴの絶望感については言うまでもないだろう。最後の希望が崩れ落ちたのだ。なんということだ。自分を拒絶した女性に振り向いてもらうため、奇妙な恐ろしい策にすがり、この世の命と、死後の霊魂を危険にさらしてまで、悪魔かもしれぬ魔術師を頼ったというのに！　インドの妖術に無防備にすべてを任せたというのに！　横恋慕でふられた挙句、夫の姿になっても拒絶されるとは！　プラスコヴィの非の打ちどころのない純粋さは、悪魔の策略をもってしても騙すことができなかったのだ。寝室の戸口で足を止めたときの彼女は、邪悪な心を成敗するスウェーデンボリ[149]の白い天使のようであった。

こんな馬鹿げた状況のまま、一晩じゅう立ち尽くしているわけにはいかない。彼は伯爵の寝室を探した。広い屋敷の中、いくつもの部屋を覗いて回った末に、黒檀(こくたん)の柱の寝台が堂々と置かれた部屋を見つけた。カーテンには、枝葉模様とアラベスクのあいだに紋章が刺繍されたタピスリーが使われている。東方の武器一式、騎士の鎧や兜(かぶと)が、ランプの光を反射し、闇のなかにぼんやりと光る。金細工をあしらったボヘミアの革が壁できらきらとしている。彫り細工の入った大きな肘掛け椅子が三、四脚、さらに小さな像が一面に並んだ飾り棚が封建時代の様式を思わせるこの部屋を完璧なものにしていた。ゴシックの大きな屋敷の大広間にあってもおかしくない設(しつら)えだ。決し

149　エマヌエル・スウェーデンボリ（一六八八～一七七二年）。スウェーデン王国出身の科学者、神学者、思想家。霊的体験から神の存在を証明しようとした。

て軽々しく昔の様式を真似たのではなく、伝統への敬意と追憶の証しなのだ。この部屋は、伯爵が母の城で暮らしていたときの部屋を忠実に再現したものだった。だからこそ、彼は、他人から時代遅れとからかわれようが、ずっとこの部屋を変えずにきたのである。

疲労と動揺でくたくたになり、オクターヴ＝ラビンスキーは寝台に身を投げると、シェルボノー医師を呪いながら眠りについた。幸いなことに、翌日になると彼はだいぶ明るい気持ちを取り戻した。そして、これからはもっと感情を抑え、まなざしの炎を消し、夫らしくふるまおうと誓った。彼は伯爵付きの召使の手を借りて、念入りに身だしなみを整え、落ち着いた足取りで、夫人が待つ食堂へ朝食に向かった。

第10章

オクターヴ＝ラビンスキーは部屋付きの召使について階段を下りた。なにしろ彼は、今やこの屋敷の主であるはずなのだが、屋敷のどこに食堂があるかさえ知らなかったのである。食堂は地階、中庭に面していた。上品で簡素な造りは、豪邸のようでも修道院のようでもあった。深い黒褐色で温かみのあるオーク材の壁は、羽目板と左右対称の仕切りに分かれ、天井まで続いている。天井から突き出た梁(はり)には彫刻がほどこされ、青地に薄く金の唐草模様の入った六角形の格間(ごうま)が造られている。長方形の壁板を飾るのはフィリップ・ルソー[150]が四季を象徴的に描いた作品、それも神話の人物ではなく、季節ごとの収穫物を主題とする静物画である。これがジャダン[151]の狩猟画と肩を並べ、それぞれの作品の上には、円形の盾のように、ベルナール・パリシー[152]やリモージュのレオナール[153]の皿や、日本の絵皿、マヨルカ島やアラブの大皿などがプリズムのすべての色で虹のようにつややつやと輝いている。鹿の頭部や野牛の角(つの)の置物と陶磁器が交互に並び、部屋の両端にはスペインの教会の祭壇画のように背の高い飾り棚があ

150 静物画や動物画を得意としたフランスの画家（一八一六～一八八七年）。
151 ルイ＝ゴドフロワ・ジャダン（一八〇五～一八八二年）。狩猟画で知られ、オルレアン公の依頼でチュイルリー宮の食堂の絵画を担当。
152 ルネサンス期に活躍したフランスの陶芸家（一五一〇～一五九〇年）。
153 七宝工芸を得意としたレオナール・リムーザン（一五〇五～一五七五年？）のことか。

る。大きな飾り棚には彫り細工や装飾がほどこされており、ベルゲテ[154]、コルネホ・ドゥケ[155]、ヴェルブルッゲン[156]の最高傑作に引けをとらないものだった。鉤（かぎ）で固定された棚板には、ラビンスキー家に伝わる古い銀器や、幻想的な持ち手のついた水差し、古い時代の塩入れ、大盃、グラス、さらにはドレスデンのグリューネス・ゲヴェルベ美術館[157]の収蔵品に比肩する、ドイツの物語にありそうな怪物が縁を飾る鉢などが無秩序に並んでいる。アンティークの銀器と向かい合う場所には、現代の銀工による見事な作品、ヴァグネル[158]、デュポンシェル[159]、リュドルフィ[160]、フロマン・ムーリス[161]の傑作、フシェール[162]とヴェシュト[163]の小像を刻んで銀メッキ加工したティーポット、黒色象嵌のトレー、バッカスの饗宴を浅薄彫りで表現し、葡萄（ぶどう）の枝を模した持ち手のついたシャンパン・クーラー、ポンペイの三脚床几（さんきゃくしょうぎ）にも似たエレガントな卓上焜炉（たくじょうこんろ）。ボヘミアン・グラスやヴェネチアン・グラス、ザクセンやセーヴルの古い焼き物もある。

緑のモロッコ革が張られたオーク材の椅子が壁に沿って並んでおり、脚に鷲の足爪が彫刻されたテーブルには、天井の格間の中央にある乳白色のガラス越しに、均一で澄みきったやわらかい光が降り注いでいた。その白い開口部分は葡萄の葉を模した透明の飾りで囲まれている。

ロシア風に準備されたテーブルの上には、すみれ色のリボンが巻かれた果実がすでに置かれ、イスラムの首長がかぶる兜のようにつるつるに磨かれた金属製クローシュ[164]の下では料理が食べられるのを待っていた。モスクワから取り寄せたサモワール[165]が

154 トレドの聖堂の内装装飾で知られるスペインの彫刻家（一四八九～一五六一年）。
155 ペドロ・ドゥケ・イ・コルネホ（一六七七～一七五七年）。スペインのバロック画家、彫刻家。
156 ピーター・ヴェルブルッゲン（一六一五～一六八六年）。フランドルの彫刻家。
157 ドレスデン美術館の別館に展示されていたザクセン王家の宝飾・陶磁器の一大コレクションを指す。現在は、レジデンツ城に移転。
158 シャルル・ヴァグネル（一七九九～一八四一年）。ドイツ系フランス人の金細工師、宝石職人。
159 アンリ・デュポンシェル（一七九四～一八六八年）。オペラ座の美術監督も務めた美術工芸家。
160 フレデリック＝ジュール・リュドルフィ（一八〇八～一八七二年）。デンマーク出身の金細工師。
161 フランソワ＝デジレ・フロマン・ムーリス（一八〇二？～一八五五年）。銀工芸、宝飾品のデザイナー。
162 ジャン＝ジャック・フシェール（一八〇七～一八五二年）。フランスの彫刻家、メダル・デザイナー。
163 アントワーヌ・ヴェシュト（一八〇〇～一八六八年）。彫金師。
164 料理が冷めないようにかぶせておくフードカバー。

シューシューと音をたて湯気を噴き出している。短いズボンと白いネクタイを身につけた使用人が二人、肘掛け椅子の後ろで黙って身じろぎもせずに待機している。向き合った席の後ろに向き合って立つ使用人は、奴隷の彫像のようだ。

オクターヴはこれらをざっと眺めて頭に入れた。すべては見慣れたもののはずであり、珍しいものを見て不用意に気をとられないようにするためだ。

タイルの上をそっと滑るタフタの衣擦れ音にオクターヴは振り返った。近づいてきたのはプラスコヴィ・ラビンスカその人だ。身内ならではの軽い挨拶をして席につく。緑と白の格子柄の絹の部屋着を着ている。袖口には胴部と同じ布を使い、ぎざぎざの縁飾りがついていた。太く編んだ髪はこめかみの上にまとめられ、イオニア式柱頭の渦巻装飾のようにうなじに黄金の螺旋を描いている。とてもシンプルでありながら高貴な髪形は、ギリシャ彫刻の美と比べてもけちのつけようのないものであった。薔薇色の肌は昨夜の気の昂ぶりと、よく眠れなかったせいで青白く見えた。いつもは静かで愛らしい目元を、今日はわずかながらに真珠貝を思わせる隈が囲んでいたが、むしろその美しさを引き立て、親しみやすさを与えていた。女神が地上の女となったかのようであり、飛ぶのをやめて翼を畳んだ天使のようにも見える。

今度こそは慎重にと、オクターヴは燃え盛る炎のまなざしをヴェールに包み、何気ない態度を装い、内なる興奮を隠そうとした。

伯爵夫人は金褐色のなめし革のスリッパを履いた小さな足を、テーブルの下に敷かれた芝生を思わせる、やわらかなウールの絨毯に踏み入れた。白い大理石とヴェローナの混色大理石のモザイクが敷き詰められた食堂の床のひんやりした感触をやわらげるための絨毯だ。伯爵夫人は、発熱時の最後の悪寒でもあったかのように軽く肩を震わせる。夜のあいだに感じた嫌な予感や恐怖や亡霊を、日の光が雲散霧消してくれたように思われた。そこで、彼女はその究極の青い瞳で、夫であるはずの同席者を見つめ、やさしく落ち着いた声、甘えるような貞淑な声でポーランド語で話しかけた。夫とはしばしば、愛着のある母国語で会話していた。特に二人だけで睦言(むつごと)を交わすときは、フランス人の使用人にわからないようポーランド語を使っていたのだ。

パリ生まれのオクターヴはラテン語、イタリア語、スペイン語を使いこなし、片言の英語も話せたが、ガロ・ロマン族[166]にありがちなことで、スラブ語はまったくできな

165 ロシア特有の卓上湯沸かし器。

かった。ちょっとばかり習おうとはしたが、数少ない母音を護ろうとする子音の砦が難攻不落で近づくことさえできなかった。フィレンツェで会っていた頃、夫人はいつもフランス語かイタリア語を話していたので、オクターヴはミツキェヴィチがバイロンにほぼ匹敵する作品を記したこの言語を習得しようとは思わなかったのだ。なにしろ、すべてに気を回すことなど不可能なのである。

ポーランド語を聞いた途端、オクターヴの自我が住む伯爵の脳では不可思議な現象が起こった。オクターヴにとっては意味不明の音が、スラブ耳の襞を通り、いつもなら伯爵の魂がそれを受信して、思考に翻訳し、具体的な記憶と結びつける作業をする場所に到着した。オクターヴにも言葉の意味がぼんやりとわかった。記憶の秘密の引き出しの奥底、大脳の回にうずもれていた言葉がぶんぶんと音をたてて湧き上がりすぐにも返答しようとするのだが、精神とのやりとりがうまくいかないため、かすかな記憶がぼんやり浮かんで消えただけで、すべては再び真っ白に戻る。オクターヴの取り乱しぶりは目に見えて激しいものだった。オラフ・ラビンスキー伯爵の外貌を借りただけで、まさかこんな複雑な事態になるとは予想だにしていなかったのである。他人の姿を奪ったものの、失望にしか至らぬことを思い知らされた。

オラフの沈黙に驚いたプラスコヴィは、きっと何か別の考えに気を取られ、聞こえていなかったのだろうと思い、同じ言葉を先ほどよりも大きめの声でゆっくりと繰返してみた。

確かに言葉の響きは先ほどよりも聞き取れるようになった。それでも、偽の伯爵には言葉の意味がわからない。彼は絶望的なまでに知恵をしぼり、内容を推測しようとした。だが、その言語を知らぬ者にとって、北方の緊密な言語には透明性など一切ない。フランス人男性は、イタリアのご婦人の言葉を聞いても、およその内容の見当はつくものだが、ポーランドのご婦人の声はもはや聞いても聞こえないのと同然なのだ。自分でも気づかぬうちに顔が熱くなり、赤く染まる。オクターヴは唇を嚙み、体裁を保とうと目の前にある皿の中身を乱暴に切り始めた。

「ねえ、あなた、それじゃまるで」伯爵夫人が今度はフランス語で話しかけてきた。「まるで、私の声が聞こえないみたい。それとも、まったく理解できないとでも？」

「まあね」オクターヴ＝ラビンスキーは自分でも何を言っているのかわからぬまま、

166 ローマ帝国の影響の色濃い地域。ここではフランス人のこと。

もごもごと返答した。

「ああ、まったく難しい言語だ」

「難しいですって？　ええ、確かによその国の方には難しいでしょう。でも、母親の膝に抱かれて赤ん坊の戯言（たわごと）からずっと使い続けている者にとっては、唇から自然と湧いて出るものではありませんか。息吹のように、思いが流れ出るように」

「ああ、確かに。でも、ときに自分の知らない言葉のように思えることがあるんだ」

「何ですって、オラフ。まさか、ご先祖様の言葉、聖なる祖国の言葉、どんな人混みのなかでも、同郷人をすぐに見つけられる言葉を忘れたと言うの？」

　彼女は声をひそめて続けた。

「あなたが私に初めて愛を告げてくれたのもポーランド語だったじゃない！」

「ほかの言葉を使うのに慣れてしまったからかな」言い訳が尽きたオクターヴ＝ラビンスキーは大胆になった。

「オラフ！」プラスコヴィの声は彼を責めていた。

「パリのせいで堕落したのね。だからここには来たくなかったの。高潔なるラビンスキー伯爵がようやく領地に戻ったら、帰郷を祝う封臣（ほうしん）[167]たちの声に返答できないなんて、とんでもないわ」

プラスコヴィの美しい顔が苦悩にゆがんだ。このとき初めて天使のごときその清らかな額に悲しみが影を落とした。理解できない忘却に沈んだ夫の姿が、彼女の心の最も感じやすい部分を傷つけたのだ。彼女にとってそれは裏切りにほぼ等しいものだった。

食事はそのまま静かに続いた。プラスコヴィは夫（であるはずの人物）に対し不満気だった。オクターヴにとっては拷問のようであった。ほかにもあれこれ問い詰められるのではないかと気が気ではなかった。何か問われても、彼には答えることができないのだ。

伯爵夫人は立ち上がり、自室に戻った。

一人残ったオクターヴは、ナイフの柄を弄んでいた。このナイフをおのれの心臓に突き立てたいとさえ思った。こんな状況には耐えられなかったのである。思いがけない提案に身を任せ、今や、知りもしない他人の肉体という出口のない迷宮に閉じ込め

167　中世ヨーロッパの封建制度において、主従関係にある主君から土地を与えられた家臣。

られてしまった。オラフ・ラビンスキー伯爵の肉体を奪うなら、これまでの彼の人生のあれこれ、彼の話す言語、子ども時代の思い出、彼を彼たらしめている内的な詳細、彼と周囲の人を結ぶ関係までまるごと盗み取るべきであった。これについてはバルタザール・シェルボノーの無限の知識も充分ではなかった。実に腹立たしい。遠くから入り口を眺めることすら大変だったこの極楽にいて、プラスコヴィと同じ屋根の下で過ごし、彼女の姿を眺め、話しかけ、たとえオラフの唇を通してでもその美しい手に口づけることができるというのに、彼女の天上の貞淑を捨てさせることはできず、説明のつかない愚行で次々と失策を重ねるとは。「プラスコヴィは僕を決して愛さないと運命が決めているのだ。それなのに僕は人間の尊厳を失うような大きな犠牲を払ってしまった。僕は自分が自分であることを諦め、他人の姿で、他人に向けられるべき愛情を受けようとしてしまったのだから」

こうして彼が自問自答を繰り返していると、下男がやってきて主人に対する最上級の敬意を込めて頭を垂れ、今日はどの馬をご用意しましょうかと尋ねた。

主人が答えないのを見ると、下男は、こんな大胆なことをしていいのかとびくびくしながらも、慣習を破り、主人に歩み寄って耳元でささやいた。

「ヴュルチュールですか、リュステムですか。二頭とも一週間は乗っておられないのですが」

「リュステムを」とオクターヴ＝ラビンスキーは応じた。別にヴュルチュールでもかまわなかったのだが、ぼんやりしていたので、あとに聞いた名前しか覚えていられなかったのである。

乗馬用の身支度をすると彼はブーローニュの森に行き、苛立ちによる興奮を抑えるため、外の空気を吸うことにした。

リュステムは純血アラブ種の駿馬(しゅんめ)で、その胸繫(むながい)につけた金糸刺繡が入った東洋風のビロードの小さな袋にはヒジュラ[168]の初期からずっと受け継がれてきた名誉ある称号が入っていた。鞭(むち)を入れる必要がないほどよく走る。鞍上(あんじょう)の考えていることがわかると見えて、石畳を離れ、土を踏むと、オクターヴが拍車を使わなくても矢のように走り出した。二時間にわたり疾走を続け、一人と一頭は片や落ち着きを取り戻し、片や身体から湯気を立て、鼻筋を赤らめて帰館した。

168　イスラム暦。

彼が戻ると、てっきり自室にいると思っていた夫人がサロンにいた。腰の高さまでフリルの段飾りがついた白いタフタ生地のドレスを着ており、頭につけたリボンの結び目が耳の端に見えている。その日はまさに木曜日、彼女が在宅し、客人を受け入れる日だった。

「さて」と彼女は優美な笑みを浮かべて言った。彼女の美しい唇はいつまでもふくれ面ではいられないのだ。

「森の遊歩道を走り抜けたら、記憶は戻りまして？」

「ああ、いや」オクターヴ＝ラビンスキーは答えた。「実はあなたに打ち明けなければならないことがある」

「あら、あなたの考えることなんて全部知っているつもりでしたのに。お互い、隠し事など一切ないはずではありませんか」

「実は昨日、噂でもちきりの医者のところに行った」

「バルタザール・シェルボノー先生でしょう。長らくインドに行っていらしたとか。噂ではバラモン僧から不可思議な秘儀の数々を教わってきたらしいですわね。あなたは私を同伴させようとしたじゃないですか。でも、私は興味がなくて。あなたが私を愛していることはとっくに承知しておりますし、それさえわかっていれば充分ですもの」

「やつは僕の前で妙な実験をし、その奇才を見せつけようとした。そのせいでまだ頭の中が混乱しているようなんだ。あれは妙な男だった。抗えない力をもっていて、僕を磁気睡眠で深く眠らせた。その影響で目が覚めてもいつもはできたことができなくなってしまった。記憶もかなりなくしてしまったようなんだ。過去を思い出そうとしても霧のなかのようにぼんやりしている。ただあなたへの愛だけは、何も変わっていないからね」

「馬鹿ねえ、オラフ。あんな医者に身を任せるなんて。神様だけが魂をつくり、それを操る力をもつ。でも、人間が同じことをしようとするのは不遜だわ」

プラスコヴィ・ラビンスカは厳かな口調で言った。「もうあんなところには行かないでちょうだい。それから、私がポーランド語でやさしい言葉をかけたら、昔のようにちゃんと理解してくださいね」

オクターヴは先ほど、馬を走らせながら、新しい見た目で生きていくなかで、今後も次々としでかすだろうへまを繕う言い訳として磁気睡眠を持ち出すことを思いついたのだが、彼の困難はそれだけで解決できるものではなかった。ちょうどそのとき、使用人が両開きの扉を開け、こう告げたのだ。

「オクターヴ・ド・サヴィーユ様がいらっしゃいました」

いつかは会うことになろうとは思っていたが、本物のオクターヴはその名を聞いただけで、誰かが後ろから近づき、耳のそばで急に審判のトランペットを鳴らしたかのように青ざめてしまった。ぐらつかないように全身の勇気を掻き集め、自分のほうが優位な立場にあるのだと言い聞かせた。無意識のうちに指を長椅子の背にくいこませながらも、彼は堂々と平静に見えるような立ち姿を保った。

オクターヴの姿をしたオラフ伯爵がプラスコヴィに歩み寄り、深々と挨拶をする。

「こちらが夫のラビンスキー伯爵、こちらがオクターヴ・ド・サヴィーユさん」とラビンスキー夫人が二人を引き合わせる。

二人の男は獣のようなまなざしで睨み合いつつ、時に残酷な情熱が隠れていることもある、社交的な礼儀という大理石のような仮面のもと、丁寧に挨拶を交わした。

伯爵夫人が友情と親しみを込めた声で言った。

「オクターヴさんは、フィレンツェの一件以来、私を恨んでいらっしゃるのね。お目にかかれないままパリを離れることになるかと思っていました。サルヴィアチ荘にはもっと頻繁にいらしてくださったし、私のお屋敷の常連さんでいらしたのに」
偽のオクターヴはぎこちない調子で応じた。
「奥様、私は旅に出たり、体調を崩したりしておりましたので。ええ、病人だったこ
とも。招待状をいただいても、お言葉に甘えたものかと迷いました。こちらの望みば
かり押しつけてはいけないし、退屈な男にかけてくださる情けに甘えてはいけないと
思いましてね」
「あなたには退屈かもしれませんけど、あなたに退屈な思いをさせられたことなどあ
りませんよ。確かに、あなたはあの頃、いつも憂鬱そうな顔をしていらした。でも、
あなたの国の詩人の言葉に、メランコリーを詠ったものがありましたね。『無為の次
に最良の苦しみ』ですとか[169]」
「そんなのは、幸せな人たちが苦しむ者の嘆きを雲散させようと振りまく噂話です
よ」と応じたのはオラフの姿をしたオクターヴのほうだった。

169　アルフレッド・ミュッセの戯曲『少女は何を夢見る』のなかの一節に「メランコリーとは闘うまい。それは無為の次に最良の苦しみ」とある。

伯爵夫人は、オクターヴの中に閉じ込められたオラフに対し、言葉にならない思いやりを込めた視線を向けた。自分が心ならずも彼の恋心を掻き立ててしまったことを詫びているかのようだった。夫人は続ける。

「あなたは私を実際よりもずっと軽薄な女だと思っているようですけれど、本当に苦しんでいる方を見れば、かわいそうにもなりますよ。苦しみを取り除くことはできなくても、ご同情いたしますわ。あなたには幸せでいてほしいんです。オクターヴさん。でも、あなたはなぜ、人生の幸せや楽しみや生きる意味に執拗に背を向け、悲しみのなかに閉じ込もっていらっしゃるの？　どうして、私の友情を拒絶なさるの？」

素直で誠実な言葉に、聞いていた二人はそれぞれ別のかたちで感銘を受けた。オクターヴにとって、それはサルヴィアチ荘の庭で、一度も嘘に汚れたことのないあの美しい口から聞いた言葉を再確認させるものであった。オラフはそこに妻の比類なき貞節さをさらに確固たるものにする証しを見た。この貞節を打ち壊すものがあるとすれば、悪魔の仕業としか考えられないだろう。別人に乗っ取られた自分の幽霊がのうのうとわが家にいる。それを目の前にして、急に怒りが湧き上がってきた本物の伯爵は偽の伯爵の喉元に飛びかかった。

「泥棒！　盗人！　極悪人！　私の姿を返せ！」

予想外の行動に、伯爵夫人は紐にぶらさがるようにして力任せに呼び鈴を鳴らした。瞬時に使用人が駆けつけ、オラフを追い出しにかかる。

「かわいそうなオクターヴ。ついにおかしくなってしまったんだわ」無駄な抵抗を続けつつ、引っ張り出される姿を見つめながらプラスコヴィが言った。

本物のオクターヴが応じる。

「ああ、恋が人を狂わせるんだな。あなたは本当に美しすぎる」

第11章

騒ぎから二時間ほどして、偽の伯爵は、本物の伯爵からオクターヴ・ド・サヴィーユの封蠟印が押された手紙を受け取った。すべてを奪われたあわれな伯爵には、ほかに使える印章がなかったのである。自分の使い慣れた道具で封印された手紙を開封しながら、オラフ・ラビンスキー伯爵の実体を奪った側であるオクターヴも、妙な違和感を覚えた。だが、このあり得ない事態においては、あれもこれも奇妙なことばかりなのである。

手紙には不自然な筆運びで、ゆがんだ文字が書かれていた。オラフはまだオクターヴの指で文字を書くのに慣れていないのだ。内容はこうだ。

「貴君以外の人が読んだら、きっとこの手紙は精神科病院から届いたものだと思うだろう。だが、貴君ならわかるはずだ。地球が太陽の周囲を回り始めて以来、おそらく初めて起こったと思われる説明しがたい現象が悲運を引き起こし、私はついに今まで誰も成し得なかったことをせざるを得なくなった。私は自分自身に宛てて手紙を書き、宛名には自分の名前、貴君が私の肉体と一緒に私から奪ったその名を書いて送る。いったいどんな陰険な謀略の餌食となったのか。悪魔の魔法陣の中に足を踏み入れてしまったのか。私にはわからない。だが、貴君はご存じなのだろう、きっと。貴君が卑怯者(ひきょうもの)でないと言うのなら、名誉ある男も卑劣な男も質問に答えざるを得ないしかるべき場所で、私の銃口、もしくは剣先によってこの秘密の種明かしを要求したい。明日、私たちのどちらかが二度と空の光を仰げなくなる。この広い世界でさえ、今や、私たちが二人とも生きていくには狭すぎるのだ。――私が、貴君の偽りの魂が住む私の肉体を殺すか、はたまた貴君が、私の魂が不本意にも閉じ込められてしまった貴君自身の肉体を殺すか。私がどうかしてしまったと思わせようとしても無駄だ。私は理性を失うまいと努力はするだろう。貴君と顔を合わせるたびに私は紳士的な礼儀を保ち、外交官の冷静さをもって、貴君を罵るだろう。オラフ・ラビンスキー伯爵の口髭がオクターヴ・ド・サヴィーユには気に食わない。毎日、オペラ座の出口で足を踏みつけ合うことになるかもしれない。私の言わんとしていることは漠然としているかもしれないが、貴君には何も曖昧なところがないはずだ。時刻、場所、決闘の条件については、私と貴君、双方の立会人による話し合いで決定したい」

この手紙を読み、オクターヴは大いに悩んだ。宣戦布告を受けないわけにはいかない。だが、自分自身と闘うのは嫌だった。かつての自分の姿にはそれなりに愛着があった。公衆の面前で侮辱され、決闘せざるを得なくなることを想像すると、今のうちに決闘を受け入れるほうが無難に思われた。確かに、相手を異常者に仕立てあげ、拘束衣を着せて武器を持てなくしてしまうことも不可能ではなさそうだが、そういった横暴な行為は彼の穏やかな性格にはそぐわなかった。どうしようもない激情に駆られ、非難されるべき行為に及び、すべての誘惑を超越した貞淑な人の愛情を得るため、夫の姿を借りて愛人になろうとしたものの、オクターヴはこれまで名誉と誠意を重んじて生きてきた。とんでもない賭けに出たとはいえ、三年間もずっと苦しみ悶絶した末のことであり、しかも悲恋に身をやつして死の危機が迫ったうえでのことだった。ラビンスキー伯のことは知らなかった。彼は友人ではなかった。特に借りがあるわけでもなく、ただバルタザール・シェルボノー医師の提案で、大胆な手段に出ただけだ。

さて、誰に立ち会いを頼もう。ラビンスキー伯の友人を指名するしかない。だが、昨日からこの屋敷に住み始めたばかりのオクターヴには伯爵の友人と知り合う機会などなかった。

マントルピースの上に、金色の竜の持ち手がついた淡緑色の罅焼きの大きな盃がふたつ並んでいた。片方には指輪、ピン、印章など宝飾品が入っており、もう片方には訪問者の名刺がある。公爵、侯爵、伯爵の称号やゴシック風や円環型、イギリス風と多種多様な王冠の下には、[170]巧みな版刷りでポーランド、ロシア、ハンガリー、ドイツ、イタリア、スペインと外国人の名前が並ぶ。頻繁に外国を訪れ、各国に友人をもつラビンスキー伯にふさわしい顔ぶれだ。

オクターヴは偶然に任せて、そこから二人を選んだ。ザモワツキー伯爵とセピュルヴェダ侯爵だ。彼は使用人に馬車の用意を命じ、彼らのもとを訪れた。一人ずつ会う。二人とも、オラフ・ラビンスキー伯爵であると疑いもせず、その頼み事にも驚いたようには見えなかった。そもそも、彼らは、ブルジョワの立会人とはまったく違う感性の持ち主であり、話し合いでなんとかならないのかと尋ねることもなく、上品な習慣から決闘の理由についても沈黙を貫いたというわけだ。まさに、紳士の鑑（かがみ）である。

一方、本物の伯爵、ご希望とあらば偽のオクターヴと呼んでもいい人物もまた同じように立会人の選択に困っていた。先日、昼食に誘ってくれたものの断ってしまったアルフレッド・アンベールとギュスターヴ・ランボーの名が浮かび、会いに行ってみることにした。すると、友人二人は、ここ一年、ほとんど自室にこもっていた彼が、しかも好戦的と言うよりは穏やかな性格であるはずのあのオクターヴが、決闘という手段を選んだことにまずは多少の驚きを見せた。だがさらに、それが決死の闘いであり、理由は明かすことができないと言われると、友人たちはもはや反論しようとはせず、ラビンスキー邸に向かった。

170　貴族の名刺には王冠の模様が入っている。

やがて闘いのルールが定められる。オクターヴもオラフも、銃と剣どちらでもかまわないとしているので、金貨を投げ上げて武器を決める。ブーローニュの森、朝六時にポトー通り、田舎（いなか）風の柱に藁（わら）ぶき屋根があるあたり。ここなら樹木もなく、敷き詰められた砂が戦闘にふさわしいアリーナをなしている。[171]

すべてが決まったのは、もう真夜中に近い時刻だった。オクターヴはプラスコヴィの部屋の扉に歩み寄った。前の晩と同様、鍵がかかっている。伯爵夫人のいたずらっぽい声が、扉越しにからかいの言葉をかけてくる。

「ポーランド語を習い直してから、また来てくださいな。私は祖国を愛しているので、異国の方をここに入れるわけにはいかないの」

翌朝、オクターヴから知らせを受けたバルタザール・シェルボノー医師が治療器具の入った鞄と包帯の包みを抱えてやってきた。医者はオクターヴと同じ馬車に乗り込む。ザモワツキーとセピュルヴェダは各人、自分の箱馬車（クーペ）でその後ろを行く。

シェルボノー医師が言った。

「親愛なるオクターヴ君、恋の冒険はすでに悲劇に転じたんですか。あなたの肉体に入った伯爵をあのまま、うちの長椅子で一週間ばかり寝かせておくべきだったかもしれませんな。私は、もっと長いあいだ深い磁気睡眠に沈んだこともあるんです。でも、バラモン僧や学僧、隠遁者(いんとんしゃ)のもとでどんなに修行しても、いつも何か足りない部分は出るものです。うまく計画したときこそ、ちょっとした不備が目立ってしまう。さて、プラスコヴィ伯爵夫人は、仮装のもとで再会したフィレンツェの恋人をどのようにもてなしてくれましたかね？」

オクターヴは答える。

「変身しても彼女は僕だとわかったみたいです。いや、彼女の守護天使が僕への警戒心を耳元で吹き込んだのかもしれません。彼女は、極地の雪のように貞節で、冷ややかで純潔でした。愛する夫の姿をしていても、彼女の研ぎ澄まされた心眼は別人の魂が宿っていることを見抜いたのでしょう。はっきり申し上げて、もうあなたが僕のためにできることはありませんよ。あなたが初めて僕の家を訪れたとき以上に今の僕は不幸なんだ」

「魂の限界など誰にもわかりませんよ」と医者は考え深い顔で言った。

171　闘牛場などのアリーナには血を吸い込みやすい砂を敷く習慣があった。

「特に、地上の考えから解放され、人間界の泥に汚されず、創造者の手から光のなかに、理想の愛のなかに生まれたばかりの状態を保っているときにはね。ええ、あなたの言うとおりです。彼女にはあなたの存在が見えたのです。彼女の天上の恥じらいが、欲望のまなざしを感じて震えあがり、反射的に白い翼で身を隠そうとしたのでしょう。同情いたしますよ、オクターヴさん。あなたの苦しみは癒やしようがありませんな。うん、中世だったら、修道院にお行きなさいとでも言うんですけどね」

「ああ、自分でも何度もそう思いましたよ」オクターヴが応じる。

目的地に着いた。偽のオクターヴの箱馬車（クーペ）が約束の場所にすでに駐車している。

早朝のブーローニュの森は、実に絵になる眺めであった。上流階級の社交場と化す昼間には見られない光景だ。まだ太陽が葉の緑を暗く見せるほどではない夏の頃で、夜露に洗われ、みずみずしく透明感のある緑の葉は、下草の茂みに影の濃淡を与え、若い植物の香気を放っていた。周辺の樹木もひときわ美しい。よほど土壌との相性が良いのか、この地に古くからあった森の生き残りなのであろう。力強い幹は、苔や銀色に輝く樹皮に覆われ、ごつごつした根で大地に爪を立てているかのようだ。その枝は奇妙に曲がりくねり、画学生や舞台美術の背景係にとっては、わざわざ遠出してつまらないものを描くよりも、絶好のデッサン材料になりそうだ。昼間は別の音に掻き消され黙っている鳥たちも葉陰で陽気にさえずっている。兎が三段跳びで砂敷きの小道を逃げるように横切り、馬車の音に怯えて走り出したかと思うと草むらに身を隠す。だが、このような飾らない自然の思いがけない詩情も、読者のご想像どおり、決闘を待つ二人と、その立会人たちはほとんど気にかけずにいた。シェルボノー医師の姿に、オラフ・ラビンスキー伯爵は嫌そうな顔を見せたが、すぐに気を取り直した。

剣の長さを測り、決闘する二人の立ち位置を定める。二人は、上着を脱ぎ、互いに構えの姿勢に入った。

立会人が叫ぶ「始め！」

対峙する二人がどんなに激しく憎み合っていようとも、決闘には双方まったく動かない荘厳な一瞬が存在する。静寂のなか、互いに相手の動きを探り、攻撃を予想しては反撃を準備し、攻略プランを練る。やがて、剣先の探り合いから、小競り合いとなり、剣先が離れることなく、いわば手探りの状態が続く。時間にすれば数秒だが、心配そうに見守る者にとっては数分、数時間に感じられる。

見ている者にとって、今ここで行われている決闘の条件は表面上、とりたてて特殊なものではなかったが、当事者の二人にしてみれば実に奇妙な状況であり、だからこそ、二人とも異常なまでに長いあいだ、じっと動けなくなっていたのである。なにしろ、両者ともに、目の前にあるのは自分の姿であり、鋼の先を突き刺すべき肉体は、ついこのあいだまで自分のものだった身体なのである。ある種、予想外の自殺行為とでも言うべき状況が、この決闘を複雑なものにしていた。オクターヴもオラフも決して臆病者ではなかったが、剣を手に自身の幽霊と対峙し、自分自身に襲いかかることに本能的な恐怖を感じていたのだ。

しびれを切らした立会人が再び大きな声で「お二人とも、さあ、始めて！」と言いかけたとき、ようやく二人の剣の刃が交わった。

敏捷な攻撃を双方とも数回、繰り出してはかわされた。

軍事教練の経験がある伯爵は剣使いが巧みだった。有名な剣術教師の胸に剣先をつきつけたこともある。だが、シャミル率いるムリディス教徒[172]たちをたびたび追い詰めてきた敏捷な腕を彼はもはや失っていた。伯爵は軟弱なオクターヴの手で剣を握っていたのである。

反対に、伯爵の肉体にいるオクターヴはいつになく剛腕になっていた。剣術の経験は浅かったが、それでも自分の胸元を狙いくる剣先を次々とはねのけていったのである。伯爵は敵に切り込んでいくが、どうしても届かず、あえて無謀な足取りで踏み込んでくる。一方、より冷静で堅実なオクターヴはあらゆる牽制（けんせい）の裏をかいていく。怒りに駆られた伯爵の動きは徐々に落ち着きを失い、乱れてきた。たとえ、このままオクターヴ・ド・サヴィーユの肉体で生きることになるとしても、この盗人をその身体ごと殺してしまいたいと思っていた。こいつがプラスコヴィを寝取っているかもしれないと思うと、もはや言葉にならない怒りでたまらなくなった。突き刺されるのを覚悟で、伯爵はまっすぐに攻め、かつての自身の肉体ごとオクターヴの魂と生命を突こうとした。だが、オクターヴの剣が実に敏捷に鋭く抗い、力で彼の剣と結んだかと思うと、伯爵の剣は手からこぼれ、宙を舞い、遠からぬ場所に落ちた。

オラフの命は、オクターヴの掌中にあった。オクターヴが大きく一歩踏み出しさえ

172　一八〇頁参照。

すれば、どこからでも相手を突き刺すことができる。――伯爵の顔がゆがんだ。死が怖いのではない。愛する妻をこの男、自分から肉体を盗み、もはや正体を暴くこともできなくなったこの男の元に残すことを考えたのだ。

オクターヴは、優位な立場を利用しようとはせず、自らも剣を捨て、手振りで立会人の介入を拒むと、茫然とした顔の伯爵に歩み寄った。そのまま彼の腕をとり、森の茂みに連れて行く。

「どうするつもりですか」と伯爵は尋ねた。「どうして私を殺さないのですか？　あなたにはそれが可能なのに？　無防備な男に切りつけるのがお嫌なら、私に剣を拾わせ、決闘を続ければいいではないですか。わかっているでしょう。太陽は私たちの影をふたつとも砂の上に残しておくわけにはいかないんです。どちらかは、地中に消えなくては」

オクターヴは言う。

「最後まで聞いてください。あなたの運命は僕の手中にある。僕はこのままずっと今のこの姿、元はあなたの所有物だった肉体の中にいることができる。誰も聞いていないこの状況、まあ、鳥だけはおりますが、彼らが口外することはありませんからね、こういうなかで、これだけははっきりさせておきましょう。もし決闘を再開すれば、僕はあなたを殺すでしょう。僕がなんとか体裁を保っているこのオラフ・ラビンスキー伯爵は、あなたの今の肉体、残念ながら僕が殺さねばならなくなっているオクターヴ・ド・サヴィーユよりも剣術に長けている。魂は死なないから本当の意味での死ではないものの、僕の肉体が死ねば母を悲しませることになる」

伯爵もオクターヴの言葉が正しいことだけは認め、黙って聞いていた。ある種の同意に近い沈黙だった。オクターヴは続ける。

「僕の協力がなければ、あなたはもう二度と元の自分に戻ることはできないでしょう。すでに二回、あなたは抗議の行動に出て失敗している。これ以上、愚かな真似をすれば世間はあなたが妄執に囚われていると思うでしょう。人々はあなたの主張をまったく信じようとはせず、自分がオラフ・ラビンスキー伯であると主張しても、皆さん鼻で笑いとばすでしょう。すでに身に覚えがおありになるはずです。監禁されて、冷水を浴びせられ[173]、自分は本当に美しきプラスコヴィ・ラビンスカ伯爵夫人の夫なのだと

173　当時、精神病患者の治療には冷水療法が用いられていた。

抗議し続けながら人生の残り時間を過ごすのが関の山です。心やさしい人たちはあなたの言葉を聞き、『ああ、あわれなオクターヴ』と言うことでしょうね。自分は死んでいないと証明しようとしたバルザックの『シャベール大佐』[174]のように、誰からも信じてもらえないのです」

悲しいことに現実を認めざるを得ず、伯爵はぐったりと頭を垂れた。

「現在、あなたはオクターヴ・ド・サヴィーユなのですから、きっとあのアパルトマンの引き出しを開けたり、書かれたものを読んだりなさったのでしょう。僕が三年前からずっとプラスコヴィ・ラビンスカ伯爵夫人に報われない激しい恋、心から消し去ろうとしても消えず、僕が死ぬことでしか終わらぬ恋、いや、もしかすると墓の下まで続くかもしれない恋をしていることもご存じでしょう」

「ああ、知っている」伯爵は唇を噛みながら応じた。

「そこで、僕は彼女を自分のものにするために、おぞましく、恐ろしいまでの手段、常軌を逸した激しい情熱がない限り、とうてい実現し得ない手段に出た。シェルボノー医師が僕を使ってあらゆる時代、あらゆる国の魔術師をも驚かせることをやってみせたのです。僕ら二人を深く眠らせ、磁気を操ることで魂と外身を入れ替えたというわけです。でも、その奇跡も無駄でした。あなたの外見をお返ししましょう。プラスコヴィは僕を愛さない。夫のなりをしていても、彼女には言い寄ってくる愛人にしか見えない。夫婦の寝室の戸口でも、彼女はあのサルヴィアチ荘の庭で会ったときと同じ冷たいまなざしを僕に向けたのです」

オクターヴの心痛はその口調ににじみ出ており、伯爵もその言葉が真実であると確信を強めた。オクターヴは微笑みを浮かべて続けた。

「僕は恋する男です。盗人ではありません。僕がこの世で唯一求めているものを手に入れることはできないのですから。あなたの称号、あなたの城館、あなたの土地、あなたの金、あなたの馬、あなたの武器を自分のものにしておく理由など僕にはないのです。さあ、腕を貸してください。和解したふりをしましょう。立会人に感謝し、シェルボノー医師と一緒に僕らが入れ替わったあの実験室に戻るんです。あの老僧ならば自分のしたことを元に戻すこともできるはずですから」

174 バルザックの「人間喜劇」の一冊。ナポレオン軍に参加したシャベール大佐は死んだと思われ、訃報が妻に届けられる。九死に一生を得た大佐はその後生還するが、周囲に信じてもらえない。

オクターヴは、今しばらくオラフ・ラビンスキー伯爵を演じて立会人に声をかけた。

「皆さん、私たちは二人きりで話し合い、この決闘を継続するのは無意味だという結論に至りました。双方、誠実な人間であれば、わずかに剣を重ねるのが互いの考えを理解し合うために最良の方法ですね」

ザモワツキーとセピュルヴェダはそれぞれの馬車に乗り、アルフレッド・アンベールとギュスターヴ・ランボーは箱馬車（クーペ）に乗り込んだ。一方、オラフ・ラビンスキー伯爵とオクターヴ・ド・サヴィーユ、バルタザール・シェルボノー医師は大急ぎでルガール通りへと向かった。

第12章

ブーローニュの森からルガール通りに向かう馬車の中でオクターヴ・ド・サヴィーユはシェルボノー医師に言った。

「先生、もういちど先生の秘術を試させてください。僕たちの魂をそれぞれ元の身体に戻してほしいのです。あなたには造作もないことでしょう。ラビンスキー伯、どうか宮殿をあばら家と交換し、あなたの輝かしいご人格を僕のような貧相な者の姿に住まわせてしまったことについて、シェルボノー氏を責めないでください。いや、そもそも絶大な力をおもちの先生にとっては、復讐も恐れるに足らないものでしょうがね」

バルタザール・シェルボノー医師はうなずき、こう言った。

「今度は、このあいだよりもずっと簡単にすみますよ。魂と肉体をつなぐ目には見えない糸のようなものがあるのですが、あなたたちの場合、ついこのあいだ、それが断たれたばかりですから、またすぐくっつきますよ。催眠術をかけられると、人は無意識のうちに術者に抗おうとするものですが、あなたたちの意志のほうも、今回は素直に催眠術にかかってくれるでしょうから。伯爵もきっと、めったにない機会を得て、実験を試みる誘惑に勝てなかったこの老医師を許してくださるでしょう。なにしろ、この実験は、ただひとつ、清淑を神に近いところまで突きつめた奥方様の貞節さ、ほかの誰もが陥落するだろう状況で勝利してみせた徳の高さをはっきりと証明するのに役に立っただけなのですから。あなたがそう思いさえすれば、妙な夢を見たかのように一時的に身体が変化しただけのことなのです。もしかすると、あとになって、まんざらでもなかったと思うかもしれませんよ。なんといったって、ふたつの肉体に暮らすという妙な感覚を味わったことのある人なんてめったにいないわけですから。輪廻（りんね）転生（てんしょう）という考え方自体は新しいものではありません。でも、ほかの存在に移る前に、魂は忘却の盃を空けるのです。これを飲むと、誰もが皆、ピタゴラスのようにトロイア戦争を見たことを覚えていられるわけではありません」

「私を元の身体に戻してくださるご厚意は、肉体を奪われたことへの不愉快さと相殺いたします。つまり、私は、今こうして自分であり、もうすぐ自分でなくなるオクターヴ・ド・サヴィーユ氏になんら恨みは残しませんよ」

と伯爵は丁重に応じた。

　伯爵の言葉はオクターヴにとって、確かに自分に向けられたものでありながら、他人宛ての形をとらねば届かない奇妙な手紙のようなものであった。オクターヴは、ラビンスキーの唇を借りて微笑み、三人は黙り込んだ。どう考えてもあり得ない状況のなかにあって、会話を続けるのは難しかったのだ。

　あわれなオクターヴは潰（つい）えた希望を思った。正直に言って、彼の気落ちは決して薔薇色ではなかった。恋心を拒絶された者は誰しも、どうして自分ではないのかと自問する。まるで、恋には理由が必要であるかのように。どうしてと問われれば、答えは「そうだから」としか言いようがなく、女性が迷惑な質問をされたときはいつもこうして取りつく島もない短い言葉で返すが、それは理にかなった回答なのである。それでも、オクターヴは打ちのめされ、一時はシェルボノー医師によって弾力を取り戻した生命のばねも、再び壊れてしまい、地面に落として駄目になった懐中時計のばねのように、彼の心臓のなかでかすかに音をたてているだけだった。オクターヴは自殺によって母を悲しませるのは避けたいと思っていた。彼はその名づけ得ぬ苦しみとともに、もっともらしい科学的な病名のもと、静かにこの世を去る方法を模索していたのだ。もし彼が画家や詩人や音楽家であったら、その苦しみを作品に結晶化することができただろう。白衣のプラスコヴィが、ダンテの描くベアトリーチェ[175]のように星の冠を戴き、光の天使のごとく彼にインスピレーションを与えたかもしれない。だが、この話の冒頭に述べたとおり、オクターヴは教養もあり、品格も備えていたが、この世にその軌跡を残すような選ばれし才能の持ち主ではなかった。ひっそりと崇高に生き

175　ダンテの『新生』『神曲』のなかに登場する女性。永遠の女性の象徴と考えられている。

る魂は、愛することと死ぬこと以外、何もできないのだ。

馬車がルガール通りの古い館の中庭に入った。石畳の中庭には草が生い茂っていたが、訪問者の歩いたところだけが踏みしだかれて道となり、灰色の壁が、修道院の石門を思わせる冷たい影を落としていた。静寂と不動のふたつが、見えない二体の銅像のように修行者の瞑想を見守ってきたのである。

オクターヴと伯爵が馬車を降りると、医者も、その年齢には不釣り合いな敏捷さで足台を踏み、ひらりと地面に降り立つ。従僕が、名家の使用人が弱っている者や高齢者を介助するときのように、敬意を込めて彼に腕を差し出していたが、その助けを借りることもなかった。

二重扉が締まり、彼らだけになると、オラフとオクターヴは自分たちをとりまく熱気を感じた。シェルボノー医師にとってはインドを思い出させるものであり、こうしていないと彼は楽に呼吸ができないのだろう。だが、彼のように三十年間灼熱の太陽で焼かれた経験をもたないそこらの人には息が詰まる暑さである。ヴィシュヌの化身図は相変わらず同じ額縁の中で難しい顔をしており、ランプの光よりも日の光のもとで見たときのほうがさらに妙ちくりんに見えるのだ。青い神様シヴァは台座の上で笑っているし、ドゥルガー[176]は猪のような牙を自らのでこぼこした唇に突き刺しながら髑髏の数珠をたぐっている。この屋敷の不思議な謎めいた雰囲気は相変わらずだった。バルタザール・シェルボノー医師は最初に入れ替わりが行われたのと同じ部屋に二人を通した。電気機器の水盤を回し、メスメル式の容器に刺さった鉄棒を動かし、短時間で室温を上げるために熱気の吹き出し口を開く。それから、今にも壊れて灰になってしまいそうな古い樹皮にも似たパピルスの文言を二、三行読む。数分後、医者はオクターヴと伯爵に声をかけた。

「さあ、お二人さん。始めましょうか」

医者が準備に没頭しているあいだに、伯爵の頭には不安な思いが過った。

「私が眠ってしまったら、悪魔そのものの化身かもしれない、この醜い老魔術師は私の魂をどうするのだろう。はたして、本当に私の身体に戻してくれるのか、それとも地獄にもって帰るつもりなのか。私にかつての所有物を戻してくれるはずのこの交換も、また新たな罠ではないのか。私がその目的を知らされていないだけで、これもま

176　ヒンズー教の女神。

た呪術のための狡猾（こうかつ）な謀略ではないのか。だが、いずれにしろ、今よりも立場が悪くなることはない。オクターヴは私の肉体を所有している。つい今朝がた、彼自身が言っていたように、現在のこの姿のまま私の肉体を返せと主張すれば、私はきっと収監されてしまう。もし、彼が本気で私を始末したいと思うなら、あのまま剣をこの胸に突き刺すだけでよかった。私は無防備だったし、彼は好きなようにできた。人間としての正しさなど関係ない。決闘の形式はきちんと整えられていたし、すべては慣習どおりに執り行われた。さあ、プラスコヴィのことを考えよう。子どもみたいに怖がるのはやめよう。プラスコヴィを取り戻すために、唯一残された手段にすがるとしよう」

彼は、オクターヴと同じように、バルタザール・シェルボノー医師の指し示した鉄棒をつかんだ。

過剰なまでに電磁波を帯びた金属の棒を握るなり、激しい衝撃が走り、二人はそのまま深い忘我の状態に陥り、知らない人が見たら死んでいるとしか思えない様相になった。医者は印を結び、儀式を遂行し、最初のときと同じように呪文を唱えた。やがて、オクターヴと伯爵の上にふたつの小さな光が現れ、震えるように輝き始めた。医者はオラフ・ラビンスキー伯爵の魂を元の肉体へと導く。伯爵の魂は魔術師の動きに従い、元の住処へと矢のように急いで飛んでいった。

その間にオクターヴの魂もまたゆっくりとオラフの身体を離れた。だが、こちらは元の肉体へと戻る代わりに、解放されたのが嬉しくてたまらないかのように上へ上へと昇っていき、どうも元の監獄には帰りたくないようだった。医者も、この翼をはためかせている霊魂(プシケ)に同情し、これを無情な谷間へと連れ戻すことが果たして幸せなのかと自問した。そうして躊躇しているわずかなあいだにも魂は上昇し続ける。自身の役目を思い出し、医者は厳かな調子で、有無を言わせぬ単音節のかけ声を発し、強い意志を示すように素早く印を結んだ。だが、揺れる小さな光はすでに彼の力の及ばない高さに到達しており、天窓のガラスを通り抜け、ついに姿を消した。

もう呪文の効力も届かないとわかると医者はそれ以上のことはせず、伯爵を起こした。伯爵は鏡を覗き込み、見慣れた姿に戻っていることを確認すると歓喜の声をあげ、先ほどまでの外皮からすっかり抜け出したことを確認するかのように、動かぬままのオクターヴの肉体に目をやり、バルタザール・シェルボノー医師に手を振りながら、そそくさと部屋を出ていった。

間もなく、門のアーチを抜けていく馬車の車輪の鈍い音が聞こえてきた。こうして、バルタザール・シェルボノー医師はオクターヴ・ド・サヴィーユの遺体と二人きりになった。

「ガネーシャの長き鼻よ、助けておくれ！」

伯爵がいなくなると、エレファンタ島の老僧の弟子は叫んだ。

「ああ、まずいことになったぞ。籠(かご)の扉を開けたら、鳥が逃げちまった。もうこの世界の外に行ってしまった。あれほど遠くに行ってしまったら、苦行者ブラフマ・ログム様でも呼び戻すことはできまい。わが腕の中に抜け殻がある。粒子ひとつ残さぬ強力な腐食性溶液を入れた槽(おけ)に浸すとか、ヒエログリフの書かれたにぎやかな色彩の箱に納められたファラオの遺骸のように、わずか数時間でミイラ化させることもできないわけではない。だが、警察の捜査が入り、家の中をひっかきまわされたり、書類箱を開けられたり、面倒な取り調べを受けることになるだろうな……」

と、ここで医者の頭にひらめくものがあった。彼はペンを手にとり、紙の上に数行素早く書きつけると、机の引き出しに挟んだ。

そこにはこう書かれていた。

「親も傍系血族もいないため、私は自分の全財産を、以下の条件と引き換えに、懇意の青年オクターヴ・ド・サヴィーユ氏に贈与いたします。十万フランをセイロンにあるバラモン寺院内に建てられた、老齢、過労、病気の状態の動物のための療養所に寄付すること。千二百フランの終身年金をインド人召使とイギリス人執事に支払うこと。マヌの法典[177]の写本をマザラン図書館[178]に寄贈すること」

生きている者が死者に遺言書を書くとは、このどう見ても作り話じみた実話のなかでも最も奇妙なところであるが、その意図は早々に明かされる。

医者はまだ命がぬくもりを残しているオクターヴ・ド・サヴィーユの身体に触れ、鏡に映る皺だらけで日に焼け、粗皮(あらかわ)のようにでこぼこしている自分の顔をいかにもうんざりした様子で眺めた。そして、仕立屋から新しい服が届き、古い服を脱ぎ捨てるときのような身振りをしたかと思うと、苦行者ブラフマ・ログムの呪文を唱えだした。

次の瞬間、バルタザール・シェルボノー医師の身体は雷に打たれたように絨毯の上に転がり、オクターヴ・ド・サヴィーユの肉体が力強く、俊敏に、活力あふれる姿で

177　紀元前二世紀から紀元後二世紀にかけてサンスクリット語で書かれたとされる法典「ダルマ・シャーストラ」。

178　マザランの個人図書館を前身とするフランス最古の公共図書館。

立ち上がった。

オクターヴ・シェルボノーは、痩せて骨ばった鈍色の抜け殻を前にしばらくのあいだ立ち尽くしていた。さっきまでこの肉体を生き生きとさせていた強大な魂がいなくなり、肉体は急速に老化の兆候を極め、すぐにどう見ても死体にしか見えない代物となった。

「さらば、あわれな人間のくだらぬうわべよ。あちこちほころび、肘に穴のあいたみじめな古着よ。なにしろ七十年間これを着て五大陸をさまよったのだからな。よく役に立ってくれたよ。名残惜しくもある。長年一緒に過ごし、互いにすっかりなじんでいたからな。だが、この青年の上っ張りも私の知識をもって鍛え上げれば、もっと学べるし、働けるし、偉大な本をもうあと少し読むことはできそうだ。ここぞという大事な部分を読んでいる最中に、『もういいかげんにしろ』と死によって本が閉じられてしまう心配もなくなる」

かつての肉体にこうして弔いの言葉をかけると、オクターヴに成り代わったシェルボノー医師は落ち着いた足取りで、たった今、手にした新しい存在をわがものとすべくオクターヴの家に向かった。

オラフ・ラビンスキーは屋敷に戻るとすぐに、妻は今どこにいるのか、都合はよさそうかと使用人に確認させた。

夫人は温室の苔むしたベンチに座っていた。温室の天窓は少しだけ上がっていて、そこから暖かく光に満ちた外気が吹き込み、まさにエキゾチックな熱帯の原始林のようであった。夫人はノヴァーリス[179]の本を読んでいた。ドイツの唯心論が生んだ、最も物質論から遠く、もっとも繊細でまれに見る作家である。夫人は、生々しく、刺激的な色彩で現実を描く本を好まなかった。エレガントで愛と詩情に満ちた世界で生きてきた彼女にとって俗世間は粗野に思えたのである。

夫人は本を投げ出し、ゆっくりと夫に目を向けた。彼女は、夫の黒い瞳の中に再びあのまなざし、熱を帯び、過激で、理解できない思考を宿したあのまなざしを見出すのが怖かったのだ。そう、あの目のせいで昨日はつらくなるほど取り乱してしまった。狂気や逸脱した思想を感じさせるあの目は、夫のものではなかった。

179 本名はゲオルク・フィリップ・フリードリヒ・フォン・ハルデンベルク（一七七二～一八〇一年）。ドイツの幻想的な作風で知られる詩人、小説家。未完の小説『青い花』で知られる。

だが、今このとき、オラフの目には清明な喜びが輝き、忠実で純粋な愛の証し、いつもと同じ炎が燃えていた。彼の顔つきをすっかり変えてしまった妙な霊魂はすでに永遠に消え去っていた。愛するオラフの姿を再び目にし、その瞬間、プラスコヴィの透き通った肌は喜びに紅潮した。シェルボノーの仕業だと知らないまでも、彼女の細やかな感受性は、自分でも気がつかぬままに夫の変化のすべてを感じ取っていたのである。

「何を読んでいたんだい？」

オラフは苔の上に落ちていた青いモロッコ装の本を拾い上げながら尋ねた。

「ああ、ハインリヒ・フォン・オフターディンゲン[180]の話か。ある日、君が食事をしながら、読んでみたいと言いだして、僕が大急ぎでマヒリョウ[181]まで買いに行ったあの本だね。深夜にはもう君の小卓のランプの横に本が置いてあった。馬のラルフはまだ息を切らしていたけどね」

「ええ、それ以来、あなたの前で軽はずみにあれが欲しい、これが欲しいと言えなくなりました。昔、あるスペインの貴族が愛する人に、星を眺めるのはやめてほしい、あれを取ってあげることはできないから、と言ったそうですけど、あなたはそのスペイン貴族にそっくりね」

「うん、君が星を欲しがるのなら、僕は空に昇って、神様にお願いするといたしましょう」

夫の言葉を聞きながら、プラスコヴィは、金の光のなかの火花のように、ふたつに分けたブロンドの髪からはねるように飛び出してくるおくれ毛を押し戻そうとしていた。その拍子に袖が滑り、美しい腕が剝き出しになる。その腕には、オクターヴの運命を決めてしまった日、あのカッシーネ公園で彼女が身につけていたトルコ石が輝くトカゲの腕輪が絡みついていた。

オラフは続ける。

「このあわれな小さいトカゲがどんなに君を怖がらせたことか。僕があの日、トカゲをステッキの先で殺したんだ。僕のとつぜんのお願いを受け、君が初めて庭に下り立ったときのことでしたね。そのトカゲを金で型取りして、宝石で飾った。でも、宝

180 『青い花』の原題であり、主人公の名前。
181 現在のベラルーシ共和国東部の都市、モギリョフ。

飾品に姿を変えても、君はずっとこいつを怖がっていて、こうして身につけてくれるようになるまでにはずいぶん時間がかかりましたね」

「ああ、今はもうすっかり慣れてしまいましたわ。いちばんのお気に入りです。良い思い出もありますからね」

「そう、明日にでもさっそく正式な結婚の申し込みを取り次いでもらうため、君の伯母上（おばうえ）のところへ行こうと心に決めたのは、あの日ですからね」

夫のいつものまなざし、言葉遣いを認め、慣れ親しんだ小さな思い出を確かめ合ったことで安堵し、夫人は立ち上がると夫に微笑みかけた。そして夫の腕をとり、もう片方の手で通りすがりに花を摘み、薔薇を食べるスキアボーネのヴィーナス[182]のようにやわらかな唇で花びらを嚙んだりしながら、二人で温室の中を少し歩いた。

真珠のような白い歯で食いちぎった花を捨てながら、彼女は続けた。

「今日は昔のこともはっきりと思い出せるようですから、昨日は忘れていた母国語の話し方も思い出されたのでしょうね」

オラフはポーランド語で応じた。

「ああ、もし魂が天国に行っても人の言葉を覚えていられるのなら、僕は死んでもなおポーランド語で君に愛していると言うだろうね」

プラスコヴィは歩きながら、そっとオラフの肩にもたれかかった。

「ああ、よかった。今日は、私が大好きないつものあなただわ。昨日のあなたはなんだか怖くて、私、見知らぬ人に会ったみたいに逃げてしまいましたの」

翌朝、中身は老医師のオクターヴ・ド・サヴィーユは、黒縁の封筒を受け取った。中には、バルタザール・シェルボノーの葬儀と埋葬に列席を願う手紙が入っていた。

新たな外見を得たバルタザール・シェルボノーは、自らの亡骸（なきがら）に寄り添って墓地に行き、埋葬を見届け、いかにももっともらしい顔をして、弔辞に聞き入った。人々は科学の分野において彼の死がいかに大きな損失であるかを語っていた。それから彼はサン・ラザール通りに戻り、自分のために書いた遺言状が開封されるのを待った。

その日、夕刊の社会面にはこんな記事があった。

「インドへの長期滞在と文献学の知識、不思議な治療法によって知られているバルタ

182　イタリアの画家アンドレア・スキアボーネ（一五〇〇～一五八二年）の作品とする説が有力。ゴーティエの『魔眼』にもスキアボーネの薔薇を食む（は）ヴィーナスが出てくる。

ザール・シェルボノー氏が、昨日、自身の実験室で死亡しているのが発見された。詳細にわたる検死の結果、犯罪の可能性は完全に否定された。バルタザール・シェルボノー氏は頭脳の酷使による過労死、もしくは奇抜な実験の最中に不慮の死を迎えたと思われる。自宅から見つかった自筆の遺言書によると、きわめて希少な文献についてはマザラン図書館に寄贈、またその財産の相続人としてO・S氏を指名するとのことである」

解説

辻川慶子
（白百合女子大学教授）

テオフィル・ゴーティエというと、絢爛豪華な幻想文学の短篇・中篇小説を思い浮かべる方は多いだろう。日本でも数々の翻訳が版を重ねており、中でも、本作に収録されている「死霊の恋」は、「クラリモンド」というタイトルで若き芥川龍之介（一九一四年、ラフカディオ・ハーンの英訳からの翻訳）や岡本綺堂（一九二九年）も翻訳を手掛けてきた。あるいはフランス文学史を紐解いたことのある方は、「芸術のための芸術（ラール・プール・ラール）」の旗手としてゴーティエの名を高めた『モーパン嬢』序文、または『七宝とカメオ』などの詩集の名を思い出すかもしれない。文学史上初の唯美主義のマニフェストといわれる『モーパン嬢』は、一九世紀後半には、オスカー・ワイルドらデカダンス派の偏愛書となる。

しかし、徹底した芸術至上主義者としてゴーティエの生涯と作品を見渡すと、別の側面に戸惑いを覚えるかもしれない。彼の生涯は一九世紀に勃興するジャーナリズムと切り離せず、ゴーティエは何より同時代の「現代」を活写し続けた人物でもあるのだ。小新聞から大新聞までメディアの世界を知り尽くしていたゴーティエは、文学性よりも話題性、作品よりも作家の一挙手一投足が喝采を博する時代に生きていると十分に理解していた。話題を呼び、読者を挑発する逆説と才気煥発さは、数々の時評、序文などのマニフェストに現れるばかりか、時に文学の不毛性への懐疑という形さえ取ることもある。

ゴーティエは同時に、ヴィクトル・ユゴーに終生にわたって忠実な敬意を払い、ネルヴァル、バルザック、フローベールと深い友情で結ばれ、ボードレールに師と仰がれるなど、一九世紀の多くの文学者や出版関係者に愛され、魅了した人物でもあった。青年期の文学を振り返った死後出版の回想録『ロマン主義の歴史』［邦題『青春の回想——ロマンチスムの歴史』］（一八七四年）にも、芸術と詩に捧げられた青春の年月への変わらぬ熱狂が認められる。

ゴーティエは魅惑的な才人であるのか、偉大なる詩人であるのか。一九世紀文学および芸術の中で、あるいは後世においていかに位置付けられるのか。逆説の詩人テオフィル・ゴーティエの生涯をまずは辿（たど）ってみたい。

テオフィル・ゴーティエの生涯――「若きフランス」から全集刊行まで

テオフィル・ゴーティエは、一八一一年、ピレネー山脈を望む南仏の町タルブで生まれ、両親と二人の妹に愛された幸福な幼少時代を送っている。父が税務署署長の職を得て、三歳の時に一家でパリに転居している。シャルルマーニュ高等中学では、三歳年長のジェラール・ラブリュニー（後のネルヴァル）、そして後のアレクサンドル・デュマの共作者オーギュスト・マケらと交友を結んでいる。一八二七年頃からは画家を目指し、絵画でも才能を発揮したようであるが、ゴーティエは次第に文学への傾倒を強めていく。一八二九年には、ネルヴァルの紹介を通して、ノートル＝ダム＝デ＝シャン通りに居住していたヴィクトル・ユゴーの文学グループ（セナークル）に迎え入れられていた。

ロマン主義全盛の当時、シャトーブリアン、ラマルティーヌ、ヴィクトル・ユゴーなど綺羅星のような詩人が相次ぎ、文学史上稀に見る豊饒な熱狂の時代が到来していた。ボードレールはこの時代を振り返り、次のように記している。「自国の光栄に熱情をもやすほどのフランス作家ならば誰しも、ロマン派の文学がかほどの力強さをもって咲きほこったあの豊穣なる危機の時代へと、誇りならびに哀惜の念なしに自らの眼差しを向けることはできない」（「テオフィル・ゴーティエ」阿部良雄訳）。フランス革命に続き、「文学における自由主義」を求めるユゴーらは、旧弊な規則重視の古典派に対する勝利を目指していた。偉大なる第一世代の詩人たちに対し、「小ロマン派」とも呼ばれるゴーティエら第二世代の詩人たちは、この文学運動に青春の光輝を添えている。

一八三〇年二月二五日にコメディー＝フランセーズ座で行われた、ユゴー作の正劇『エルナニ』初演では、ゴーティエは赤いジレ（実は中世風に仕立てた緋色の胴着）を身にまとい、学生や画家を集めた一団を客席で指揮するなど、華々しい活躍を見せた。同年、ゴーティエは最初の『詩集』を自費出版しているが、七月革命の最中で一切注目されなかった。ユゴーのセナークルにならって、ネルヴァル、ペトリュス・ボレル、フィロテ・オネディらとともに小（プティ）セナークルを組み、ユーモアや皮肉に溢（あふ）れた記事を小新聞や雑誌に投稿していた。一八三三年には、『若きフランスたち――諧謔小説集』という中篇小説集も刊行しているが、この作品集は、若きロマン派を気取り、文学的熱狂に没頭する作家（自分たちをも含む）を痛烈に揶揄（やゆ）した短篇集であり、まさにロマン主義作家の紋切型事典の様相を呈している。

一八三四年には（現在ではルーヴル美術館の中庭になった）ドワイエネ街でも詩人と画家たちが共同生活を送るが、恋と乱痴気騒ぎに明け暮れたドワイエネの回想は、ネルヴァル『ボヘミアの小さな城』（一八五三年）でも比類のない美しい頁として描かれている。

修道院長（ドワヤン）の古い大広間には、両開きの四つの扉があり、ロカイユと子供を飲み込む大蛇の縁飾りの中に物語絵の描かれた天井があって、——その後画家として有名になった多くの友人たちの手で、丹念に修復されたその広間には、恋を歌う私たちの詩の節々がひびきわたり、その声は、しばしばシダリーズたちの楽しげな笑い声や、熱狂した歌声にかき乱された。［……］私たちのうちの一人が、時々立ち上がり、窓から、ルーヴル美術館の翼棟の彫刻がほどこされた壁面をながめつつ、新しい詩を夢みていた。（田村毅訳）

この頃のゴーティエの恋人のひとりシダリーズは結核で早世し、クラリモンドやジゼルなど彼の描く死んだ美女の原型になったといわれている。

一八三一年以降、ゴーティエは短篇・中篇小説、旅行記、演劇評、美術批評を次々と発表する。王政期にゴーティエ一家を支えていた内務大臣モンテスキュー＝フェザンサック神父という後ろ盾を失い、自らの筆で身を立てる必要もあったのだろう。しかし、軽やかな筆、的確な描写、ユーモラスな逸話など、ゴーティエの筆の闊達（かったつ）さや諧謔の精神は、多くの文学者や出版者を魅了した。一八三一年に発表された「コーヒー沸かし」を皮切りに、生涯にわたって数多くの諧謔的または幻想的な中篇小説を発表してゆき、一八三二年にはユゴー家で出会ったロマン主義時代随一の出版業者ランデュエルと意気投合、後の『モーパン嬢』の刊行などにつながっている。一八三三年に『フランス・リテレール』誌編集長のシャルル・マロは、後に『グロテスク派』として刊行される『文学発掘』連載の契約を持ちかける。ヴィヨン、テオフィル・ド・ヴィオー、サン＝タマンなど、一五世紀から一七世紀の忘れ去られた詩人について論じたこの連載は、ゴーティエにとって古典主義美学以前のフランス詩の美学を探索する場となった。

一八三五年に刊行された『モーパン嬢』は、ゴーティエがメディア上で引き起こした論争の余波の中で刊行された。放蕩と悪行の詩人ヴィヨンという、「悪所のオルフェウス」を称賛するゴーティエの記事を、新聞『コンスティテュショネル』が「不道徳」だと断じていたのだ。これに対し、訴訟騒ぎが持ち上がっていたものの、憤懣やるかたないゴーティエは、良俗という観点から文学を断罪する「道徳的新聞記者」や「功利派の批評家」に反撃する。『モーパン嬢』序文で「文学の有用性」を苛烈に批判し、小説における徹底的な審美主義、アイロニー、官能性を称揚するのである。

美しいものは、何であれ、生活に欠くべからざるものではない。――仮に花をなきものにしてみよう。物質面では世界はまったく困らない。だが、花のない世界を望む人がいるだろうか？　私だったら、薔薇を残して馬鈴薯をあきらめる。功利主義者だとて、花壇のチューリップを引き抜いてキャベツを植えるような奴は、世界中に一人しかいないと思う。［……］真に美しいものは、何の役にも立たないものに限られる。有益なものはすべて醜い。（井村実名子訳）

『モーパン嬢』自体は、実在の人物をモデルに描いた破格の小説で、男装の主人公モーパン嬢は男女ともに誘惑、魅了し、性差やセクシュアリティの規範をも軽々と超える人物でもある。この小説は刊行直後から、「不道徳」「堕落」「退廃」「悪徳の擁護」「読者の想像力を燃え立たせる」「病気に陥った脳が見せる幻覚」「不浄な汚泥」「長大な媚薬」「美しい阿片」「悪所の匂いが漂う書物」など、数々の批判を浴びた。反ブルジョワを掲げるゴーティエは、道徳風を吹かせるメディアを挑発し、スキャンダルと韜晦（とうかい）を繰り返してゆく。

とはいえ、先述の通り、ゴーティエ自身はその後も生涯にわたって、一九世紀のジャーナリズムと緊密な関係を結び続ける。『モーパン嬢』によるスキャンダルの直後、オノレ・ド・バルザックに才能を買われたゴーティエは、彼が経営権を取得した『パリ通信（クロニック・ド・パリ）』への寄稿を求められる。一八三六―三七年の二年間に十九本の記事を発表するが、そのうちの一本が、本作にも収録された「死霊の恋」（一八三六年六月二三、二六日号）である。

一八三六年は、エミール・ド・ジラルダンの日刊紙『プレス』などの創刊により、「メディア時代第一年」（ヴァイヤン、テランティーによる表現）と称される年であるが、ゴーティエは同年八月末には早くも『プレス』紙の時評欄への寄稿を求められている。

一九世紀前半を代表するこの日刊紙はその後二十年近くにわたってゴーティエの主戦場となる。一八三七年からは毎週の演劇時評担当、一八三九年には学芸欄文学主幹となり、一八三六年から一八五五年までの間に実に千二百以上もの記事を寄稿している。一八四一年には、さらに『パリ評論』と『両世界評論』でも掲載が始まり、経済的安定と引き換えに、ゴーティエは休みのない執筆サイクルに追われる身となる。井村実名子も述べるように、「最も知られていない彼の功績は、ジャーナリズムにおける縦横無尽な批評活動にある」(『舞踊評論——ゴーチエ／マラルメ／ヴァレリー』八九頁)。「つねに《現代性(モデルニテ)》を凝視した柔軟なゴーチエの批評精神」(同前)は、『フィガロ』などの小新聞から『プレス』などの主要新聞、『パリ評論』から第二帝政期の政府機関誌『モニトゥール・ユニヴェルセル』に至るまで、幅広く発揮されている。

同じく一八四一年に、ゴーティエが台本執筆に関わったバレエ『ジゼル』(作曲アドルフ・アダン、振付ジャン・コラッリ、主演カルロッタ・グリジ)が大成功を収める。王子が村娘ジゼルに出会って恋をする第一幕の陽気な賑わいと、第二幕、彼女の亡き後、月夜の森に精霊ウィリーたちが出現する幻想的な白いバレエ(バレエ・ブラン)との対比が印象的なこの演目は、ロマンティック・バレエの傑作の一つとして名高い。ゴーティエは自らの劇評で、ハイネ『ドイツ論』(一八三四年)に書かれたウィリーの伝説から着想を得たと説明している。『ジゼル』はパリのみならず、ロンドン、サンクトペテルブルク、ミラノなどヨーロッパの多くの主要都市で上演された。ほかにもオリエント色の強い『ラ・ペリ』(一八四三年)、『パクレット』(一八五一年)、『ジェンマ』(一八五三年)と数々の秀作を残している。ゴーティエはバレエ台本執筆と舞踊評論を通して、ロマンティック・バレエの社会的認知に決定的な役割を果たした。

その実ゴーティエが『ジゼル』を構想したのは、生涯、恋心を抱き続けたイタリア人舞踏家カルロッタ・グリジのためであった。しかしゴーティエは、その姉である歌手エルネスタ・グリジとの間で、複雑な内縁関係を持っていた。一八四四年からゴーティエは姉エルネスタと同居を始め、後にジュディットとエステルという二人の娘を授かる(ジュディット・ゴーティエは後に作家となり、『蜻蛉集』仏訳刊行などを手掛けている)。しかし、一八六一年、引退後、ジュネーヴのサン゠ジャン地区で娘たちと静かに暮らす舞姫カルロッタに再会したゴーティエは、かつての愛が再燃。その後、娘ジュディットと作家カテュール・マンデスとの結婚をめぐる意見の相違もあり、エルネスタと別居をし、カルロッタの家での滞在を重ねることになる。
一八四五年は、作家・詩人ゴーティエにとって決定的な年となる。一月のシャルパンティエ社との契約後、七月に同社にてゴーティエの著作が四巻再版される(『モーパン嬢』『中篇小説集』『スペイン紀行』『全詩集』)。この事実上の全集刊行は、作家・詩人としてのゴーティエの名声を確立するものであり、『全詩集』においても、ゴーティエは詩人としての野心を見せ、初期詩篇を入念に修正、再編成している。市川裕史も示す通り、「自分の詩集を体系的に構築しようとする意図」において、ゴーティエは、『悪の花』(一八五七年)のボードレールに先立つ存在であり、「意思的詩人の在り方を先駆的に示している」。特に一八三〇年代のロマン派的流行から距離を置き、あからさまな模倣や実在の事物や人物への暗示を消し、細部の修正、技術の向上による詩句の彫琢を見せている。同年に発表された『中篇小説集』については後で詳述したい。

旅行家、詩人、絵画批評家ゴーティエ——動乱の時代から栄誉と失意の晩年へ

一八四〇年代以降のゴーティエの旺盛な執筆活動を辿ると、多面的な活動の幅の広

さに驚かされる。

まず、ゴーティエは大旅行家であり、類い稀な紀行作家でもあった。一八三六年にネルヴァルとベルギー（一八四六年に二度目の旅行）に初の旅行を行って以来、一八四〇年にスペイン旅行、一八四二年以降、数度にわたるイギリス旅行、一八四五年のアルジェリア旅行を経て、一八五〇年にはイタリアに旅行し、八月から一一月まで滞在、愛人マリー・マッテイとヴェネツィアで過ごした後、本作収録の「アッリア・マルケッラ」などでも描写されるナポリ郊外の遺跡ポンペイも訪れている（同年、イタリア旅行記を発表し、さらに一八六九年にもイタリアを再訪している）。一八五二年にはコンスタンティノープル、一八五三年にはドイツ、一八五八―五九年、一八六一年にはロシアに滞在している。一八六四年にはスペインでパリ―マドリード間の鉄道創設の式に出席、一八六九年にはスエズ運河開通式に招待され、フランス代表団とともにエジプトを表敬訪問している。これらのいずれの場合も、滞在中あるいは帰国直後に『プレス』『パリ通信』『モニトゥール・ユニヴェルセル』などで旅行記が掲載されている。中でも『スペイン紀行』（一八四五年）、『コンスタンティノープル』（一八五三年）は、ゴーティエ旅行記の傑作として高く評価されている。ゴーティエは歴史記念物など常套(じょうとう)の描写を避け、偶然まかせで不意の出会いや、時に平板な街の様相など日常の風俗を活写する。

一方、詩人としてのゴーティエは、一八五二年に刊行された『七宝とカメオ』により、文学史上、高踏派の先駆者として位置付けられることになる。高踏派とは、ロマン主義への反動として、古典的主題の選択、形式の厳格さや完成の追求を特徴とし、雑誌『現代高踏詩集』(一八六六—一八七六年)に集まったルコント・ド・リール(一八一八—一八九四年)らの詩人を指す。それまでのゴーティエは、一八三〇年の『詩集』に始まり、詩集『アルベルテュス』(一八三三年)、『死の喜劇』(一八三八年)を刊行しており、これらは先述の通り、再編を経て一八四五年に『全詩集』として刊行されている。『七宝とカメオ』は一八七二年まで増補改訂を重ねた、ゴーティエ最後の詩集となる。

初版刊行の一八五二年は、ルイ・ナポレオンが、ナポレオン三世として皇帝に即位し、第二帝政が始まった年であった。ヴィクトル・ユゴーはこれを「小ナポレオン」と糾弾して『懲罰詩集』(一八五三年)でも批判を重ね、ベルギー、さらには英仏海峡の英領ジャージー島、ガーンジー島で十九年にもわたる亡命生活を送ることになる。

そうしたユゴーの英雄的な姿とは対照的に、ゴーティエは、「芸術のための芸術（ラール・プール・ラール）」の代表作とみなされる『七宝とカメオ』で政治的無関心、文学の自律性を誇示しようとした。一八四八年の二月革命、一八五一年のクーデターを示唆しながらも、ゴーティエは詩集の「序」で、「閉ざされた窓ガラスを打つ／激しい嵐も気に留めずに／私は『七宝とカメオ』を創り上げた」という詩句を記している。

ゴーティエの生涯が、一九世紀を揺るがす政治動乱と接近するのは、これが最初ではなかった。先述の通り、一八三〇年の七月革命では一家の後ろ盾を失い、一八四八年の二月革命でも、文筆業で暮らすゴーティエの経済基盤は悪化していた。しかし、第二帝政期には、皇帝ナポレオン三世の従妹マティルド公女の支援もあり、ゴーティエは公職の栄誉を重ねることになる。一八五五年には、実質的な政府機関誌『モニトゥール・ユニヴェルセル』に活躍の場を移し、ついで一八六九年からは『ジュルナル・オフィシエル』の学芸欄を担当する。一八六二年以降は国民美術協会展覧会を開催し、一八六四年には官展（サロン）絵画部門審査会副委員長、一八六七年にはパリ万国博覧会美術展審査員に任じられている。一八五六年、六七年、六八年、六九年と四度にわたりアカデミー・フランセーズ会員の立候補に失敗、それぞれ、ビオ、グラトリー、オートラン、オーギュスト・バルビエに敗れている。文学の独立を重んじるアカデミーは、第二帝政と緊密に結びついたゴーティエを拒絶し、反ボナパルト派であるオーギュスト・バルビエを選んだといわれる。一八七〇年の第二帝政の瓦解により、一八五四年の父の死以降扶養していた二人の妹と再び厳しい冬を過ごしている。コミューンを手厳しく批判したゴーティエだが、『ジュルナル・オフィシエル』紙で『パリ攻囲下の風景』を連載し、戦争で荒廃したパリや政府が移ったヴェルサイユを描写する。一八七〇年には亡命先からパリに帰還したユゴーと再会を果たし、交友を復活させている。

晩年には、アカデミー会員立候補の失敗、娘ジュディットの結婚への反対とエルネスタとの別居など、失意が続いたとはいえ、ゴーティエは次世代の作家や詩人たちの多くから友情と敬意を集めていた。一八五一年の『パリ評論』再刊では、アルセーヌ・ウーセとともに、次世代のマクシム・デュ・カン、ルイ・ド・コルムナンらと編集に携わっている。一八五六年一二月に『アルティスト』誌編集長となり、フローベール、ルイ・ブイエ、エルネスト・フェドー、ボードレール、バンヴィル、ゴンクール兄弟らの作品を発表している。

一八五七年にボードレールが『悪の華』でゴーティエに献辞を捧げたことはよく知られている（「完全無欠な詩人／フランス文学の完璧な魔術師であり／私の心から敬愛し心から崇める／師でありかつ友である／テオフィール・ゴーティエに」（阿部良雄訳）。ボードレールは評論「テオフィル・ゴーティエ」（一八五九年）でも、「情愛深く親しみやすい父親の役回りを楽しむ」年長の詩人の柔和さと高貴さを「古代の明澄な心」「東方の風の翼に乗って気楽に運ばれてきた何やらソクラテスの木霊のごときもの」と述懐している。二人の関係が齟齬や差異や戦略をも含む複雑なものであったことは、井村実名子や吉村和明が指摘する通りだが、そこには確かな友愛が存在していたようだ。一八六一年に連載が始まり、六三年にシャルパンティエ社で刊行された長篇『キャピテン・フラカス』は大反響を呼び、サント＝ブーヴらの批評家にゴーティエ作品およびロマン主義の総括の機会を与える。

ゴーティエと強い友情で結ばれていたフローベールは、一八七二年一〇月二三日のゴーティエ死去の報を受け、ジョルジュ・サンド宛書簡で、次のように年長の友人テオの死を悼んでいる。

予期されてはいたものの、気の毒なテオの死は私を深く悲しませました。私の親しい友人たちの中で残っていた最後の友が亡くなったのです！　彼が名簿を締めくくりました。パリに行っても、今や、誰に会えばいいのでしょう？　私に関心のある事柄を誰と話せばいいのでしょう？　思想家たち（少なくともそう呼ばれている人々）は知っています、だが、一人の芸術家はどこにいるのでしょうか？

［……］大衆が支配者である社会にあってはぜいたくな職人たちは無用なのです。私がどれほど彼を惜しんでいることでしょう！（フローベール、ジョルジュ・サンド宛書簡、〔一八七二年一〇月二八―二九日〕、持田明子訳）

『テオフィル・ゴーティエの墓』（一八七三年）には、ヴィクトル・ユゴーを筆頭に、テオドール・ド・バンヴィル、ルイーズ・コレ、シャルル・クロ、アナトール・フランス、ステファヌ・マラルメ、カテュール・マンデス他、八十三名が追悼の詩を寄せている。死後に刊行されたゴーティエの『ロマン主義の歴史』は、一八三〇年のロマン主義時代の回想を輝かしい日々を頁に固定したものとして、その瑞々しい魅力は今もなお一切色褪せていない。

ゴーティエと幻想文学

　このようにゴーティエは詩人、小説家、劇評家、美術批評家、舞踊評論家、紀行作家、バレエ台本作者など多彩な顔を持ち、復古王政期から七月王政期、さらには第二帝政期の栄誉を経て、第三共和制初期へと、一九世紀を通じて活躍し、多くの世代の作家たちと交友関係を持っていた。文学史上の位置付けとしては、ユゴーらロマン主義の大詩人たちに続く世代である、「小ロマン派」と呼ばれる詩人・作家の代表格として名を挙げられることが多い。

　多様な創作活動の中でも、ゴーティエは流麗な中篇小説を次々と繰り出す物語の名手であり、吸血鬼伝説「死霊の恋」他の絢爛豪華な幻想文学の短篇・中篇小説は、時代を超えて多くの読者や批評家に愛されてきた。現代フランスの代表的叢書であるガリマール社のプレイヤード叢書、ロベール・ラフォン社のブッカン版『作品集』でも、『モーパン嬢』『キャピテン・フラカス』など長篇も含むものの、収録作品の中心は短篇・中篇小説である。日本においても、『七宝とカメオ』や『舞踊評論』や『スペイン紀行』が一部翻訳されているとはいえ、幻想的な短篇・中篇小説の刊行が他を圧倒している。

ゴーティエは、一八三一年の「コーヒー沸かし」に始まり、「死霊の恋」「アッリア・マルケッラ」、第二帝政下で発表された「化身」など、数多くの諧謔小説、幻想的短篇・中篇小説を執筆している。一八三三年刊の『若きフランスたち』を除くと、生前に刊行されたゴーティエの主な短篇・中篇作品集として以下の三作がある。

一八四五年『中篇小説集』（シャルパンティエ社刊）「フォルチュニオ」「金羊毛」「オンファール」「侯爵夫人の子犬」「ナイチンゲールの巣」「死霊の恋」「金の鎖」「クレオパトラの夜」「カンダウレス王」を収録（一八六三年に第七版刊行）

一八五二年『小説トリオ』（ヴィクトル・ルクー社刊）「ミリトナ」「ジャンとジャネット」「アッリア・マルケッラ」を収録（一八八八年にはシャルパンティエ社から再刊）

一八六三年『小説と短篇』（シャルパンティエ社刊）「化身」「魔眼（ジェッタトゥーラ）」「アッリア・マルケッラ」「千二番目の夜」「水上の館」「パンの靴をはいた子供」「二重の騎士」「ミイラの足」「阿片パイプ」「ハシッシュ吸飲者クラブ」を収録（一八七〇年、七七年に再刊）

幻想文学者としてのゴーティエを理解するには、一八三六年にゴーティエが当時大流行していたホフマンを詳細に分析していた評論（『パリ通信』一八三六年八月一四日、『プレス』紙一八五一年三月二四日）が役に立つ。ドイツ幻想文学における悪魔や亡霊の物語は、合理主義的フランス人読者には本来なじまないものなのに、なぜホフマンはフランスでかくまで急速に大成功を収めたのか。ゴーティエはこの問いに対して次のように答えている。ホフマンの物語では、一般の理解とは異なり、悪魔や亡霊といった怪奇の物語が偶然まかせに進むのではなく、すべてが論理的に進行するのであり、このドイツ人作家は物語展開の論理性やつなぎの巧妙さに秀でているのだ、と。ホフマンは「事物の様相をとらえ、到底ありえないと思われる創造物にも現実の外観をまとわせること」に卓越した作家であり、「物事が通常の展開から離れれば離れるほど、事物が克明に描き出され、ありうべき小さな状況の積み重ねによって、そうした展開が不可能だという事実すら覆い隠されてしまう」（傍点筆者）。ゴーティエが指摘するように、ホフマンは驚嘆すべき鋭敏な観察眼、事物の滑稽さやおかしみを切り取る風刺の才能も備えており、凡百の模倣者とは異なり、幻想物語を現実描写とともに緻密に構築する。物語の山場が巧妙に組み合わされ、紆余曲折を経て、事件が配置される様が、フランス人読者の興味を惹きつける。「幻想の中に見られる現実が、語りのスピードや巧みに引き合わされる興趣と取り合わされたことで、ホフマンはこれほどまでに急速かつ永続的に成功したのだ」。

「ありうべき小さな状況の積み重ね」、リアリズムと幻想の結合、事物の克明な描写、卓越した観察眼、恐怖と滑稽さの組み合わせなど、ゴーティエが論じるホフマンの特徴は、そのままゴーティエ自身の幻想物語にも当てはまるように思われる。さらに、ホフマンの影響の色濃い「死霊の恋」を除くと、「アッリア・マルケッラ」「化身」はゴーティエの同時代の物語として語られており、いずれも同時代の鉄道網の発展、社交界における磁気療法の流行、モード誌のようなファッション描写など、現代の意匠を取り入れながら、読者を一歩一歩幻想の世界へと導いていく。また、これらの作品のいくつかは雑誌での連載物として刊行されていたが、同時代のメディアを知り尽くしたゴーティエは、次号へと続く読者の関心を掻き立てる連載物のテクニックも熟知し、活用していた。

さらに、恋愛と豪奢と神秘に彩られたゴーティエの短篇・中篇小説は、貴族的生活の端正な描写の美、ストーリーテリングの巧みさ、生と死、精神と物質の混淆(こんこう)という幻想物語とリアリズムとの組み合わせに卓越している。特に本編に収められた中篇小説三作は、いずれもこの世ならぬ理想美を持つ女性への焼尽するような恋を描いた「恋愛奇譚」であり、ゴーティエならではの豪奢に溢れた幻想世界を楽しめる物語である。

次に、具体的に本作に収録されている三つの作品を見てみよう。

三つの作品解説

「死霊の恋」と絵画的現代性

「死霊の恋」(*La Morte amoureuse*)は『パリ通信』一八三六年六月二三、二六日号に掲載された。一八三九年にはデゼサール社が出版する『悪魔の涙』に収録され、さらに一八四五年には自身の『中篇小説集』(シャルパンティエ社刊)に収録、一八五〇年『ルヴュ・ピトレスク』では「クラリモンド」の題で再録されている。『パリ通信』での発表直後、同誌の八月一四日号でゴーティエは先述したホフマン論を発表しており、この時期におけるゴーティエのホフマンへの傾倒が見てとれる。

物語は一九世紀を席巻した「告白」「回想記」として語られる。六十六歳になる司祭の「私」ロミュアルドは、かつて経験した身を滅ぼさんばかりの生涯の恋の思い出を打ち明ける。神学校を出て、教会で聖職者となるための叙階を受けようとする瞬間、彼は稀有な美しさを持つ女性の情熱的な眼差しに気が付く。その海緑色の瞳は「稲妻のように一瞬で男の運命を決めてしまう目」であり、激しく動揺したロミュアルドではあったが、心ならずも司祭となる道を選ぶ。

ある日、ロミュアルドはとある女性に終油を与えるために豪奢な屋敷に招き入れられる。彼女こそがかの忘れがたき女性、高名な娼婦クラリモンドであった。息を引き取った女性に耐えきれず司祭が口づけをすると、クラリモンドは目を開き、「何をしていたの？　ずっと待っていたのよ。待ちすぎて死んでしまったわ。でも、もう二人は一緒ね」（四一頁）と彼に告げる。それからしばらくして、ロミュアルドの夢の中にクラリモンドが現れる。そして互いに想いを確認した二人は、夢の中で遠方へ旅立ち、ヴェネツィアの豪奢な宮殿で官能と美に彩られた暮らしを送る。ロミュアルドは、昼間は司祭として単調な生活を送り、夜の夢の中では城主として、想像しうる限りの贅沢と享楽に身を委ねる。

この夜から私の二重生活が始まりました。私のなかには互いの存在を知ることのない二人の男がいたのです。私は毎晩、遊び人になった夢を見る聖職者であり、あるときはまた、自分が聖職者だったという夢を見る遊び人でありました。私はもはや、自分が起きているのか夢を見ているのか、どこまでが幻で、どこからが現実なのかわからなくなっていました。［……］互いに触れ合うことなく、もつれあいひとつになる二重螺旋（らせん）の構造は、二つの世界を生きる私の生活そのものでした。（五五頁）

ところがクラリモンドは次第に生気を失ってゆく。ある時、ロミュアルドが指を傷つけ、血を流すと、クラリモンドは指に飛びつき、うっとりと大事そうに最後の一滴まで飲み干してしまう。「彼女の目が輝き、その顔にこれまで見たこともないような残忍で野蛮な喜びの表情が浮かんだのです」（五九頁）。その後も睡眠薬を飲ませようとし、寝静まるロミュアルドの指に触れ、「ひとしずく。真っ赤な血を、ほんのひとしずくだけ。針先に赤いルビーのような一粒をいただくだけね」と涙を流しながら、恋人の血を求めようとする。吸血の欲望と愛情とに揺れるクラリモンドの姿を垣間見たロミュアルドは、彼女の正体に気付きながらも見て見ぬふりをする。しかし、ロミュアルドの身を案じる導師セラピオンは、彼の目を覚ますために、ともにクラリモンドの墓を掘り起こし、遺骸と棺に聖水をかける……。衝撃の場面の後、ロミュアルドは宗教の道に戻ることになる。しかしこの選択は果たして正しかったのだろうか。クラリモンドと過ごした輝かしい幸福と享楽の思い出はいつまでも司祭の心を苛(さいな)み続ける。

「死霊の恋」は「吸血鬼文学」の嚆矢(こうし)ともいえる作品である。吸血鬼伝承をもとにした作品としては、ゲーテの物語詩「コリントの花嫁」(一七九七年)をはじめ、ポリドリ『吸血鬼』(一八一九年)、レ・ファニュ『吸血鬼カーミラ』(一八七二年)、ストーカー『ドラキュラ』(一八九七年)などがある。特にポリドリの『吸血鬼』は、一八二〇年にフランスで二つの大衆演劇翻案が上演されるほどの人気ぶりであった。(シャルル・ノディエによるメロドラマ『吸血鬼』、スクリーブとメレヴィルによる軽喜劇『吸血鬼』)。

さらに、一九世紀前半は、ホフマンの流行のもと、カゾット、ノディエ、メリメらによる幻想文学が大流行した時代でもあった。悪魔（死霊または吸血鬼）が美しい女性の姿で男性を誘惑する物語は枚挙にいとまがない。カゾット『恋する悪魔』（一七七二年）、ルイス『マンク』（一七九六年）、ホフマン『悪魔の霊液』（一八一六年）などにも、女性の悪魔、修道士の恋、導師の存在などが登場する。「死霊の恋」も、これらの先行作品を意識し、幻想文学のレトリックと技術を駆使した作品である。

ピエール＝ジョルジュ・カステックスは、『フランスにおける幻想短篇小説――ノディエからモーパッサンまで』（一九五一年）において、幻想物語は「現実生活の枠組みのなかへの神秘の突然の侵入」を特徴とすると指摘している。さらに、幻想文学を論じるツヴェタン・トドロフは、怪奇な現象が起きた時に、その原因が自然なものなのか超自然なものなのかと、読者が覚える「ためらい」が幻想の効果を生み出すと論じている（ツヴェタン・トドロフ／三好郁朗訳『幻想文学序説』東京創元社、創元ライブラリ、一九九九年）。「死霊の恋」もこの点で幻想文学の枠組みを有している。しかし、ゴーティエにおいては、合理的な現実世界から、吸血鬼が登場する超自然の世界への移行はあまりにも自然かつ流麗であり、幻想文学を決定付ける「ためらい」を感じる間も与えない。豪奢に飾り付けられた物語空間の中で、読者は言語の華麗さにただ身を委ねることになる。

そしてこの吸血鬼クラリモンドの何と魅惑的なことか。超自然の存在であれ、血を必要とする肉体の存在を描くところでゴーティエの筆は冴え渡る。クラリモンドが魔の女性であることは「蛇のようにひんやりと」した手や、離れゆくロミュアルドを見据える千里眼からも感じられるが、それ以上に彼女は光を帯びた存在として輝いて現れる。「彼女は光に照らされているというより、自らが光を放っているかのようでした」(一四頁)。そして、悪魔の誘惑を警戒するように導師セラピオンが伝えてもなお、死後に現れたクラリモンドは一瞬にしてロミュアルドを魅了する。

細い指は光に透けて薄紅色に見えました。薄紅色は気がつかないほど微妙に薄くなっていき、やがて乳白色の腕へとつながっていくのです。身につけているのは、臨終の床で彼女を包んでいた麻の白布だけ。まるで剝き出しの肌を恥じるかのように、手で胸のあたりの布を押さえているのですが、その小さな手では扱いきれないようでした。肌があまりにも白いので、薄暗いランプの光のもとでは白布の色と区別がつかないほどでした。身体の線がすべてくっきりと見える薄い布をまとった彼女は、生きた人間というより大理石でできた古代の浴女の彫像のようでした。（四六頁）

さらに「死霊の恋」ではクラリモンドのみならず、贅を凝らした館が、衣装、化粧、絨毯、絵画、壺などの小物まで豊穣かつ詳細に描かれる。青年時代に画家を目指していたゴーティエは多くの絵画評論を残し、高踏派を予告する『七宝とカメオ』（一八五二年）でも彫琢された言葉の美を誇示する。いかにして精神性や思想から独立したマティエールを描き、色彩、光、形態という表層の美を構築することができるのか。芸術の自律を叫んだゴーティエの絵画的現代性がここに垣間見られる。この点は後でまた詳しく触れよう。

このような絵画性はバレエ作品化にも通じる。「死霊の恋」は二〇一八年、ショパン「ピアノ交響曲第一番」を使った熊川哲也の振付によってバレエ作品となり、浅川紫織が美しい女吸血鬼を現代日本に蘇らせた（二〇一八年二月二七日、Bunkamuraオーチャードホールにて初演）。さらに、二〇二二年には『クラリモンド～死霊の恋～』全編が公開され、小品として誕生した作品に新たな生命が付与されている（二〇二二年一月二九日、同劇場にて初演）。なお、ゴーティエの娘ジュディット・ゴーティエもまた、同作のオペラ翻案を目指して三幕五場の幻想オペラ『死霊の恋』の台本を『詩集』（一九一一年）で発表している。

「アッリア・マルケッラ」における古代と現代の結合の夢

一八五二年、『パリ評論』三月号に掲載された「アッリア・マルケッラ　ポンペイの追憶」（*Arria Marcella, Souvenir de Pompeï*）は、一八五二年八月二四—二八日には『ペイ』紙に再掲載、その後、一八五二年『小説トリオ』（ヴィクトル・ルクー社刊）、一八六三年『小説と短篇』（シャルパンティエ社刊）に収録されている。

「アッリア・マルケッラ」は、夢見がちな青年オクタヴィアンがポンペイで過ごした一夜をめぐる物語である。イタリアを訪れた三人の若い友人たちはナポリの考古学博物館を訪れるが、オクタヴィアンはある「灰の塊」から目が離せない。それは「ギリシャ彫刻の典型とも言うべき美しい乳房の丸みと脇腹（わきばら）のくびれ」であり、アリウス・

ディオメデスの家で見つかった遺物、溶岩が冷えて固まる際に残された女体の形であった。オクタヴィアンは「二千年ほど前に失われた美しい形」に心を奪われたまま、友人二人に連れられ汽車に乗り、ポンペイ遺跡に向かう。

輝かしい太陽のもとで三人が見出すのは、「これまで歴史家が軽視してきたものであり、文明が滅びるごとにすべて一緒に消えてきたもの」、つまり「生活の細部」や街の日常の風景であった。「居酒屋では大理石のカウンターの上に呑み助たちの盃が行き来した跡が見てとれる。黄土と酸化鉛で柱が彩られた兵舎には、戦闘を描いた戯画があり、並んで建てられた劇場と音楽堂は、すぐにも公演を再開できそうだ」（八〇頁）。そして三人は劇場や墓地などを見学したのち、アリウス・ディオメデスの有名なヴィラに到着する。その館の地下貯蔵庫こそ、かの女性の痕跡が見つかった場所であった。

遺跡を後にし、宿での夕食に出かけた三人は、ワインを飲みながら、女性談義に興じる。夕食後、二人と別れたオクタヴィアンは「詩的な陶酔」に身を委ね、月明かりのもとでただ一人廃墟に足を向ける。すると街が次第に真新しい建物の装いをまとい、泉のまわりには月桂樹の花やミルト、柘榴の樹が植えられていることに気付く。白昼夢を見ているのか、狂気にとらわれているのか。訝るオクタヴィアンの前に、古代の服装をまとった男が飛び出し、荷車の車輪の音も聞こえてくる。「白い牛に牽かれ、野菜を積んだ古めかしい荷車が道をやってくる。荷車の横を歩く牛飼いは短い服から、よく日に焼けた剝き出しの脚を覗かせている」（一〇四頁）。街に徐々に人が現れ、目の前に生き生きとした古代の生活が広がっているのだ。

　驚くオクタヴィアンが案内されるがままに劇場を訪れると、そこで一人の女性に惹きつけられる。「その乳房の実に精密な輪郭、洗練された曲線」はまさにナポリの博物館で見たくぼみのように思われるのだ。そして、その美しい女もまたオクタヴィアンをじっと見つめると、自分の隣席の少女に耳打ちし、伝言を伝えてくる。「マルケッラ様があなたを見初めました。一緒に来てください」

　この作品には、一八五〇年八月から十一月までゴーティエが滞在したイタリアの回想が色濃く残されている。ゴーティエはヴェネツィアで愛人マリー・マッテイと落ち合っており、その甘美な愛の日々の記憶も物語に重ね合わされているのだろう。そして、ナポリ湾とポンペイ遺跡の色彩豊かで正確な描写には、紀行作家ゴーティエの真骨頂が現れている。

とはいえ、ゴーティエは実体験だけで作品を執筆したのではなく、イタリアのガイドブックやポンペイ案内など、数多くの書物や文学作品を参照している。フランスおよびヨーロッパに急速に鉄道網が普及するこの時代は、ガイドブックの時代でもあった。当時普及していたリシャール（本名オーダン）によるガイドブックの中でも『イタリア旅行者ガイドブック』（一八二六年）は一八五二年には十一版を数えており、その中には本作にも登場するプラウトゥスの喜劇『カシナ』に関する碑文も引用されている。アリウス・ディオメデスのヴィラの描写に関しては、ゴーティエはロマネリ神父が記した旅行記『ポンペイ紀行』（一八二九年）をほぼそのままに敷き写しており、地下貯蔵庫で発見された十七体の遺体と女性の痕跡についても、ほぼ同じ表現を用いている（ロマネリ『ポンペイ紀行』三十一四十頁）。なお、この灰の塊も有名なものであり、スタール夫人やシャトーブリアンやデュマもこれを見て、印象をそれぞれ『コリンヌ』『イタリア紀行』『コリコロ』といった作品に残している。一八二九年に刊行されたフランソワ・マゾワ『ポンペイ遺跡』二つ折版は、数百もの図版が収録され、当時大反響を呼んだ著作であるが、ゴーティエはこれらの図版も参照したようだ。

古代と現代の結合、時空を超えた愛というテーマに関しては、ゴーティエの盟友ネルヴァルの存在を抜きに語ることはできない。ネルヴァルもまた、一八四二年にナポリおよびポンペイを訪れ、一八四五年に雑誌『ファランジュ』に短篇「イシスの神殿」を発表している（後に『火の娘たち』に「イシス」として収録）。そこで「夜のあいだに、月明かりを浴びてポンペイを歩きまわり、このようにして自分の錯覚を完全なものにする」（入沢康夫訳）という考えを表明し、さらに数年前にナポリ駐在大使が開いた「輪廻転生の試み」つまり、古代風の服装をまとった人々を遺跡に集め、一日一夜を過ごすという試みに触れている。

一八四〇年にネルヴァルが翻訳したゲーテの『ファウスト』および『ファウスト』第二部の抜粋、さらにその序文もまた、オクタヴィアンが夢見る時空を超えた愛の直接の着想源だと指摘できる。オクタヴィアンは友人との女性談義で、「現実に魅力を感じ」ず、むしろ「日常生活よりも高みに昇ることのできる恋、星々の世界の恋」に憧れていると打ち明けていた。ファウストがヘレナを愛したように、求める理想の女性が「時空を超えて存在するはずなのだ」（九六—九七頁）と。『ファウスト』第二部で描かれるヘレナへの恋もまた、現代人（ファウスト）と古代人（ヘレナ）との不可能な結合を求める愛である。さらにゴーティエは「アッリア・マルケッラ」で「実際、死などないのだ。すべては永遠に存在する。ひとたび誕生したものは、何があってもなくならない」（一二五頁）と述べているが、これはネルヴァルが書いた序文の次の一節から着想を得たものである。

彼にとってはおそらく神にとってと同じく、なにものも終ることがないか、少くとも物質以外のなにものも変形することはなく、過ぎ去った世紀は知性と亡霊の状態で、物質世界の周囲に広がる同心円的な地域のなかに保存されている。［……］実際、ひとたび知性を捉えたものはなんであれ滅びることなく、永遠はそのふところに霊魂の眼には見える一種の宇宙史を保存しているのである。（ネルヴァル「ゲーテのファウスト、およびファウスト第二部」序文、大浜甫訳）

生者の男性と死者の女性との恋というテーマに関しては、吸血鬼伝承を描くゲーテの詩「コリントの花嫁」（一七九七年）がある。「死霊の恋」への影響に加えて、本作でも同じ表現（「血のような暗紅色のワイン」や「黒と金のヘアバンド」）が用いられていることはすでに指摘されているが、ネルヴァルはゴーティエとともに「コリントの花嫁」という翻案作品の創作を計画していたのだった。

しかし、ゴーティエとネルヴァルの差異も明らかである。現代の宗教的空白を嘆くネルヴァルは、現代における超自然の探求を歴史宗教的考察と詩的言語の探求を通して行った。しかし、ゴーティエが求めるのは、あくまでも「美しい形」をめぐる流麗な物語であり、現代に蘇る色彩豊かな古代世界である。火山の噴火で失われた古代の日常生活をありありと蘇らせたいという願いは、古今東西多くの物語に共通するものであるが、「アッリア・マルケッラ」もまた、幻想文学の枠組みの中で、リアルで精彩に富んだ古代生活の描写が展開するところに物語の妙がある。アッリアという女性の言葉を通して、古代異教は「命を尊び、若さと美と快楽を愛していた古代の神々」として、「陰気な新興宗教」であるキリスト教の「色のない虚無の世界」に対置される。ゴーティエは死の都市ではなく、生命と若さと美と快楽の都市を再現しようとした。

先に触れたように、ゴーティエはホフマンの幻想小説を評して、「ありうべき小さな状況の積み重ね」と述べた。昼の廃墟から夜の廃墟へ、出土品の描写から古代の人々の生活へと移行し、蘇った賑やかな日常の光景をユーモラスに活写するゴーティエの闊達な筆の運びには、卓越したストーリーテラーとしての技巧が見られる。さらに現代に固有の「鉄道の駅」と「廃墟の都市」を隣り合わせで書くという、古代と現代の空間的隣接の妙もまた、タイムスリップものの着想に通じており、ゴーティエならではの幻想と現実の隣接を端的に示すものである。

「化身」と「魂の交換」の物語

「化身」(*Avatar*)は、一八五六年二月二九日から四月三日まで『モニトゥール・ユニヴェルセル』紙に十二回にわたって連載された。一八五七年五月にミシェル・レヴィ社から刊行、一八六三年にはシャルパンティエ社の『小説と短篇』にも収録されている。

この物語で描かれるのは、理想美への叶わぬ恋である。憂愁に苦しむ美青年オクターヴ・ド・サヴィーユは、幸福になるためのあらゆる条件を兼ね備えていたが、「深い無気力と癒やしがたい絶望」に陥っていた。医師の診療や湯治にも回復の見込みを見せないため、医学界の異端児、長年のインド滞在から帰国したばかりのバルタザール・シェルボノー医師の往診を受けることになる。オクターヴの手を取る医師は、苦しみが失恋の痛手によるものであると見抜き、長い打ち明け話に耳を傾けることになる。

一八四〇年代のある夏の終わり、オクターヴはフィレンツェで出会った美しく貞淑な女性プラスコヴィ・ラビンスカ伯爵夫人へ「見返りのない崇拝」を捧げていた。プラスコヴィは、夫の留守中、フィレンツェから半里ほど離れたところに豪華な別荘を借りて住んでいた。彼女は輝くような美しさの持ち主であるばかりか、「心の高潔さ、繊細さ、多方面にわたる知識」でオクターヴを魅了する。ある日、独りでいるプラスコヴィのもとに案内されたオクターヴは、今こそ恋を打ち明ける時かと逡巡（しゅんじゅん）するが、ラビンスカ夫人は、オクターヴに告白をする暇も与えず、高潔に、しかしきっぱりと恋をはねつける。オクターヴはこう言い添える。「このとき、僕の命のばねが壊れてしまったのです」。その後、コーカサスの戦争で大きな功績を上げたラビンスキー氏は、妻のもとに戻り、二人はパリで愛の生活を送っていた。

話を聞かされたバルタザール・シェルボノー医師はオクターヴに驚きの提案を行う。夫オラフと身体を交換してはどうかと。インドに長逗留した医師は魂と身体を入れ替える術を知っていた。「人間の外装は蛹にすぎず、魂は永遠の命をもつ蝶であって、好きなときに肉体を離れたり、戻ったりできるのです」。一方でそのシェルボノーのもとに、プラスコヴィの夫オラフ・ラビンスキー伯も好奇心を抑えられず、面会を求めて来ていた。そして電磁気に眠る若者、若返りの術、透視眼を目の当たりにし、オラフが驚愕していると、医師は突然、彼に電磁気のショックを与える。これで準備は出来上がった。医師はオクターヴを呼び出す。今まさに意識を失った身体として、診療室に横たわるオラフとオクターヴとの、魂の交換による化身を成立させようとするのだ……。

霊魂の転生、身体の入れ替わりものは、ブッカン版『作品集』解題などでも指摘されているように、一八二〇年代から一八四〇年代の文学に頻出する主題であった。バイロンの戯曲「不具の変身」(一八二四年)、骨相学者でもあり夢や睡眠の研究も発表するロバート・マクニッシュの「転生」(一八二六年、一八三〇年仏訳)、エドガー・アラン・ポー「鋸山奇談」(一八四四年)などが挙げられる(一八五二年一二月一一日、『イリュストラシオン』誌上にボードレールがこの短篇の翻訳を発表している)。一八四四年には、パレ=ロワイヤル劇場でメレヴィルとカルムーシュの脚本による軽喜劇『苦悩する魂、あるいは転生』が上演され、ゴーティエは一八四四年一月二二日の『プレス』紙に劇評を載せているが、これもイギリス人とインド人の身体の入れ替わりものであった。

ゴーティエの親友ネルヴァルもまた、輪廻転生に魅了された人物であり、『火の娘たち』序文で転生に触れている他、アプレイウス『黄金のロバ』など転生の物語に繰り返し言及している。一八五〇年には、一八世紀の作家レチフ・ド・ラ・ブルトンヌ伝記作品『ニコラの告白』で、レチフ最後の小説『死後書簡』（一八〇二年）を紹介しているが、この作品に登場するミュルティプリアンドルは自在に魂を肉体から引き離す技を身につけた人物だ。彼は魅力的な女性を見ると、その愛人の身体に乗り移り、または太陽や惑星にまで魂を飛翔させ、そこで見た宇宙論をも開陳する。

動物磁気や磁気療法という主題も、同時代に流行していた。ゴーティエによるバレエ『ジェンマ』（一八五四年、オペラ座にて初演）でも、サンタ＝クローチェ侯爵が若いジェンマと結婚しようとして、動物磁気の力を用いようとする。これはオカルト思想へのゴーティエの傾倒ととらえるまでもないだろう。ホフマンはもとより、バルザックの『ユルシュール・ミルエ』（一八四一年）、アレクサンドル・デュマ『ジョゼフ・バルサモ』（一八五三年）をはじめ、一九世紀前半の文学作品の多くに磁気催眠や磁気療法が登場するのだ。一八一八年の『医学事典』は、磁気療法が科学的に説明はつかなくとも、おそらくは心理的要因によって患者に効果を上げていると指摘している。特に磁気療法を行う者独特の「視線」が着目されるが、これはバルタザール・シェルボヌーの眼差しに見出すことができるだろう（医師の目は「蛍光体のように自ら光を発しているかのようだった」）。

なお、インドもまた、ゴーティエが夢見ていた国の一つであるが、本作執筆の時期には、神話的衣装を脱ぎ去り、より現実に近い姿をあらわにしつつあった。一八三八年八月二七日、ゴーティエが『プレス』紙にインドの踊り子たちの公演を紹介する記事「パリのバヤデール」を掲載した時、「バヤデールもまたガスパール・ハウザーや美術館の絵画盗難やフランス分割と同様、虚報の一つではないか」と伝説的存在の到来への懐疑と期待について、現実の踊り子たちに熱狂するパリの観客の姿を描く一方で記していた。しかし、その十三年後、一八五一年八月には、ゴーティエはロンドン万国博覧会におけるインドの展示を見るために、クリスタル・パレスを訪れている。「巨大な帝国、人類の揺籠であり、現在はイギリスが統治する地方の一つとなった」

インドの豪華絢爛な芸術作品や装飾を、ゴーティエは驚嘆とともに列挙する。しかし、華麗な側面だけではなく、インドにおけるカースト制、豪奢と貧困の共存、イギリス植民地支配の現実にも触れつつ、万国博覧会の報告を『プレス』紙一八五一年九月五、七、一一日号に掲載している。

ゴーティエはこうして同時代に流行していた意匠や知識を駆使して「魂の交換」という枠組みを提示する。この物語自体も興味は尽きないが、物語の白眉は、身体の入れ替えにともなうユーモラスな逸話（オクターヴの身体に乗り移ったオラフの困惑と怒り）、そして恋する女性の私的空間という神聖な場所に足を踏み入れる際の、恋する者の冒瀆への恐れと戸惑いである。

変身したとはいえ、あわれな恋に苦しむ男は、敷居に足をかけたところで、ほんの数秒立ち止まり、高鳴る鼓動を抑えるように胸に手をやらずにはいられなかった。確かにオラフ・ラビンスキーの肉体を得た。だが、それはうわべだけのことだ。この脳が覚えていたことはすべてラビンスキーの魂とともに消え去っている。わが家となるはずのこの屋敷は、彼にとって見知らぬ場所であり、間取りもわか

らないのだ。（二二五頁）

壮麗な室内装飾の中で、しどけない格好でくつろいでいるプラスコヴィのみずみずしい美しさに、オクターヴはどう応じるのか。理想美ばかりか「至高の愛」を体現するプラスコヴィとオラフ、「二人の魂の高潔な結びつき」は、オクターヴという侵入者の試練にいかに抵抗することができるのだろうか。それでもなお、プラスコヴィは「研ぎ澄まされた心眼」、鋭敏な繊細さ、賢明さ、判断力、洞察力を発揮する。プラスコヴィとオラフの至高の夫婦愛は、輝かしい理想の姿として描き出される。この物語はゴーティエの中篇小説の中でも珍しく、ある意味でハッピーエンドの物語ととらえることができるだろう。オクターヴの魂も身体も、かつての憂愁から切り離された新たな生を獲得する。ゴーティエの筆は、貴族的な豪奢な装飾を背景に、比類なき至高の愛の姿を完璧に描き上げる。

「幻滅の流派」と引用の詩学——文学と過去のアーカイヴ

博覧強記のゴーティエは、多くの読書を養分にして、華麗な文学的構築物を作り上げた。吸血鬼伝説、タイムスリップもの、転生物語と、同時代に流行しているジャンルや主題や学知を取り込み、時にその痕跡を消し去ることもなく流麗な作品へと仕立て上げる。ゴーティエ作品が、どこかで見たことのある物語という印象を与えるのは、これら作品に取り込まれた文学の記憶のためでもあろう。

ゴーティエの生きた一九世紀、特にフランス・ロマン主義時代とは、文学者が新社会を導く精神的権力を果たすという文学史家ポール・ベニシューがいうところの「作家の聖別」が掲げられるとともに、文学における独創性が称揚された時代といわれる。ラマルティーヌやユゴーらの詩人は、新たな時代の祭司として、既存作品の規範や模倣から自由な、独自の文学表現を探求しようとした。しかし、ゴーティエら「小ロマン派」と呼ばれる詩人たちは文学における独創性を時に辛辣に、時にユーモラスに問い直し、リライトとも二次創作ともいえる作品を作り出していく。

アルフレッド・ド・ミュッセは、『ロレンザッチョ』(一八三四年)や『世紀児の告白』(一八三六年)などの代表作の傍らで、古典作品や一八世紀文学、同時代のロマン主義作品を揶揄したパロディ作品を数多く残している。「私は来るのが遅過ぎた、この世界はもう古すぎる」(「ローラ」)と書くミュッセは、過去への郷愁と現在への反逆とを作品に記しており、その作品は、同時代の大詩人ラマルティーヌに「崇高のパロディ」と評されている。ゴーティエの親友ネルヴァルもまた、過去の伝統から切り離されたという痛切な歴史意識を持ちながら、リライトを主要な作品原理へと転換する詩人であった。神話的文学的記憶という過去を渉猟しながらも、文学や神話の諸要素に切断と新たな結合をもたらし「未知の形式」を創造する。幻獣キマイラを意味する『幻想詩篇（シメール）』ならびに『火の娘たち』（一八五四年）などのネルヴァル作品は、二〇世紀に入ってからプルーストやシュルレアリストたちにその現代性を高く評価されることになる。

ゴーティエもまた、過去のアーカイヴの中から驚くべき自由さで諸要素を寄せ集め、独自の作品世界を構築する。本作に収録された「アッリア・マルケッラ」でも三人の友人たちは、「日のもとに新しきものなし」という旧約聖書の言葉を引きながら、「月のもとなら、まだ何か新しいものが見つかるかもね」（八三頁）と皮肉を返している。あらゆる主題はすでに使い古されており、新規なものはもう何も残されていないという諦念と韜晦は、一八三三年の『若きフランスたち——諧謔小説集』ですでに挑発的に繰り返されていた。本作に収められた中篇小説でも、文学作品への参照は数多く、聖書や古代神話、ウェルギリウス、ダンテ、ペトラルカ、シェイクスピア、ホフマン、バイロン、ゲーテ、ミツキェヴィチ、トーマス・ムーア、ハイネ、ノヴァーリス、その他同時代のガイドブックまで数々の引用や参照が見られる。詳細は本文に付された註をご覧いただきたい。

ベニシューはこうした小ロマン派の詩人・作家たちを「幻滅の流派」と呼んだ。新規なものは創り得ないという諦念と憂愁を抱きながらも、軽やかなアイロニーを欠かさないゴーティエやネルヴァルらの作品は、おそらくはその軽妙な語り口もあり、現代でも古びることがない。ゴーティエ研究の泰斗パオロ・トルトネーズは次のように問うている。「つまるところ、作家がなせる行為として何が残されているのだろうか？ 伝統から発し、伝統の継承あるいは断絶という形で対象を提示し、新規なものを作り上げようとするのではなく、よく知られたものをただ慎ましやかに反復し、読者の目の前に新しく提示するだけである。重要なのは、舞台上の作者が見せる身振りであり、それが読者の目を惹きつけるだけなのだ」。

ゴーティエは、「文学の魔術師」よろしく自らの技巧や身振りを誇示しながら、新たな物語を紡ぎ出す。貴族的で豪奢な舞台背景、理想美を実現する（時に異形の）女性、予想外の物語を確かな物語構築力と独自の軽やかな語り口とリズムで紡ぎ上げるのだ。

ゴーティエと外形美――物体(オブジェ)の詩人

ゴーティエ作品のもう一つの特徴として忘れてはいけないのは、その外形美・造形美の探求である。

ゴーティエにとって文学とはまず、視覚芸術の言葉への移行であった。画家から作家へと転身し、類い稀な視覚描写の才を備え、絵画や彫刻や建築も愛したゴーティエは、一八五六年一二月一四日『アルティスト』誌で次のように述べている。

子供時代から、彫像や絵画や造形芸術に夢中だった私たちは、芸術への愛を狂気にまで突き詰めたのだった。[……]最大の喜びは、[……]記念碑、大壁画、絵画、彫像、浅浮き彫りを自らの芸術の中に移し替えることだった。時に言語に無理強いをし、辞書を色彩のパレットに変える危険も冒した。

『モーパン嬢』の主人公ダルベールも「ぼくの好む三つのもの、それは黄金と大理石と緋色、すなわち光輝、堅牢、色彩だ。ぼくの夢はこの三者で構成され、ぼくのキマイラの住まう宮殿もこの素材で造られる」（下巻、三〇頁）と説明し、さらに「ぼくは石の夢を見る」（下巻、四三頁）と述べている。画家や彫刻家や建築家への言及は本作でも数知れず、後に『愛好家のためのルーヴル美術館ガイド』（一八六七年）も執筆する美術批評家ゴーティエの姿も重ね合わせられるだろう。

外形美の探求は、ゴーティエの舞踊評論でも示されている。小山聡子が論じるように、ロマンティック・バレエがもたらした新しい可能性は、「バレエが超自然界の存在というこの世に存在しないものを扱うようになったことと関係が深い」。この主題は、バレエのステップの飛躍的発展に支えられており、ポワント（爪先立ち）技法など「重力の法則に明らかに反するこの行為は、天上への果てしない憧憬を象徴」するもので、「ロマン派の理想のヴィジョン」を実現するものであった。しかし、ゴーティエにおいて、この表現はあくまで「美しいフォルム」を実現するためのものでしかない。彼は舞踊評論の有名な一節で次のように「物質主義」を標榜している。

> たしかに精神主義は尊重すべきものかもしれない、しかしこと舞踊にかんしては物質主義に幾らかの譲歩をしてもよいだろう。踊りとは畢竟、優美なポーズのもとに美しいフォルムを示し、視覚に快い身体の線を展開する以外の目的を持たないのだ。それは沈黙するリズム、目で眺める音楽である。ダンスは形而上的な思想を伝えることには向いていない。ダンスは情熱しか表現しない。すなわち恋情、さまざまな嬌態を伴う欲望、攻撃する男とやんわりと抵抗する女、あらゆる原初の踊りの主題はこれである。（井村実名子訳）

「舞踊による詩」を目指すゴーティエにとって、ダンスは「不可視を可視にし、語り得ぬものを語る芸術」（ジャン＝ギヨーム・バール）であった。精神性や物語性から独立したマティエール、美しい形態を描くという美学は、文学や舞踏評論におけるゴーティエの一貫した問題となる。

「芸術のための芸術（ラール・プール・ラール）」を標榜するゴーティエは、ロマン主義と高踏派との間で文学史上の位置付けが時に困難である。すでに見たように、『モーパン嬢』序文において、若きゴーティエは作品に道徳性を求める同時代のブルジョワ社会に反旗を翻していた。

芸術の目的はただ芸術だけであり、文学作品とはただ美だけに捧げられ、一切の教訓を必要としないものだ、と。さらに、ゴーティエの「文学における物質主義」の主張からは、何かしらの政治性や思想性をまとい、あるいは内的世界への沈潜や内観を重視するロマン派との根本的な差異も見て取れる。絶対の探求、理想美という「不可能を求める病」（『モーパン嬢』）という点においてゴーティエのロマン主義が認められるが、それは決して思想性や超越性には向かわない。理想美の探求は、有限の現実世界の中にとどまり、必ず形式をまとった事物の描写として現れるのだ（同じく『モーパン嬢』で、「ぼくは万物の形態の美を崇拝する」（上巻、二三〇頁）と主人公ダルベールは述べている）。

パオロ・トルトネーズは、『外形の生――テオフィル・ゴーティエ物語作品論』（ミナール社、一九九二年）、およびブッカン版『作品集』序文で、ゴーティエ作品がいかに一切の思想性を排し、外形美・造形美を描こうとしていたかを明晰に論じている。ゴーティエの物体描写は、驚くべき物質的正確さ、光景（ヴィジョン）の鮮鋭さによって、幻覚にも近い奇妙な効果をもたらす。こうして美しい大理石、生きた身体、布地や衣装、建築装飾が言葉によって物語の中に現前する。ゴーティエの現実描写はレアリスムの現実描写とも一線を画している。レアリスムの作家たちが現実描写によって、個人や社会や人生の隠された秘密を暴き出そうとするのに対して、ゴーティエは決して深みへと向かわず、ただ描かれる事物・物体の表層にとどまるからである。一九世紀を代表する文芸批評家サント＝ブーヴは、ゴーティエの美術批評を「物体（オブジェ）への絶対的服従」（「テオフィル・ゴーティエ」『新月曜閑談』）と評した。また、ボードレールはゴーティエが詩にもたらした新規性を「諸芸術による慰め、目を愉しませ精神を面白がらせるすべての画趣（ピトレスク）ゆたかな物象（オブジェ）による慰め」と述べている。トルトネーズはこれらを踏まえて、ゴーティエ作品の特質を「物体（オブジェ）による救済」と論じる。

では、「物体（オブジェ）による救済」とは何か。美しい物体を描き上げるゴーティエ作品の根底的ロジックは何であるのか。トルトネーズは、これを無限と有限の交差、つまり、とらえがたい絶対の理想美と、有限の世界における事物との一瞬の融合への希求と見ている。生と死、昼と夜、肉体と大理石など、対極にあるものがただの一瞬のみ、不可能な融合を果たす。「アッリア・マルケッラ」は美しい肉体を再び獲得するが、それは一瞬の後に灰へと戻ってしまう。しかし、たとえ灰に戻ったとしても、一夜だけ実現した絶対美の瞬間の記憶は永遠に言葉に残される。そうした生と死の矛盾や対立が解消されるユートピア的な一瞬こそが、「物体（オブジェ）」の勝利として輝かしく残される。生と死、有限と無限とが融合する瞬間を、ゴーティエの筆はその「物体（オブジェ）」の描写を通して行おうとする。現実の法則を超える物体の物語こそが、ゴーティエの希求が向かうところであり、ゴーティエの作品世界における救済として示されるのだ。

ゴーティエ作品はそうした物体（オブジェ）の外形美を一貫して描き続けてきた。再びボードレールの言葉を借りるなら、ゴーティエの野心は「恋愛の物狂いをではなくて、恋愛の美しさおよび恋愛に値する美しさを、一言でいえば美しさによって創り出される感激（情熱とはまったく違ったもの）を、適切な文体で書き表すことであった」。そして、そうした美を「人の心を奪い、驚かす的確さ」とともに、ゴーティエは一点の曇りもない明瞭な物語として描き出すのである。

多くの翻訳がなされてきた三作品であるが、今回、新たな現代性をまとって、明晰な形式のもとに翻訳されたことに一読者として感銘を受けている。ゴーティエの見せる魔術の世界、明晰な夢幻の世界がさらに多くの読者を得ることを願っている。

〈参考文献〉

Aurélia Cervoni, *Théophile Gautier devant la critique, 1830-1872*, Classiques Garnier, 2016.

Théophile Gautier, *Romans, contes et nouvelles*, 2 tomes, éd. Pierre Laubriet, Gallimard, Bibliothèque de la Pléiade, 2002.

Théophile Gautier, *Œuvres, Choix de romans et de contes*, éd. Paolo Tortonese, Robert Laffont, Bouquins, 2011.

Marie-Ève Thérenty et Alain Vaillant（éd.）, 1836. *L'An I de l'ère médiatique, Analyse littéraire et historique de "La Presse" de Girardin*, Nouveau Monde Éditions, 2001.

Paolo Tortonese, *La Vie extérieure, Essai sur l'œuvre narrative de Théophile Gautier*, Minard Éditions, 1992.

Alain Vaillant（éd.）, *Dictionnaire du Romantisme*, CNRS Éditions, 2012.

市川裕史「テオフィル・ゴーチエの『全詩集』（１８４５年）における初期詩篇の再提出」『仏語仏文学研究』第４号、東京大学仏語仏文学研究会、一九九〇年、二五—五四頁.

テオフィル・ゴーチエ『青春の回想——ロマンチスムの歴史』渡辺一夫訳、冨山房、冨山房百科文庫2、一九七七年．

テオフィル・ゴーチエ『若きフランスたち――諧謔小説集』井村実名子訳、国書刊行会、一九九九年．

テオフィル・ゴーチエ『モーパン嬢』（上下巻）井村実名子訳、岩波書店、岩波文庫、二〇〇六年．

テオフィル・ゴーチエ『ボードレール』井村実名子訳、国書刊行会、二〇一一年．

小山聡子「テオフィル・ゴーチエとバレエ芸術：斬新な舞踊観」『藝文研究』第85号、慶應義塾大学藝文学会、二〇〇三年、一六五―一八三頁（七〇―八八頁）．

澤田肇、吉村和明、ミカエル・デプレ編『テオフィル・ゴーチエと19世紀芸術』上智大学出版、二〇一四年．

ジャン＝リュック・スタインメッツ『幻想文学』中島さおり訳、白水社、文庫クセジュ、一九九三年．

ツヴェタン・トドロフ『幻想文学序説』三好郁朗訳、東京創元社、創元ライブラリ、一九九九年．

ジェラール・ド・ネルヴァル『ネルヴァル全集』（全六巻）中村真一郎、入沢康夫監修、筑摩書房、一九九七—二〇〇三年.
ポール・ベニシュー『作家の聖別——フランス・ロマン主義〈1〉一七五〇—一八三〇年——近代フランスにおける世俗の精神的権力到来をめぐる試論』片岡大右、原大地、辻川慶子、古城毅訳、水声社、二〇一五年.
シャルル・ボードレール『ボードレール批評』(全四巻) 阿部良雄訳、筑摩書房、ちくま学芸文庫、二〇〇二年.
持田明子編訳『往復書簡サンド=フロベール』藤原書店、一九九八年.
渡辺守章編『舞踊評論——ゴーチエ/マラルメ/ヴァレリー』井村実名子、渡辺守章、松浦寿輝訳、新書館、一九九四年.

テオフィル・ゴーティエ年譜

一八一一年

八月三〇日、タルブにてピエール＝ジュール＝テオフィル・ゴーティエ誕生。タルブの税務署員の父ジャン＝ピエール・ゴーティエと、母アントワネット＝アデライード・コカールとの長男。一八一七年には妹エミリー、一八二〇年には妹ゾエが誕生する。

一八一四年　三歳

一家でパリのヴィエイユ＝デュ＝タンプル通りに転居。内務大臣となったモンテスキュー＝フェザンサック神父の支援により、父がパリ税務署署長となる。

一八一六年　五歳

『ロビンソン・クルーソー』や『ポールとヴィルジニー』など読書を楽しむ。父からはラテン語の手ほどきを受ける。

一八二二年　一一歳

ルイ＝ル＝グラン高等中学の寄宿生となるが、寮生活に耐えかねて退学。シャルルマーニュ高等中学の通学生となる。三歳年長のジェラール・ラブリュニー（後のネルヴァル）、オーギュスト・マケらと親交を結ぶ。この時期に詩作を始める。

一八二九年　一八歳
画家リウーのアトリエに通う。六月、ネルヴァルからヴィクトル・ユゴーに紹介される。ロワイヤル広場（現ヴォージュ広場）に転居（後にユゴー家も同広場に移り住む）。九月、シャルルマーニュ高等中学での学業を終える。

一八三〇年　一九歳
二月、コメディー＝フランセーズでの『エルナニ』初演時に、赤いジレを身にまとい、若い作家や芸術家の一団を指揮。七月、七月革命の最中に『詩集』を自費出版する。年末頃から、小セナークルに出入りし、ネルヴァル、ペトリュス・ボレル、セレスタン・ナントゥイユ、アルフォンス・ブロなどと親交を深める。

一八三一年　二〇歳
五月、短篇「コーヒー沸かし」、最初の美術批評記事「ヴィクトル・ユゴーの胸像」発表。

一八三二年　二一歳
一〇月、詩集『アルベルテュス』発表。

一八三三年　二二歳
八月、『若きフランスたち──諧謔小説集』。九月、ランデュエル書店と『モーパン嬢』の出版契約。一二月、『フランス・リテレール』誌の編集長シャルル・マロと『文学発掘』（後の『グロテスク派』）連載契約。

一八三四年　二三歳

二月、短篇「オンファール」。ドワイエネ袋小路に転居、画家カミーユ・ロジエ、ネルヴァル、アルセーヌ・ウーセーらと同じ建物に住む。ナントゥイユ、シャルル・ラサイー、テオドール・シャセリオー、カミーユ・コロー、ウジェーヌ・ドラクロワらと親交。

一八三五年　二四歳

ネルヴァル創刊の雑誌『演劇界』に寄稿。一一月、長篇小説『モーパン嬢』。バルザックの『パリ通信』への寄稿開始。

一八三六年　二五歳

三月、恋人シダリーズの死。ラサイーと『アリエル』創刊。六月、「死霊の恋」。七月～八月、ネルヴァルとともにベルギー、オランダ旅行。『パリ通信』に旅行記「ベルギー回遊」掲載。八月、同誌にホフマン論掲載、エミール・ド・ジラルダン創刊の『プレス』紙に美術批評を掲載。ウジェニー・フォールとの間に長男テオフィル誕生。

一八三七年　二六歳

五月、短篇「金の鎖」、「エル・ドラド」（翌年、『フォルチュニオ』として刊行）。七月以降、『プレス』紙の主要劇評家に。デルフィーヌ・ド・ジラルダンとの親交を深める。

一八三八年　二七歳

二月、詩集『死の喜劇』、うち数編はベルリオーズの歌曲集『夏の夜』に。九月、短篇「阿片パイプ」、一一月に短篇「クレオパトラの夜」。

一八三九年　二八歳

一月、戯曲『悪魔の涙』刊行。八月、短篇「金羊毛」。一二月、ゴーティエ宅で「文芸家協会」の会合(ユゴー、バルザックらも会員)。

一八四〇年　二九歳

二月、バレリーナのカルロッタ・グリジのパリ・デビューとなる『ル・ジンガロ』をルネサンス座で観劇。五月〜一〇月、ウージェーヌ・ピオとともにスペイン旅行。『プレス』紙にてスペイン旅行記の連載。七月、短篇「二重の騎士」、九月、短篇「ミイラの足」。

一八四一年　三〇歳

六月、オペラ座にてバレエ『ジゼル』上演(主演カルロッタ・グリジ、作曲アダン、振付コラッリ、ペロー、台本ゴーティエ、サン゠ジョルジュとの共作)。七月、短篇「二人一役」。『パリ評論』と『両世界評論』にも寄稿開始。

一八四二年　三一歳

一月、レジオン・ドヌール勲章シュヴァリエ受章。三月、『ジゼル』ロンドン公演。八月、短篇「千二番目の夜」。

一八四三年　三二歳

二月、旅行記『ピレネー山脈を越えて』(後の『スペイン紀行』)。七月、オペラ座にて『ラ・ペリ』上演(主演カルロッタ・グリジ、リュシアン・プティパ、作曲ブルグミュラー、振付コラッリ、台本ゴーティエ)。一一月、

『ラ・ペリ』のロンドン公演にカルロッタの姉エルネスタ・グリジと同行、おそらくこの頃から約二十年に及ぶ関係が始まる。

一八四四年　　三三歳

五月以降、エルネスタとの同居開始。五月、「牧人」。一〇月、評論『グロテスク派』、短篇「カンダウレス王」。『パリの悪魔』に「若き三文絵描きのアルバム紙片」発表。

一八四五年　　三四歳

四月、ヴァリエテ座にて笑劇『魔法の三角帽』（シローダンとの共作）上演。五月、短篇「少女の枕」。七月〜八月、デルフィーヌ・ド・ジラルダン他三名との共作で書簡体小説『クロワ＝ド＝ベルニー』連載。七月、シャルパンティエ社から『モーパン嬢』『中編小説集』『スペイン紀行』『全詩集』刊行。七月〜九月、アルジェリア旅行。八月、長女ジュディット誕生。『パリ評論』にアルジェリアに関する記事掲載。一一月〜一二月、サン＝ルイ島のピモダン館でハシッシュ吸飲者の集まりに参加。

一八四六年　　三五歳

二月、短篇「ハシッシュ吸飲者クラブ」（『両世界評論』）発表。六月〜七月、ベルギー、ドイツ、オランダ、イギリス旅行。九月、短篇「水の上の館」。シャンゼリゼ界隈に転居。

一八四七年　　三六歳

一月、中篇『ミリトナ』(六月刊行)。一〇月、道化喜劇『死後のピエロ』(シローダンとの共作、ヴォードヴィル座)上演。一一月、次女エステル誕生。

一八四八年　三七歳

二月革命勃発、自身の経済基盤が悪化。三月、母死去。六月〜八月、『プレス』紙休刊。六月、『キャピテン・フラカス』執筆不履行で『両世界評論』編集長ビュローズとの裁判。

一八四九年　三八歳

五月〜六月、イギリス旅行、後のゴーティエのミューズの一人マリー・マッテイと出会う。八月、スペイン、ビルバオに滞在。一〇月、パリでマリー・マッテイと再会、愛人関係に。同月、オリエントに出発するフローベールとデュ・カンの送別会に参加。フローベールと終生にわたる友情を結ぶ。

一八五〇年　三九歳

七月、短篇「ジャンとジャネット」(一一月刊行)。八月〜一一月、イタリア旅行。ヴェネツィアでバルザックの訃報を受ける。『プレス』紙にイタリア旅行記を掲載(一八五二年に刊行)。

一八五一年　四〇歳

一月、オペラ座にてバレエ『パクレット』上演。八月、ロンドン万国博覧会見学。一〇月、ウーセ、デュ・カン、ルイ・ド・コルムナンらと『パリ評論』復刊。一二月、ヴァリエテ座にて『黒人娘とパシャ』上演(共作)。

一八五二年　四一歳
三月、「アッリア・マルケッラ」。六月～八月、コンスタンティノープル滞在（一〇月、『プレス』紙に旅行記掲載）。七月、詩集『七宝とカメオ』。八月、『気まぐれとジグザグ』。一一月、ヴィクトル・ルクー社で『小説トリオ』。

一八五三年　四二歳
一二月、旅行記『コンスタンティノープル』刊行。

一八五四年　四三歳
カルロッタ・グリジ引退。五月、オペラ座にてバレエ『ジェンマ』上演。七月、ドイツに出発。八月、父死去、独身の妹二人が扶養家族に。

一八五五年　四四歳
一月、ネルヴァル死去、『プレス』紙に追悼記事を発表。戯曲集『掌の演劇』。四月、『プレス』紙での最後の記事掲載、以後、第二帝政期の政府機関誌『モニトゥール・ユニヴェルセル』に執筆の場を移す。五月、『全詩集』（シャルパンティエ社）刊行。六月、デルフィーヌ・ド・ジラルダン死去。一二月、アカデミー・フランセーズ会員立候補（翌年四月にビオが選出される）

一八五六年　四五歳
二月、美術批評集『ヨーロッパの美術』刊行、ハインリヒ・ハイネ死去、追悼記事を発表。二月、中篇「化身」、六月～七月、中篇「ポール・ダブルモン」（後の『魔眼（ジェッタトゥーラ）』）、翌年刊行）。一二月『アルティスト』誌編集長就任（一八五九年二月まで）。

一八五七年　四六歳
三月〜五月、『ミイラ物語』連載（翌年刊行）。四月、ヌイイーに転居。五月、ミュッセ死去。同月『化身』刊行。六月、クロワッセでフローベールに会う。六月、ボードレールが『悪の華』にて献辞をゴーティエに記す。九月、ドイツ旅行。

一八五八年　四七歳
三月〜五月、オノレ・ド・バルザック論発表。五月〜六月、ドイツ、スイス、オランダ、ベルギー旅行。七月、オペラ座にてバレエ『シャクンタラ』上演、初演に皇妃臨席。七月、レジオン・ドヌール勲章オフィシエ受章。九月、息子とロシアに出発。一〇月以降、ロシア旅行記を掲載。劇評集『過去二十五年のフランス演劇芸術史』刊行。

一八五九年　四八歳
三月、ロシアから帰国。三月、ボードレールによる論考「テオフィル・ゴーティエ」。九月、出生地タルブを訪れる。

一八六〇年　四九歳
一月、ロシア旅行記、八月、『ヴォージュ山脈』。

一八六一年　五〇歳
八月以降、再び息子とロシア旅行。一〇月から、新たな旅行記を連載。一〇月、帰途のジュネーヴでカルロッタ・グリジと再会。一二月、『キャピテン・フラカス』連載開始（一八六三年に刊行）。

一八六二年　五一歳
二月、国民美術協会展覧会開催。五月、ロンドン万国博覧会見学。八月、ボードレール論発表。八月、アルジェリアに出発。

一八六三年　五二歳
四月、ナポレオン三世より三千フランの年金を受給。八月、シャルパンティエ社で『新詩集』『小説と短篇』。八月、ゴーティエの誕生日に、百人近くの文芸家の友人が集まる。自宅で『死後のピエロ』など上演。九月、ノアンのジョルジュ・サンド宅訪問。

一八六四年　五三歳
一月、国民美術協会展覧会開催。三月、ドラクロワ展委員会会長、四月、官展絵画部門審査会副委員長などに選出。六月、新聞『アントラクト』編集長に。八月、マドリードで鉄道開通式に出席。九月～一〇月、ジュネーヴでカルロッタとともに過ごす。

一八六五年　五四歳
二月、旅行記『パリから遠く離れて』。七月～一一月、カルロッタのもとで『スピリット』執筆、一一月～一二月、中篇小説『スピリット』掲載（翌年刊行）。

一八六六年　五五歳
三月、エルネスタと別居。四月、娘ジュディットとカテュール・マンデスの結婚式（フローベールとヴィリエ・ド・リラダンが証人となる）に参列せず。四月、短篇「ダフネ・ド・モンブリアン嬢」。一二月、一八六七年の万国博覧会審査委員会副委員長就任。

一八六七年　五六歳

四月～五月、アカデミー会員立候補（グラトリー神父が選出される）。六月、万国博覧会に向けた『パリ・ガイド』に『ルーヴル美術館』の項目を執筆（一八八二年、『愛好家のためのルーヴル美術館ガイド』として刊行）。八月、マティルド公女宅に滞在。同月、ボードレール死去、追悼記事を発表。

一八六八年　五七歳

二月、ボードレール論発表（一二月、ボードレール『全集』序文に）。四月、『文学と学問の進歩に関する報告』に「一八三〇年以降の詩の進展」発表。五月、アカデミー会員立候補（オートランが選出される）。一〇月、マティルド公女の図書館司書に任命される。

一八六九年　五八歳

『ジュルナル・オフィシエル』に記事を掲載。一月～三月、「わが家の動物たちの物語」連載。三月～四月、最後のアカデミー会員立候補（オーギュスト・バルビエが選出される）。ジュディットとの和解。四月、ワグナー称賛の記事発表。一〇月、スエズ運河開通式に招待され、フランス代表団とエジプト訪問。同月、サント＝ブーヴ死去。

一八七〇年　　　　　　　　　　五九歳

一月～五月、エジプト旅行記発表（死後出版の『オリエント』（一八七七年）に収録）。二月、息子テオフィル結婚。五月、『現代高踏詩集』第二集に詩数篇を寄稿。七月、普仏戦争勃発。九月、第二帝政崩壊の報を受け、ジュネーヴからパリに戻る。ヌイイーの家を出て、妹二人と困難な冬を過ごす。九月から翌年八月まで『パリ攻囲下の風景』を連載。一〇月、パリに帰還したユゴーと再会。

一八七一年　　　　　　　　　　六〇歳

三月、ヴェルサイユに転居、パリ・コミューン開始。五月、ヌイイーの自宅に戻る。八月、サン＝ジェルマンにマティルド公女を訪問、翌年以降も訪問を続ける。

一八七二年　　　　　　　　　　六一歳

五月、娘エステルが文学者エミール・ベルジュラと結婚。心臓病が悪化。三月～一一月、『ロマン主義の歴史』連載（一八七四年に死後出版）。一〇月二三日、ヌイイーの自宅にて死去。二五日の国葬後、モンマルトル墓地に埋葬。アレクサンドル・デュマ・フィスが追悼演説を行う。一一月二日、ユゴーが詩「テオフィル・ゴーティエへ」を執筆、マラルメらの詩とともに翌年『テオフィル・ゴーティエの墓』として刊行される。

訳者あとがき

ずいぶん前になるが、フランス人の先生にゴーティエの『死霊の恋』を薦められ、ああ、日本にも似たような設定の話がありますと泉鏡花の『高野聖』の話をしたことがある。聖職者が誘惑に打ち勝つ話ではあるが、その強靭な意志を讃える美談というよりも、めくるめく儚くも激しい体験のほうが印象を残すあたりが似ていると思ったのだ。そのときのやりとりがとても楽しかったので、後年、その話を友人にしたら、「それを言うなら、荘子の『胡蝶の夢』でしょう」と言われた。なるほど、現実を凌駕する夢というわけだ。

ゴーティエの作品について、どこかで読んだような気がするという印象をもつことは少なくない。二〇二二年春に日本を巡回した、ポンペイ展に伴うあれこれの再現映像を見たときも、私の頭のなかには『アッリア・マルケッラ』と同時にヤマザキマリ氏の漫画『テルマエ・ロマエ』が浮かんでいた。タイムスリップものの例を挙げればきりがないが、『アッリア・マルケッラ』はそれらの先駆的作品と言えるのではないだろうか。

いっぽう、『化身』はマーク・トウェインの『王子と乞食（こじき）』をはじめとした数ある「入れ替わりもの」のひとつである。そして、医師シェルボノーという奇怪な魔術師の物語でもある。魔法使いの話は、古今東西を問わず、童話の典型だ。魔法使いが現れ、願いをかなえてくれる。だが、魔法はいつか解け、主人公は現実を受け入れざるをえない。昔話から『ドラえもん』まで、同じパターンを下地に書かれた物語がこの世にはいったいいくつ存在するのだろうか。

だが、それだけ類似品があふれていても、ゴーティエの作品にはいかにもゴーティエらしい豪華絢爛（けんらん）さがあり、人の心の弱さや複雑さについての細密な描写には皮肉な面白さがある。今回、怒濤（どとう）のような固有名詞に訳注をつけていくうちに、そのほとんどが実在の地名や人物名であり、特に同時代の人物の名が多く言及されていることに気づいた。当時最先端の流行も取り入れられている。幻想的な作品性とは裏腹にゴーティエは、実話のように見せかける演出として、リアリティを高め、現代性を出そうとしていたのだ。置かれた調度品、飾られた絵画の数々も「目に浮かぶように」描写されている。まるで映像を見ているようだと言いたくなるが、当時はまだ絵画の時代であり、外国旅行も難しい時代だ。ゴーティエの「見せる」世界は最高の娯楽だったに違いない。

現在、エキゾチックという言葉は力を失いつつある。異教や異文化への憧憬(どうけい)は、植民地支配の歴史、差別や偏見と表裏一体であることを忘れてはならない。だが、ゴーティエの時代のように異国の文化を無邪気に語ることはもはや難しい。だが、ゴーティエの場合、東洋や古代への憧(あこが)れは、唯一絶対の価値観として立ちはだかる一神教や妄信に対する反抗の裏返しともとれる。「今、ここ」だけではない遠くへのまなざし、そして、束縛を逃れ、もっと自由に、もっと人間らしくあろうとする思いがあるのだ。先に述べた差別や偏見は否定すべきものだが、異文化への好奇心、自由への憧れを失ったら、世界はさらに狭く小さくなってしまうことだろう。

古代文明への憧れ、東洋趣味(インドはもちろん、スラブ文化も当時のフランスからすればオリエントである)に加えて、英文学(ラドクリフ、シェイクスピア)、ドイツ文学(ホフマン、ノヴァーリス、ゲーテ、ハイネ)の影響、ノディエ、ネルヴァルやマラルメ（マラルメはゴーティエの追悼詩を書いている）らへと連なる幻想文学の系譜、科学と神秘主義の混沌などゴーティエ作品には興味深いテーマがいくつも潜在している。このあたりについては辻川先生の解説をじっくり楽しんでいただきたい。もちろん、読み物としての面白さに惹かれる者はいるだろうし、訳者もそのひとりである。クラリモンド、アッリア、プラスコヴィと三人の美女にうっとりするもよし、情熱的な恋に身を投じるロミュアルド、オクタヴィアン、オクターヴにわが身を重ねるもよし、ゴーティエの不思議な世界観を楽しんでいただければ、訳者としてうれしい限りである。本書でご紹介した短編・中編は、ゴーティエの作品群のほんの一部にすぎない。『モーパン嬢』『キャピテン・フラカス』のような大作もあるので、本書で初めてこの作家と出会った読者には、ぜひほかの作品もお薦めしたい。

なお、翻訳にあたっては、プレイヤード版 *Théophile Gautier : Romans, contes et nouvelles*（二〇〇二）とフォリオ・クラシック版 *La Morte amoureuse-Avatar et autres récits fantastiques*（一九八一）を底本とした。また田辺貞之助訳『死霊の恋・ポンペイ夜話 他三篇』（岩波文庫）、店村新次・小柳保義訳『ゴーチエ幻想作品集』（創土社）、林憲一郎訳『換魂綺譚―アヴァタール―』（創元社）などの既訳も参考にした。

最後になりましたが、解説を書いてくださった辻川慶子先生、今回もまた細やかな心遣いで訳者を支えてくださった光文社翻訳編集部の皆様、齋藤みゆきさん、ラテン語の表記についてご教示くださった大西愛子さんに心より感謝申し上げます。

二〇二三年七月

永田　千奈

本書収録の短篇「死霊の恋」には、「まるで悪魔のような、よその国の言葉を話す褐色の肌の奴隷」という、黒人の容姿への偏見に基づく不快・不適切な表現が用いられています。これは本作が発表された一八三〇年代のフランスの社会状況と未熟な人権意識に基づくものですが、こうした時代背景と、その中で成立した物語を深く理解するため、編集部ではこの表現についても原文に忠実に翻訳することを心がけました。それが今日にも続く人権侵害や差別問題を考える手がかりとなり、ひいては作品の歴史的・文学的価値を尊重することにつながると判断したものです。差別の助長を意図するものではないということをご理解ください。

編集部

死霊の恋／化身

ゴーティエ恋愛奇譚集

著者　テオフィル・ゴーティエ
訳者　永田千奈

2023年8月20日　初版第1刷発行

発行者　三宅貴久
印刷　新藤慶昌堂
製本　ナショナル製本

発行所　株式会社光文社
〒112-8011東京都文京区音羽1-16-6
電話　03（5395）8162（編集部）
03（5395）8116（書籍販売部）
03（5395）8125（業務部）
www.kobunsha.com

落丁本・乱丁本は業務部へご連絡くだされば、お取り替えいたします。
ISBN978-4-334-10012-4 Printed in Japan

いま、息をしている言葉で、もういちど古典を

長い年月をかけて世界中で読み継がれてきたのが古典です。奥の深い味わいある作品ばかりがそろっており、この「古典の森」に分け入ることは人生のもっとも大きな喜びであることに異論のある人はいないはずです。しかしながら、こんなに豊饒で魅力に満ちた古典を、なぜわたしたちはこれほどまで疎んじてきたのでしょうか。

ひとつには古臭い教養主義からの逃走だったのかもしれません。真面目に文学や思想を論じることは、ある種の権威化であるという思いから、その呪縛から逃れるために、教養そのものを否定しすぎてしまったのではないでしょうか。

いま、時代は大きな転換期を迎えています。まれに見るスピードで歴史が動いていくのを多くの人々が実感していると思います。

こんな時わたしたちを支え、導いてくれるものが古典なのです。「いま、息をしている言葉で」――光文社の古典新訳文庫は、さまよえる現代人の心の奥底まで届くような言葉で、古典を現代に蘇らせることを意図して創刊されました。気取らず、自由に、心の赴くままに、気軽に手に取って楽しめる古典作品を、新訳という光のもとに読者に届けていくこと。それがこの文庫の使命だとわたしたちは考えています。

このシリーズについてのご意見、ご感想、ご要望をハガキ、手紙、メール等で翻訳編集部までお寄せください。今後の企画の参考にさせていただきます。
メール　info@kotensinyaku.jp

★続刊

判断力批判（上・下） カント／中山 元・訳

『純粋理性批判』『実践理性批判』につぐ第三の批判書と呼ばれるカントの主著。知性（世界の認識）の能力と理性（意思の自由）の能力の橋渡しとしての「判断力」について、美と崇高さの分析から自然の合目的性という概念へと考察を進める。

ドラキュラ ブラム・ストーカー／唐戸信嘉・訳

トランシルヴァニア山中の城に潜んでいたドラキュラ伯爵は、獲物を求めて英国ロンドンへ向かう。嵐の中の帆船を意のままに操り、コウモリに姿を変えて忍び寄る魔の手から、ロンドン市民は逃れることができるのか。吸血鬼文学の不朽の名作。

翼 李箱作品集 李箱／斎藤真理子・訳

陽の差さない部屋で怠惰を愛する「僕」は、隣室で妻が「来客」からもらうお金を分け与えられて……表題作「翼」ほか、近代化・植民地化に見舞われる朝鮮半島で新しい文学を求めたトップランナーの歓喜と苦闘の証たる小説、詩、随筆等を収録。